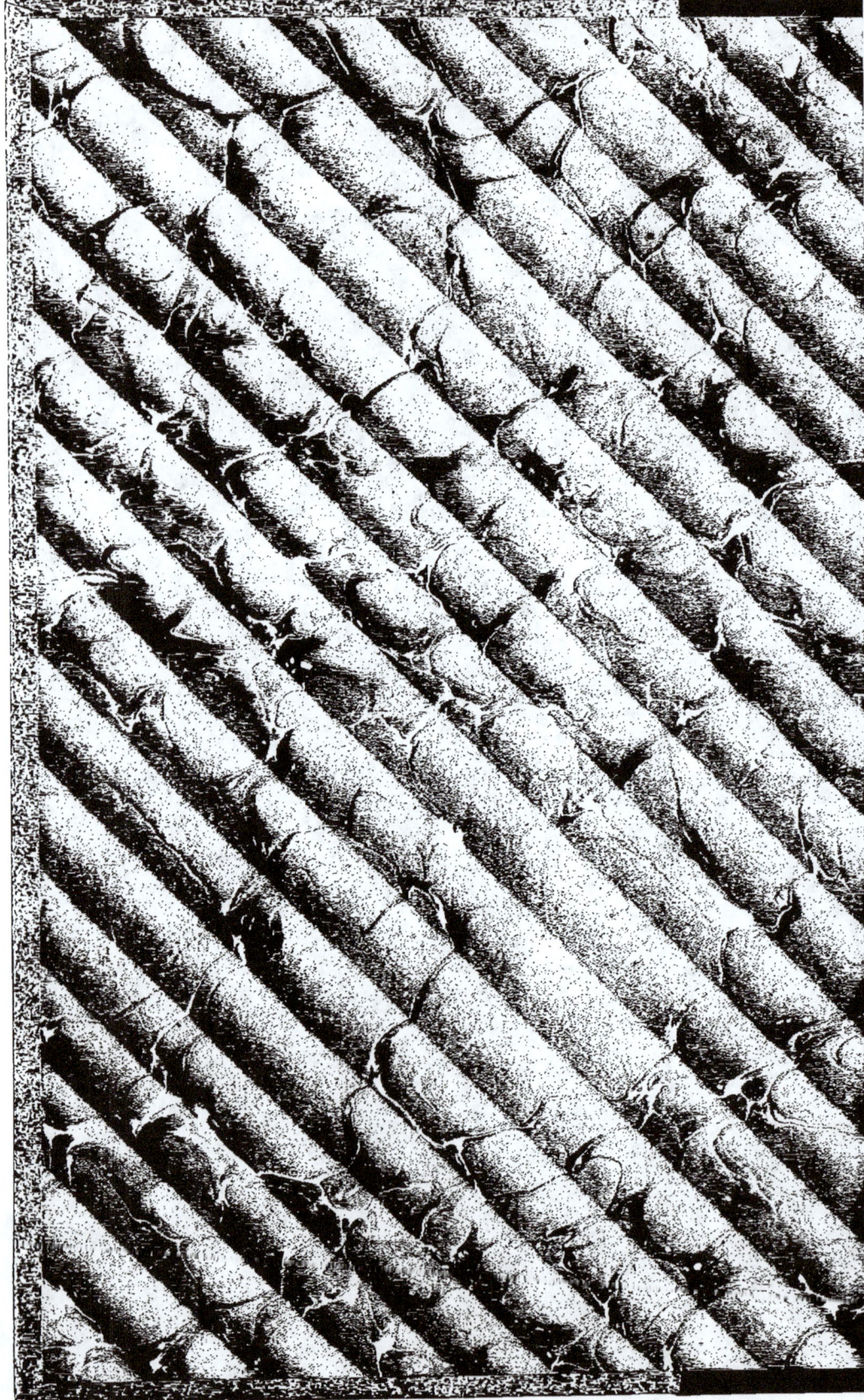

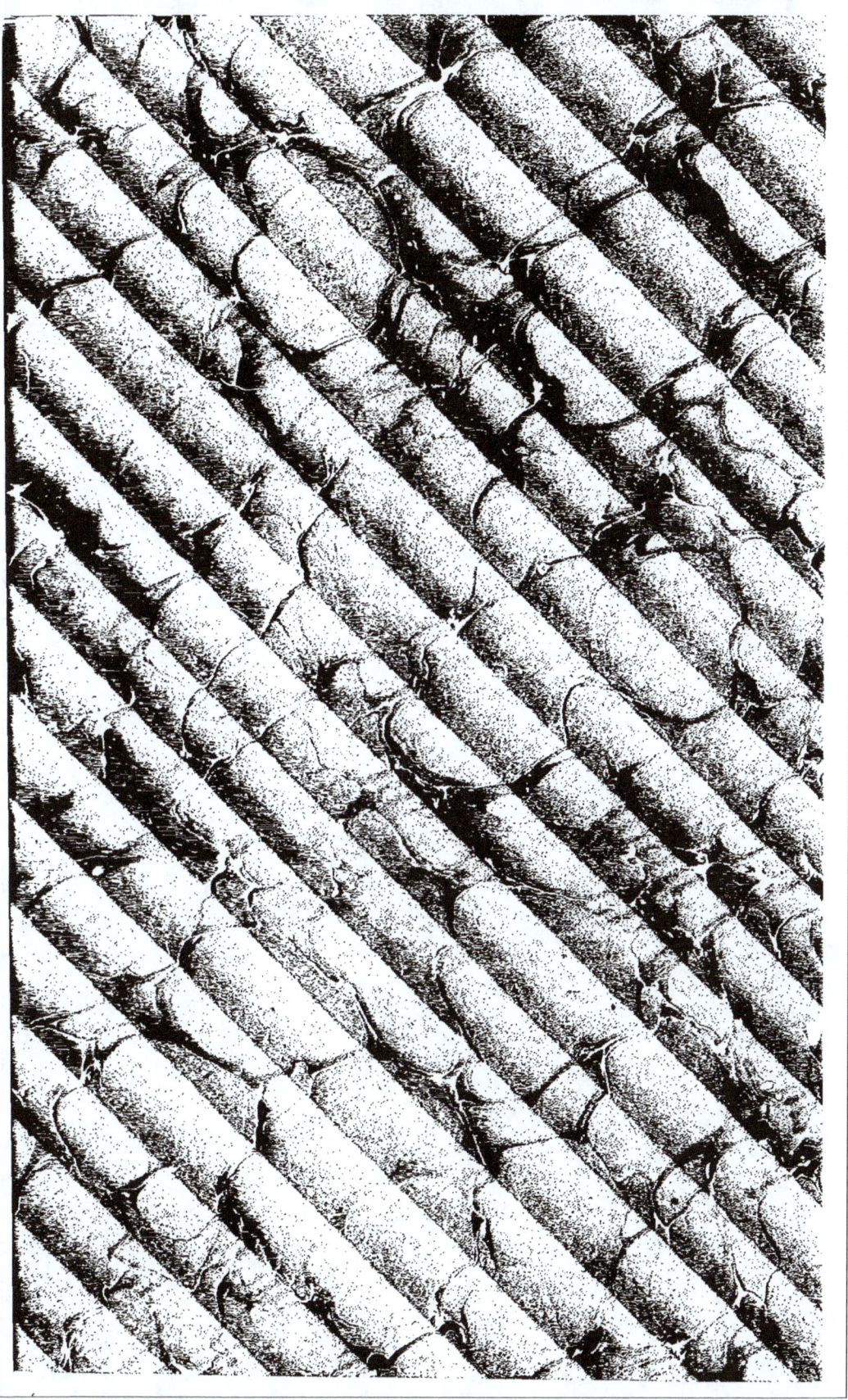

ATELIER LAURENCHET
2007

HISTOIRE

DE

L'ACADÉMIE

DE MARSEILLE.

HISTOIRE

DE

L'ACADÉMIE

DE MARSEILLE,

DEPUIS L'ANNÉE 1826 JUSQU'A L'ANNÉE 1836 ;

Par M. J.-B. LAUTARD, D. M.,

CHEVALIER DE LA LÉGION D'HONNEUR, SECRÉTAIRE PERPÉTUEL DE LA
CLASSE DES SCIENCES DE L'ACADÉMIE, MEMBRE DE PLUSIEURS
ACADÉMIES NATIONALES ET ÉTRANGÈRES.

Troisième Partie.

MARSEILLE.

ACHARD, IMPRIMEUR DE L'ACADÉMIE, MARCHÉ DES CAPUCINS, 4.

1843.
1844

AVANT-PROPOS.

——◆◆◆——

Depuis la publication du second volume de l'*Histoire de l'Académie*, des circonstances de toute nature, dont il serait inutile de rappeler ici le souvenir, ont fait prendre aux membres dont se compose la compagnie, diverses résolutions qu'il était impossible de prévoir. Des difficultés, soulevées par des faits accomplis, et dont il fallait subir les conséquences, avaient jeté une sorte de perturbation dans les habitudes de l'Académie, et fait sus-

pendre l'impression des comptes-rendus annuelle—
ment publiés et toujours favorablement accueillis.
Des allocations successivement réduites, longue—
ment sollicitées, quelquefois refusées ou peu no—
blement consenties, en attiédissant le zèle des hommes les plus laborieux et dignes des plus généreux
encouragements, compliquaient les embarras de la
situation. Pour être toujours vrai, ajoutons à ces
puissants motifs, et le légitime retour sur soi-même
que la dignité blessée ne peut pas toujours dissimuler, et ces sourdes commotions de l'époque qui
semblaient continuer les plus douloureux souvenirs; car il n'est pas possible d'oublier des jours récents, où les Muses effarouchées se dérobaient au
tumulte général, et ne pouvaient faire entendre
leurs timides voix que dans l'enceinte qui leur était
consacrée : les lacunes que l'on ne tardera pas à
remarquer dans la célébration de leurs fêtes solennelles, vont bientôt confirmer cette assertion.

Les réunions accoutumées ne souffraient aucune
interruption; et si le public, préoccupé d'objets
plus graves et plus de son goût, ne prit aucune part,
alors, aux débats académiques, la marche ordinaire

des travaux n'en était pas moins suivie avec autant
de persévérance que de succès; mais, de cet ordre
de choses, il est résulté, cependant, que les publications ont été réellement ajournées, et que, dans
ce siècle verbeux et fertile en échos, le silence ne
peut s'expliquer que par la mort.

Publier aujourd'hui les notices arriérées des
travaux de l'Académie, serait une entreprise suran-
née, manquant d'actualité; car les compagnies savantes, comme toutes les réunions où se glisse un
peu de vanité, aiment à vivre, aussi, de la vie de
tous les jours, et celles de province dédaignent rarement ce grain d'encens dont les feuilles quotidien-
nes se plaisent quelquefois à les parfumer.

Quoique rares et souvent enveloppées d'amères
paroles, ces faveurs passagères n'en tiennent pas
moins en haleine ceux qui en goûtent les charmes;
et lorsqu'elles arrivent aux Académies, chacun de
leurs membres en savoure les douceurs, comme un
bien personnel; mais on ajoute aussitôt: Les compagnies littéraires ne se louent-elles pas suffisamment
elles-mêmes? Les discours d'ouverture de leurs
séances publiques, les sollicitations des candidats,

l'accueil flatteur de leur admission, les éloges historiques, les formes adoptées dans leurs assemblées,
l'exposé de leurs travaux, leur brillante correspondance, ne suffisent-ils point à leur noble ambition?

D'autres, plus sévères peut-être, laissent entrevoir que les Académies les plus jalouses de leur
gloire, ne sont pas celles dont la stérile fertilité fa-
tigue l'épigramme elle-même, mais plutôt celles
dont les rares productions ont, le plus souvent,
imposé silence à la critique; de sorte que le corps
littéraire qui s'est le mieux effacé, serait aussi celui
qui aurait le mieux vécu; comme si ne pas être
était la meilleure manière de vivre. Étrange moyen
d'éviter le sarcasme! Ne saurait-on pas encore que
ceux même de ces corps qui ne sont plus, en subissent les rigueurs? Les Académies ont enfin pris,
à cet égard, le parti le plus sage. La tournure des
esprits une fois constatée, elles n'ont pu se dissimuler que, si les hommages rendus à la vérité ne
devenaient souvent qu'un tribut offert au mensonge, la critique comme la louange, en perdant
la justice, perdaient également leur puissance.

Pénétrée de l'importance de ces maximes, celle

de Marseille a dû ne pas laisser tomber dans l'ou—
bli des titres littéraires d'un bon goût, des re—
cherches, des mémoires de beaucoup d'intérêt, des
communications dignes d'être produites au grand
jour, qu'elle n'a pu, jusqu'à ce moment, livrer au
public; elle a, en conséquence, résolu de publier
un troisième volume de son Histoire, dans le but
de réunir, dans un seul cadre, les objets qui, dans
les diverses sections dont elle se compose, remplirent ses séances, depuis l'année 1826, époque à laquelle se termine le second volume de ce travail,
jusqu'en 1836. Cet exposé décennal, suffisamment
étendu pour les matières qui en sont l'objet, n'embrasse pas un aussi grand intervalle de temps que
ceux qui l'ont précédé, et peut être facilement parcouru; il permettra, de plus, d'user des avantages
d'un compte-rendu, sans nuire aux exigences de
l'histoire.

HISTOIRE

DE

L'ACADÉMIE

Depuis l'année 1826 jusqu'à l'année 1836.

———◦≈◦———

L'ANNÉE s'ouvrit sous de fâcheux auspices; elle affligea l'Académie par l'une de ces pertes dont il est difficile de se consoler, et qu'il est peut-être plus difficile encore de réparer. M. le chevalier de Lantier venait de terminer sa glorieuse carrière. Se jouant toujours avec les Muses dont près d'un siècle de vie n'avait pu le détacher, ce Nestor de la littérature du XVIIIme siècle, que l'Académie de Marseille comptait, avec orgueil, dans ses rangs, semblait ne conserver que pour elle tout ce qui lui restait de grâces et d'enjouement. Il fut l'ornement et la joie de ses réunions, et rarement s'y rendait-il sans quelque tribut de son aimable talent. Formé, dès ses jeunes ans, à l'école des adeptes de la philosophie de l'époque, il y puisa, peut-être, cette légèreté de juge-

1826.

ment sur certains sujets qu'on ne saurait traiter avec trop de respect, et cette liberté de la pensée dont la saine raison doit rapprocher les bornes; aussi, n'entra-t-il jamais dans cette ligue de cyniques écrivains dont les contagieuses doctrines ont produit des fruits si amers; mais en homme de plaisir et d'étude, souhaitant, par-dessus toutes choses, d'être affranchi du joug des sollicitudes sociales, il livrait ses feuilles au vent, sans autre souci que celui de plaire à ses lecteurs. Toujours homme d'esprit et de goût, poète facile et gracieux, écrivain plein de fraîcheur et de charme, les glaces de l'âge avaient respecté ses brillantes inspirations, si bien que sa lyre rendit encore, sur sa tombe, les sons les plus harmonieux. On peut dire seulement que l'auteur de l'*Impatient* devenait impatient lui-même, lorsqu'un léger sourire n'effleurait pas les lèvres des lecteurs de ses écrits. La fin de cet illustre vieillard et ses adieux à cette vie fugitive qui s'éteignait dans son regard, expliquent suffisamment la douce tranquillité de son âme, le désaveu de ses anciennes illusions et le calme profond avec lequel il s'endormit dans le sein de l'éternité.

Une voix éloquente se fit entendre sur le cercueil de M. de Lantier, dans cette ville muette où la dépouille mortelle de l'homme se confond dans le sein de la commune mère des mortels (1). M. Gaston de

_____

(1) Celle de M. Réguis, alors président de l'Académie.

Flotte, son neveu, offrit à la compagnie l'éloge le plus parfait de ce parent chéri; et le secrétaire de la classe des sciences de l'Académie, célébra, en séance publique, dans un éloge historique, la mémoire de l'illustre confrère qui emportait tant de regrets, et laissait un si grand vide parmi les académiciens.

En suivant avec quelque attention le mouvement qui s'opère dans le personnel des compagnies littéraires, on ne tarde pas à signaler de ces contrastes inattendus qui ne nuisent pourtant, en aucune manière, à leur ensemble: à l'homme au laisser-aller de ses idées, succède, quelquefois, un penseur austère et réservé, qui préfère les rigueurs du silence aux plus aimables entretiens; comme après un causeur disert ou un orateur éloquent, on découvre l'un de ces esprits qui ne manifestent leurs pensées que sous des formes algébriques insaisissables au premier aspect; mais on reconnaît bientôt que de ces choix divers, qui paraissent se heurter entre eux, il résulte un tout harmonieux et propre à remplir l'objet pour lequel il est formé.

Pour se consoler de la perte de l'auteur d'*Anténor*, l'Académie décerna le fauteuil vacant à M. l'abbé Boyer, de Marseille, que les loisirs d'un long séjour à Malte avaient enrichi de connaissances sérieuses, variées et profondes, et se rattachant essentiellement à sa profession. Les sciences sacrées, les langues anciennes lui étaient familières ; les antiquités et les temps primitifs de l'église chrétienne, l'histoire de l'ordre célèbre auquel il était attaché et dont il portait les insignes, furent les objets de prédilection de ses longues et constantes études. Un essai sur la numismatique de Malte avait déjà décelé, chez lui, une grande netteté d'esprit et le plus rare discernement. Il avait expliqué, avec une admirable clarté, les médailles de 1556, rappelant le fameux siége, sous le grand-maître Lavalette, et les monnaies de nécessité, couvertes de contre-marques, de la même époque. Ce savant, dont le silence était toujours regrettable et la modestie souvent mise à l'épreuve par ses amis, ne parlait que pour instruire et ne prenait part aux entretiens familiers qu'en présence d'un petit nombre d'auditeurs. Un antique monument, accompagné de caractères grecs et cyrénaïques, lui offrit une brillante occasion de paraitre, au milieu des érudits, dans tout l'éclat de sa science ; ce débris mutilé offrait, en signes énigmatiques, l'expression de deux maximes dignes de remarque, *la communauté des femmes et des biens,* et *le respect des lois*, comme étant la source et le lien de la paix des humains.

Mais ce qui fixa surtout les regards du public et de l'Académie sur ce modeste et trop timide savant, fut son discours de réception. Dans cette occasion solennelle, après avoir fait l'éloge des bonnes études,

de la science et des savants, M. l'abbé Boyer insistait vivement sur la nécessité qui presse le clergé
des temps modernes de se reporter, par la pensée,
vers les époques où, du fond du sanctuaire, écla-
taient les lumières dont les peuples étaient éblouis;
d'acquérir, en conséquence, pour perpétuer ces souvenirs, une vaste et solide instruction; de rivaliser,
au moins de savoir, avec les savants du siècle, et ne
pas négliger, après avoir approfondi de préférence
les sciences sacrées, de s'élever à la hauteur des
nouvelles découvertes et des connaissances profa-
nes, pour ne pas se laisser déshériter du riche pa-
trimoine que lui avaient légué ses vénérables et savants prédécesseurs. Il démontrait ensuite, par le
raisonnement le plus simple et par d'innombrables
exemples, que le clergé ne peut être l'ennemi des
lumières, et que son propre intérêt lui interdisait
à jamais d'empiéter sur les droits des peuples et
des rois.

Ce fut un jour de fête, pour la compagnie, celui
où ce savant fut admis dans son sein; M. Réguis,
qui la présidait, après avoir exposé, dans son
discours d'ouverture, avec autant de talent que d'à-
propos, combien il était important d'étudier les auteurs anciens pour bien juger les modernes, prouva,
par son goût, l'éloquence de sa parole et le choix
de ses modèles, qu'il avait lui-même suivi la route
qu'il signalait à l'assemblée; répondant ensuite à son

nouveau confrère, on vit avec joie qu'il mesurait l'éloge au savoir, et qu'il savait, chose souvent né-gligée, célébrer le mérite sans blesser la modestie.

Une savante dissertation sur le poète Stace, par M. l'abbé Brunet, chanoine de l'église de Marseille; un discours en vers, vivement applaudi, sur l'étude des sciences, par M. Négrel-Féraud; l'éloge histo-rique de M. Joseph-Vincent Martin, ancien secré-taire perpétuel de l'Académie, par M. le secrétaire de la classe des sciences, et la lecture de deux fables allégoriques et pleines de sel et d'agrément, par M. Jauffret, secrétaire perpétuel de la classe de lit-térature et d'histoire, furent les hymnes, si l'on osait s'exprimer ainsi, qui accompagnèrent l'inauguration de M. l'abbé Boyer, dans le sanctuaire des sciences, des lettres et des arts.

L'Académie continuait à recevoir de nombreux hommages de la part des savants de l'intérieur et des auteurs étrangers; ainsi M. Paoli, de Pezzaro, jeune savant d'une haute espérance, fit précéder son ar-rivée dans le midi de la France, par ses belles recher-ches sur le mouvement moléculaire des solides, ouvrage très-remarquable sous le rapport des lois générales de la physique du globe, sur lequel M. le secrétaire de la classe des sciences fit successive-ment deux rapports, à la suite desquels M. Paoli fut proclamé membre associé correspondant de la compagnie.

Ce fut à la même époque qu'un illustre et savant philologue, associé de l'Académie, M. Graeberg de Hemso, ancien consul de Danemarck dans le Maroc, où pendant quelque temps il avait établi une imprimerie à son usage, fit agréer à la compagnie la traduction, du danois en langue italienne, de l'ouvrage de M. de Castroin, sur l'état de la géographie dans les temps anciens et modernes; l'éloge en vers latins du célèbre Bukaling, qui mérita une statue pour avoir appris à ses compatriotes l'art d'encaquer les harengs, par M. Camberlin d'Amougiès, de Gand; les curieuses recherches sur les moyens de remplacer les feuilles de mûrier par une autre nourriture propre aux vers-à-soie, et sur l'emploi, comme engrais, du résidu des cocons; ainsi que le précieux mémoire sur l'éducation de cet insecte, de M. Matthieu Bonafous, directeur du Jardin royal d'agriculture de Turin, membre titulaire de l'Académie royale des sciences de la même ville, associé de l'Académie de Marseille. Ces ouvrages, sur lesquels M. le chevalier du Demaine fit un de ces rapports consciencieux, destinés à participer à la renommée des auteurs, furent des hommages justement appréciés par l'Académie.

Celle-ci recevait, en même temps, de M. Moreau de Jonès, son ouvrage imprimé, et considérablement augmenté, sur la prospérité du commerce de Marseille, qu'elle avait jugé digne, la précédente

1826. année, du prix fondé par M. le lieutenant-général baron de Damas, commandant, à cette époque, la 8me division militaire. Ce travail, remarquable sous le rapport historique et statistique du commerce, et sous celui des nobles et vastes idées de l'auteur, et dédié à la ville de Marseille, fit ressortir d'une manière honorable les lumières et l'impartiale justice de l'Académie.

Le même écrivain lui faisait remettre, à cette occasion, son excellent mémoire sur la contagion de la fièvre jaune, sujet si longtemps et si vainement combattu ; ses *Recherches sur les poissons toxicophores*, et son *Histoire physique des Antilles françaises*, lorsqu'elle apprit la mort brusque et prématurée de l'un de ses membres les plus intéressants de la classe des belles-lettres, M. Grange.

A peine âgé de trente ans, ce jeune littérateur, que plus d'une palme académique avait accompagné dans le sanctuaire des Muses, commençait à goûter le fruit de ses essais : à peine les chants de sa jeunesse avaient-ils cessé, qu'ils furent pour lui le chant du cygne. Ses poésies légères, ses discours, ses éloges couronnés, enfants d'une douce mélancolie, redisaient sans cesse ces vagues et sombres inspirations, dont la Providence est rarement avare envers les âmes paisibles qui semblent se disposer à les accomplir ; mais ces prévisions de fatal augure n'altéraient nullement les belles qualités de l'esprit

de notre aimable confrère, et son cœur, noble modèle de l'amour filial et du bonheur conjugal, ne
s'épanchait pas avec moins d'effusion dans le sein de
l'amitié : hâtons—nous de dire, toutefois, qu'un plus
grand nombre d'années n'eût pu rien ajouter ni à
la maturité de son talent, ni à ses vertus privées.

Les sciences apportaient, à leur tour, leur noble
contingent à l'Académie. M. Blanpain continuait à
se livrer à l'étude pratique de l'astronomie, cette
science étant un besoin pour lui, et comme une
science d'élection ; aussi voyait—il que ses communications à l'Académie lui attiraient journellement
de nouvelles félicitations.

M. Péclet, alors professeur de physique et de chimie au collége royal de Marseille, faisait agréer à
la compagnie l'hommage de ses cours, rédigés avec
le talent supérieur qui le distingue, et qui contri-
buèrent si puissamment à sa réputation.

M. Poutet, membre de la classe des sciences, chimiste distingué, l'ancien ami, le protégé de l'illustre Parmentier, l'un des collaborateurs de l'*Encyclopédie méthodique*, soumettait à l'examen de l'Académie de curieuses expériences sur la congélation
de l'eau d'une dissolution de sulfate d'indigo satu-
rée, absolument diaphane et incolore à la superfi-
cie : il annonçait, en même temps, avoir obtenu des
cristaux glacés incolores, soit dans la dissolution
neutre d'indigo, soit dans la dissolution de cette

1826.

même matière colorante fortement acidulée par l'a-
cide sulfurique. Ce savant laborieux, dont chaque
jour voyait éclore de nouvelles découvertes, n'a
suspendu, depuis cette époque, ses intéressantes
communications, que pour reconquérir les forces
qu'une vie très-active et des études trop longtemps
soutenues ont momentanément affaiblies.

Le mémoire de M. Labarraque sur l'emploi du
chlorure d'oxide de *sodium* et de *chaux*, obtint,
dans les réunions de l'Académie, des développements scientifiques sur la question de la désinfection
qui, dès cette époque, occupait sérieusement tous
les bons esprits ; il fut suivi de l'exposition des procédés vinificateurs de la demoiselle Gervais et de
M. Roquirol, qui n'obtinrent qu'un succès éphé-
mère, pour n'avoir pas suffisamment justifié les
merveilles qu'ils proclamaient.

D'ingénieuses améliorations introduites dans la
construction des moulins à huile, par M. de Sinéty,
membre non-résident de l'Académie, agriculteur
consciencieux et très-distingué, devaient naturellement, dans le département des Bouches-du-Rhône,
avoir beaucoup de retentissement; diminuer le travail, abréger le temps, augmenter le produit, telles
étaient les convictions et les espérances du respectable auteur du nouvel appareil; une commission
spéciale, après des expériences nombreuses, dé-
clara, dans un rapport écrit, qu'elle les partageait;

mais, comme il arrive presque toujours parmi les
propriétaires ruraux, où chacun est son propre lé-
gislateur, la routine l'emporta sur la science, et le
rustique pressoir ne recula point devant l'ingénieuse
mécanique du jour.

Le mémoire sur les paragrêles, présenté par
M. Chavanes, de Lausane, fit naître tout-à-coup
d'intéressantes discussions sur la possibilité, l'insuffisance ou l'efficacité de ce nouveau moyen de
conjurer un fléau dont l'homme n'a pu, jusqu'à
ce jour, ni prévenir, ni limiter les ravages. Plusieurs
rapports pour et contre furent successivement soumis à l'examen de l'Académie. Des difficultés s'élevèrent d'abord sur la direction possible des nuages
gros de la tempête, et sur les moyens de désigner les
lieux sur lesquels ils ne doivent pas éclater : on apprit bientôt après que, dans certaines localités où
ce préservatif avait également été proposé, on avait
été jusqu'à craindre de voir dévaster les propriétés
voisines de celles qui l'auraient adopté; mais le
temps, ce juge suprême des opinions humaines, a
dit son mot sur celle-ci : elle est donc indéfiniment
ajournée, et les flots d'écrits qui l'accompagnèrent
un jour, se sont dissipés comme les espérances qui
les avaient inspirés.

Les fragments d'histoire naturelle et de morale,
de M. Salze, directeur du Jardin des Plantes, professeur de botanique à l'école communale de Mar-

seille, professeur de physique au collége royal de la même ville et membre de la classe des sciences de l'Académie, captivèrent longtemps l'attention de celle-ci; elle applaudissait à des vues sages et lumineuses, qui se lient si intimement avec ce que l'homme a de plus cher, en le rappelant hautement à l'accomplissement de ses devoirs, et surtout en lui inspirant les sentiments d'admiration et de reconnaissance dont son cœur doit être pénétré envers l'auteur de ce vaste univers.

Le même académicien entretint plusieurs fois la compagnie de la première giraffe vivante nouvellement arrivée en France, et dont Méhémet-Ali, viceroi d'Égypte, fit présent au roi; M. le comte de Villeneuve, préfet des Bouches-du-Rhône, membre de l'Académie, mit, pour ainsi dire, ce quadrupède, le plus grand que l'on connaisse, sous la surveillance de M. Salze, en attendant que M. Geoffroi Saint-Hilaire vînt à Marseille, pour le faire conduire à la ménagerie royale. La giraffe passa l'hiver dans nos murs, pour qu'elle commençât à s'acclimater et ne passât pas brusquement du Caire à Paris. La taille gigantesque de ce docile animal frappa d'abord la population d'étonnement; mais l'habitude de la voir se promener dans la rue et brouter les fleurs sur les croisées des maisons, fit naître entre elle et les Marseillais une extrême familiarité; elle acceptait les caresses et les petits cadeaux, qu'on lui offrait;

avec une sorte de satisfaction. M. Salze l'étudiait avec soin et tenait un journal de ses observations. Les formes extérieures de ce géant pacifique avaient été soigneusement décrites, mais nos naturalistes ne l'avaient jamais vu en vie ; les études de notre savant confrère étaient donc précieuses, et elles furent si justement appréciées, que M. le ministre de l'inté-rieur lui en fit témoigner les remerciements les plus flatteurs.

La compagnie agréait, en même temps, de M. Agoub, né sur les bords du Nil, un ouvrage manuscrit, plein de science et de curieuses obser-vations sur l'Égypte ancienne et moderne, qui, re-traçant d'une manière large et fidèle l'ensemble du grand ouvrage national sur cette contrée si riche d'antiques souvenirs, ajoute des descriptions de scènes intérieures, naturellement omises dans l'im-mense tableau dont nous venons de faire mention, et peint à grands traits les effets opérés sur les mœurs de ce peuple d'esclaves, par la civilisation dont il a salué la brillante aurore, et par le bou-leversement du pouvoir auquel il était soumis ; enfin cet écrit reproduit, sous les plus vives couleurs, le caractère égyptien, tel qu'il s'est développé depuis la conquête des Français.

L'*Histoire de Nice*, par M. le chevalier Durante, inspecteur des eaux et forêts, dans les États-Sardes, offrit à l'Académie de nouvelles recherches sur l'ori-

1826.

gine de cette aimable ville, considérée, dans tous les temps, comme une serre chaude où les convalescents de toutes les nations européennes viennent, pendant la froide saison, réchauffer leurs membres engourdis, et remplir leur poitrine délicate du parfum vivifiant des fleurs de la contrée. On sait que cette ville dut sa naissance au site élevé qu'elle occupait jadis et qu'elle abandonna dans la suite : après une grande victoire, une colonie marseillaise en avait jeté les fondements ; son nom désigne l'expression d'un heureux événement ; mais le peuple qui la fonda ne fut-il pas inscrit au rôle des vaincus, sur le monument colossal élevé par Auguste, près des mêmes lieux ? et cette vaste ruine triomphale, elle-même, et l'orgueilleuse nation dont elle atteste encore le tyrannique empire et l'insatiable avarice, n'ont-elles pas, à leur tour, assouvi la rage de vainqueurs nouveaux ? Telle est la destinée des peuples : victorieux aujourd'hui, demain vaincus ; de continuels orages grondent sur leurs têtes ; les générations se consument à renverser des trophées, pour en élever d'autres qui attendent le même sort.

Les *Mélanges de numismatique et d'histoire* vinrent prouver ensuite à l'Académie que M. le baron Marchant, de Metz, leur auteur, avait consigné, dans chaque page de ses œuvres, une vérité pratique dont personne ne peut contester l'évidence, à savoir.

que le changement de travail est le seul délassement des fatigues de l'esprit, l'activité de celui-ci ne connaissant point de repos. En effet, dans l'ouvrage remarquable de ce savant associé, l'archéologie, toujours appuyée par l'histoire, perd aussitôt l'aridité qui l'accompagne, et l'histoire, retracée par la numismatique, acquiert un degré de certitude qu'aucun doute ne saurait ébranler : ainsi l'attention se portant sans effort d'une science à l'autre, se soutient aisément dans toute sa vigueur ; c'est par cet ingénieux procédé que l'auteur a su réunir l'agrément à l'instruction, et le délassement au travail.

Le *Classement chronologique des médailles grecques*, par M. Zénon Pons, membre correspondant de l'Académie, faisait une suite naturelle aux œuvres de M. le baron Marchant, et fut accueilli au milieu de vifs applaudissements. Ce savant professeur du collége de Toulon venait d'être récemment chargé de publier l'histoire du siége, de la prise et des événements désastreux de cette ville, en 1793, et l'impartialité qui règne dans cet écrit, apparaissant au milieu de passions mal comprimées et de violents partis opposés, fut conduite avec tant de candeur et de bonne foi, qu'elle ne trouva que de faibles contradictions parmi les contemporains. Savant archéologue, citoyen vertueux, élégant écrivain, M. Zénon Pons, plein de mérite et d'avenir, mourut, bien jeune encore, au milieu d'importants travaux auxquels il ne put mettre la dernière main ; il était l'ami de cœur de M. le baron Marchant, dont on vient de faire mention.

M. Joseph Bard, de la Côte-d'Or, dont la fertile plume a peu de repos, adressait à la compagnie ses *Considérations pour servir à l'histoire du développement moral et littéraire des nations.* Embrassant l'une des grandes questions philosophiques directement appliquées aux peuples civilisés, l'auteur a su toujours se maintenir à la hauteur de son sujet, et prouver de nouveau, dans un style plein de charme, combien ses aperçus abondent en heureux résultats.

Le *Tableau synoptique des connaissances humaines,* d'après une méthode de classification nouvelle, par M. Jullien, de Paris, fut jugée digne de son ingénieux auteur que, d'ailleurs, des travaux d'une haute importance ont depuis longtemps illustré. Le temps, dont il a si bien connu l'emploi, ne cessera de confirmer le jugement de l'Académie.

M. Garcin de Tassy, de Marseille, savant orientaliste, professeur d'indoustani, membre de l'Institut, associé de l'Académie, offrait à celle-ci la traduction française, qu'il venait de publier, du poëme arabe de Mirtaki, ayant pour titre : *Le courrier aux mauvais poètes.* C'est une véritable conquête, sans doute, de faire apparaître un poète arabe sous le costume français ; mais c'est doublement enrichir les lettres, d'ajouter au mérite personnel de cet étranger,

tout ce que la langue française a de précision et de
charme, pour l'embellir; et ce n'est point un succès nouveau pour l'auteur, dont le nom est si bril-
lamment inscrit dans les fastes de nos plus illustres
philologues, et qui siége avec distinction dans le
temple que la science leur a consacré.

1826.

Mais avec quelle satisfaction ne voit-on pas
grandir, de jour en jour, ce noble sentiment d'émulation qui domine l'âge présent et l'entraîne vers là
culture de toutes les branches des connaissances
humaines, avec un surcroît de zèle inconnu dans
d'autres temps; de nouvelles sociétés littéraires se
forment sur tous les points des départements; ces
réunions entretiennent entre elles une active correspondance; elles impriment de bons mémoires,
des comptes-rendus; elles proposent des prix, dis-
putés par d'habiles concurrents; elles décernent
d'abondantes palmes; et de ces nombreux foyers de
lumière on voit jaillir des pensées et des écrits qui
jettent le plus vif éclat; partout on y découvre du
savoir et du goût; mais ce qui marque le caractère
de ces sociétés scientifiques d'un trait particulier et
propre à notre époque, c'est le besoin, sans cesse
renaissant, de rendre utiles les travaux de l'intelligence. Les réunions dont nous parlons obtiennent,
dans leurs communications réciproques, de nouveaux sujets de recherches, et puisent les uns dans
les autres, les éléments de leur gloire et de leur

durée; il serait plus agréable que facile de signaler
ici les nombreux tributs que l'Académie de Marseille
en a reçus, dans le cours de la présente année, ainsi
que les divers rapports dont ils ont été l'objet; mais
un catalogue en sera placé à la fin du volume.

M. le secrétaire perpétuel de la classe des sciences,
d'après l'avis de l'Académie, et sur la demande de
M. L...., qui s'occupait d'un *Nouveau Dictionnaire
biographique des hommes illustres des départements
méridionaux*, fournit des documents importants sur
un grand nombre de Provençaux dignes d'être admis dans ce Panthéon; mais ces documents se sont
évanouis, comme l'auteur qui les avait sollicités.

La classe des belles-lettres fournissait amplement
son contingent à l'Académie. M. Sarrazin de Mont-
ferrier fils, associé, présenta une ode ayant pour
titre : *L'époque fatale*, dont les journaux littéraires
firent un éloge mérité.

La compagnie reçut, en même temps, d'un autre
associé, M. le baron de Stassart, l'éloquent discours
qu'il prononça à la Chambre des États-Généraux, à
La Haye, et qui soutint dignement la haute réputation de son auteur.

M. le baron Jourdan, des Bouches-du-Rhône,
ancien député de ce département, dont il défendit
les intérêts avec tant de chaleur et la morale publique avec intrépidité, ancien ministre des cultes, ancien préfet, membre de l'Académie, et digne, sous

tous les rapports, d'occuper un rang distingué parmi les orateurs et les hommes d'État appelés à défendre les droits sacrés de l'humanité, M. le baron
Jourdan, ai-je dit, lut deux morceaux de littérature
d'un goût parfait ; le premier avait pour titre : *L'em-*
bouchure de l'Huveaune au château Borrély, stances
traduites du grec moderne. La seconde était la *Des-*
cription de l'embarquement du corps de Pie VI, à
Marseille, au pied de la colline de Notre-Dame de la
Garde, stances traduites de l'italien. Ces deux pièces,
en prose poétique, firent une vive impression sur
les académiciens ses confrères, à qui l'auteur lui-
même voulut bien en faire la lecture.

La première, pleine d'agrément et de fraîcheur,
est une charmante description du point de vue, du
site pittoresque où l'Huveaune, couvert d'épais
ombrages, près de son embouchure, ralentit sensiblement son cours et laisse couler sur le rivage
son eau dormante à travers le gravier, pour entrer
dans la mer. Ce joli paysage, vu du petit pont chinois, offre à la vue une nappe d'eau parfaitement
tranquille, où se reflètent les beaux arbres qui embellissent ces deux rives. En face des rochers qui
bordent l'horizon, l'étranger ne s'attend pas au contraste qui l'attend.

La seconde pièce, d'un intérêt plus grave, remplit l'esprit de douloureux souvenirs, en ouvrant un
vaste champ à l'imagination. L'abus de la force ma-

térielle se brisant contre une pensée qui se joue d'elle; un faible vieillard qu'un géant ne peut terrasser; un héros désarmé par une croyance : mystérieuse destinée! le même flot qui porte les restes mortels de l'un vers un rivage toujours chéri, portera bientôt l'autre dans l'exil.

Le *Cours de littérature* de M. Boucharlat, dont M. le chevalier du Demaine présenta l'ingénieuse analyse, rappela l'heureuse époque où les lettres, dans cette France éminemment appelée à les cultiver, procuraient, dans presque toutes les conditions, les plus douces jouissances. Il est vrai que la littérature, alors, n'était pas une sorte d'industrie, et le travail de l'esprit une marchandise; elle n'accueillait pas avec faveur l'alliance du sublime et du grotesque; elle ne se livrait pas à la création de ces types, antithèses vivantes, affectant la beauté morale sous la laideur physique, ou cachant des trésors de chasteté idéale sous une débauche apparente; elle ne visait pas à des succès de scandale, et ne brisait pas le cadre de la langue pour obtenir des effets nouveaux; on ne fabriquait pas des livres, comme on fabrique du papier; on n'excitait pas cette industrie par des primes, par des avances; les ouvrages n'étaient pas livrés à jour fixe, qu'ils fussent ou non terminés, on ne s'engageait pas pour telle heure; et, pour la composition, les auteurs ne suivaient pas la puisance de la vapeur; la morale enfin reposait sur sa véritable base; le dévouement et non l'intérêt, et le goût qui n'est, dans le fond, qu'une portion de la morale, prenait le beau et l'idéal, et non le réel et l'agréable, pour le but de ses efforts.

MM. Durand, Creuzé de Lessert, Audiffret, Gaston de Flotte, D'Arthey, Gabriel Jourdan, Croze-Magnan neveu, Gimon, offrirent tour à tour à l'Académie des recueils de poésie pleins d'intérêt; les divers sujets traités par ces favoris des Muses, toujours inspirés par des motifs aimables et par l'amour du vrai, ne peuvent cesser d'être goûtés par les amis des bons vers; leur plume discrète et réservée se prêtait sans effort à l'expression de leurs nobles sentiments, et jamais, pour obtenir de l'éclat, elle n'eut besoin d'emprunter ces écarts de la pensée, ces avortements de l'imagination, ces convulsions du langage, et moins encore cet impertinent oubli du passé qui caractérisent une école de mauvais goût.

Au milieu de ces brillantes fleurs, l'Académie apprit, avec un vif regret, la mort de deux illustres associés correspondants, MM. Vassali-Eandi, secrétaire perpétuel de l'Académie royale des sciences de Turin, et Barbier du Bocage, dont les cartes et les travaux géographiques sont si justement estimés.

Mais une perte qui touchait de plus près la compagnie, et qui était plus regrettable encore, fut celle de M. d'Anthoine, baron de Saint-Joseph, officier de la légion d'honneur, ancien trésorier de la huitième cohorte, ancien maire de Marseille, membre de la classe des sciences de l'Académie. Négociant habile et probe, administrateur intègre, ferme, éclairé, citoyen également illustre par ses talents et par ses écrits, il fut digne de l'estime et de la reconnaissance des contemporains, par sa haute capacité et par les nouvelles voies qu'il sut ouvrir au commerce de Marseille; ajoutons qu'il fut l'allié d'une famille qui acquit l'une des plus grandes illustrations des temps modernes.

Dans un discours très-touchant, M. Réguis, président de l'Académie, parlant au nom de cette compagnie, fit ressortir, sur la tombe de M. de Saint-Joseph, les éminentes qualités d'un confrère qui fut l'une des gloires de ce corps littéraire, et dans ce premier hommage, il ajouta naturellement un nouveau charme à sa parole éloquente, en retraçant avec soin les traits les plus saillants de la vie de son héros; car c'est dans ces occasions solennelles et brusquement survenues, que s'exhalent sans art les sentiments de l'orateur; c'est là vraiment que se découvre l'éloge et le triomphe de la vérité.

Ainsi l'a réglé l'auteur de la nature: le corps social, comme les corps savants, ne vit et ne s'harmonise qu'à l'aide de pertes et d'acquisitions perpétuelles. Qu'il nous soit donc permis de suivre l'ordre de succession dans le personnel de l'Académie.

M. Bazin, de Marseille, philologue et littérateur
estimable, intelligent et modeste, avait, depuis
plusieurs années, fixé l'attention de l'Académie;
mais sa vie studieuse et paisible, ses nombreuses
occupations journalières et son penchant pour le
silence et la retraite, le firent obstinément résister
aux vœux de ses amis, très-nombreux dans le sein
de l'Académie. Il se rendit enfin à leurs instances,
et, dans la séance solennelle du mois d'août, il fit
son entrée dans la compagnie, aux applaudissements
des hommes de lettres, qui connaissaient son mérite, et de ses nombreux confrères, qui l'appelaient
auprès d'eux. Son discours de réception fut un appel honorable aux esprits légers qui ne s'occupent
que d'objets frivoles; il fit vivement sentir le besoin
qu'éprouve l'homme sensé de s'élever dans les hautes régions de l'intelligence, et de comprendre, autant que sa faiblesse le permet, sa propre nature,
pour remplir dignement l'objet de sa destination; il
se plaça lui-même sur ce terrain, qui ne déplaît
qu'aux âmes communes, et, jetant un rapide coup
d'œil sur les nations voisines qui s'y sont distinguées,
il traita, de la manière la plus sage et la plus convenable, des deux écoles de philosophie, à savoir: de
la philosophie rationnelle et de la philosophie posi-
tive, et marquant, avec une rare sagacité, leurs
dissemblances et leur point de contact, il eut l'art
difficile de faire ressortir, par d'ingénieux rappro-

1826.   chemens, les avantages que ces deux manières de penser et d'envisager les objets, procurent aux esprits qui s'éclairent de leurs lumières et se montrent jaloux de leur dignité.

Bien que cette lecture, d'une longueur convenable, eût transporté les esprits dans la région des abstractions, on peut dire, à la louange de l'auteur, que sa manière d'écrire était tellement entraînante et si bien revêtue des formes oratoires, que l'assemblée le couvrit, à plusieurs reprises, d'unanimes applaudissements.

M. le comte de Villeneuve, président la séance publique dans laquelle M. Bazin fut admis au nombre des académiciens résidants, lut un discours plein de savoir et de délicatesse sur le style en général, et plus spécialement, sur le style épistolaire. Il est aisé, mais il est beau pourtant, de donner l'exemple des règles qu'on a tracées, et de puiser les préceptes dans ses propres travaux; en homme d'expérience et de goût, M. le comte de Villeneuve pouvait, sans craindre la critique, en user ainsi. Si le style est l'âme de l'écrivain, si celle-ci se peint dans le style, par quel endroit celle de l'orateur pouvait-elle être en défaut? Ici l'ouvrage a devancé la loi du goût, qui ne produit souvent que de froides imitations; modèles du style épistolaire, les lettres de M. le comte de Villeneuve respirent l'urbanité, la candeur; elles sont l'œuvre d'un cœur sensible et bon;

et dans le style qui émane de ces précieuses qualités, on retrouve, avec bonheur, ces formes aimables, cette exquise politesse, ce ton des convenances
qui, se conformant d'ailleurs aux règles du beau
langage, remplissent encore le lecteur des sentiments qui les ont inspirés.

Ce fut dans la même solennité, que M. le secrétaire perpétuel de la classe des sciences prononça
l'éloge historique de M. de Lantier. Le public dut
reconnaître ici, que cet hommage n'était pas une
de ces œuvres destinées à masquer la médiocrité,
et que si la parole de l'orateur manquait de force et
d'agrément, on devait se garder de l'attribuer à son
sujet.

Deux jolies fables de M. Gabriel Jourdan adoucirent les regrets que fit naître l'absence momenta-
née de M. Jauffret, secrétaire perpétuel de la classe
de littérature et d'histoire, et terminèrent glorieu-
sement la séance et la session académique de 1826.

La nouvelle année académique promettait de
nombreux et savants ouvrages : M. Terneaux-Rousseau faisait remettre à la compagnie une dissertation
latine sur la république de Marseille, depuis sa fondation, jusqu'au règne de Néron, ouvrage offert par
l'auteur à l'université de Gottingue, comme tribut
de philosophie. Dans un rapport spécial, M. le secrétaire de la classe des sciences s'appliqua particulièrement à démontrer, qu'en général, les écrivains

1826.

1827.

qui traitent de la forme du gouvernement de l'antique Marseille, appuient moins leurs opinions sur
les faits historiques bien connus, que sur l'édifice
d'un plan quelconque qu'ils se plaisent à construire,
et dont ils se préoccupent avant d'en avoir jeté les
fondements. On cite, il est vrai, çà et là quelques
coutumes, quelques fragments de lois de l'ancienne
république; mais rien n'est moins connu que celle-
ci. Elle a existé, sans doute, personne ne peut le
contester; c'est à peu près tout ce qu'on en sait.
On comprend par là, qu'un étudiant peut choisir un
pareil sujet, comme un champ où l'imagination a le
droit de s'exercer, puisqu'elle a la liberté de produire plus de faits que de preuves. Le rapporteur
fit observer ensuite, qu'à l'exception de quelques
rares et obscurs passages d'Aristote, conservés dans
les écrits d'Étienne de Bysance et dans deux ou
trois endroits de Cicéron, on ne trouve, parmi les
anciens, que de vagues ressouvenirs, insuffisants
pour justifier les récentes descriptions doctorales de
cet antique gouvernement.

De graves discussions s'élevèrent alors, dans
le sein de l'Académie, au sujet du mémoire de
M. d'Hauteroche, l'un de ses associés, sur une médaille inédite de Sapho, publiée récemment par
cet archéologue : quelqu'un soupçonna cette pièce
de contrefaçon. Dans un siècle où l'on a fabriqué
des perles, des diamants, des monnaies, des char-

tes, des manuscrits et tant d'autres objets curieux,
on se doute bien qu'on fait également de fausses
médailles. Des compagnies organisées en Égypte,
à Constantinople, à Venise, à Rome, n'ont-elles pas
fait publiquement ce commerce ? Et qui ne sait
qu'une foule d'empreintes imaginaires, ou maladroitement imitées de l'antique, courent le monde
pour illusionner l'ignorant amateur ? Des médailles
de divers modules, contrefaites, furent montrées,
à cette occasion, à l'assemblée : pour abréger les
débats, celle de Sapho fut présentée sous trois différents coins ; deux exemplaires étaient en argent, et
le troisième, en bronze, parfaitement imité de l'antique, offrait cet aspect usé qui semble ne pouvoir
être que l'effet du temps. M. Jauffret, secrétaire
perpétuel de la classe de littérature et d'histoire et
de celle des beaux-arts, lut un mémoire, qu'il avait
composé à l'époque où il fut nommé conservateur
du Cabinet des Médailles, sur l'art difficile de
distinguer les doubles médailles contemporaines,
et de ne pas les confondre avec ces adroites imitations qui se rapprochent d'une manière sensible
des originaux ; mais dont les plus parfaites, néanmoins, laissent encore entrevoir, à des yeux exercés,
les caractères de la falsification ; dans ce travail,
rempli de curieuses recherches et de connaissances spéciales, l'auteur n'oubliait pas de faire
observer qu'il fallait se défendre, en pareille ma-

tière, de juger pire ce qui n'est que dissemblable.

Un fait plus utile et d'un usage journalier, vint suspendre la longue histoire des contrefaçons des médailles et des supercheries intéressées des marchands de tels objets; mais on finit par convenir, avant tout, que ces sortes de falsifications ne feraient pas un grand tort à la science, et que l'on pouvait bien fabriquer aujourd'hui des médailles grecques et romaines, puisqu'on fait des porcelaines de la Chine à Paris, des verres de Bohème en Provence et des rasoirs anglais à Langres.

Une discussion sérieuse s'était élevée parmi quelques horlogers de la ville, au sujet du temps moyen et du temps vrai, pour monter et régler les horloges : les montres, les pendules étaient naturellement soumises aux décisions personnelles de ces messieurs; et les notables variations qui résultaient, dans la mesure du temps, de la différence de l'opinion des horlogers, étaient un sujet réciproque de blâme pour tous. M. le préfet du département, consulté, voulut bien s'en rapporter au jugement de l'Académie qui, sur le rapport d'une commission spéciale, répondit qu'après de mûres réflexions sur les avantages et les inconvénients des deux méthodes opposées, elle pensait que l'adoption du temps moyen entraînerait l'inconvénient d'avoir sans cesse sous les yeux le tableau de l'équation du temps, et que le gouvernement n'ayant pris d'ailleurs aucune décision à cet égard, et rien ne prescrivant ce changement, il convenait de laisser l'iniative à l'autorité.

Un membre de la compagnie, plus explicite, proposa des moyens qui, pour être plus utiles, n'en ont pas obtenu une plus prompte exécution. Il trouvait que l'établissement, dans le clocher des Accoules, d'une horloge moderne, d'une construction soignée, et dont la marche serait plus régulière que celle des précédentes, lui paraissait une circonstance favorable pour proposer à l'Académie de réclamer, auprès de l'autorité municipale, de régler les horloges publiques d'après le temps moyen, ainsi qu'on l'a déjà adopté dans la plupart des capitales et des grandes villes, telles que Paris, Londres, Vienne, Genève, Toulouse, etc.

Pour un port de mer aussi important que celui de Marseille, cette mesure devient plus indispensable encore pour les montres marines, qui servent à guider, avec plus de sûreté, la marche des vaisseaux, et qui se multiplient, de plus en plus, à mesure que les services qu'elles rendent sont mieux appréciés et que les relations commerciales s'étendent davantage. Ces montres se montent et se règlent sur le temps moyen, qui offre toute l'égalité convenable pour cela, dans la marche du temps ; tandis que le temps vrai, employé jusqu'à présent, découvre des irrégularités, qu'on peut reconnaître même à une simple montre, et qui peuvent aller jusqu'à trois demi-minutes par semaine, et à demi-heure dans trois mois, de façon qu'une bonne montre paraît mal aller, et qu'une mauvaise peut sembler aller mieux. On peut, aujourd'hui où les bonnes montres deviennent moins rares, être facilement induit en erreur sur ce point, et le public ne peut qu'être fort satisfait de jouir d'un moyen facile de s'assurer de la bonté d'un instrument aussi répandu et aussi indispensable dans toutes les relations sociales; ce qui ne peut qu'influer favorablement sur leur amélioration et leur réparation, que les horlogers soigneront d'autant plus, qu'ils verront leurs efforts mieux appréciés du public.

La substitution du temps moyen au temps vrai n'offre, au reste, aucune difficulté, et il suffit, pour cela, de simples tables fort répandues; une méridienne du temps moyen présenterait encore plus de facilité, et le même membre proposait d'en établir une ou même plusieurs, semblables à celles qu'il avait tracées ailleurs pour son usage, et dont il était aisé de constater l'utilité. M. de Villeneuve, ingénieur des mines, fit, avec la précision qui le caractérise, un rapport très-lumineux sur la même question; on propose, dit-il, de substituer le temps moyen au temps vrai, aux horloges de la ville de Marseille, et de tracer la courbe du temps moyen

sur des cadrans solaires qui seraient faits aux lieux
les plus élevés et les plus apparents de la ville ; je
viens soumettre à l'Académie le résumé et les conclusions de cette proposition.

Le temps vrai est mesuré par l'intervalle qui s'é-
coule entre deux passages successifs du soleil au
méridien. La vitesse du cours apparent est très-
inégale. Les irrégularités des jours solaires vont
jusqu'à trois minutes et demie par semaine, et à
demi-heure en trois mois. Ces anomalies sont un
inconvénient insignifiant pour la distribution du
travail dans la campagne et dans les ateliers ordinaires.

Mais de pareilles irrégularités sont intolérables
pour les marins qui s'aident de la marche de leurs
montres, pour calculer la position qu'ils occupent
en mer ; pour des voyages de long cours, des erreurs
de temps aussi graves auraient les plus désastreuses
conséquences. Une erreur de deux minutes dans
la marche des montres marines, correspond à une
erreur en longitude qui rapproche de cinq lieues ;
donc, le temps vrai est une mesure trop impar-
faite pour les montres marines.

Les irrégularités du temps vrai sont un inconvénient déjà sensible pour la marche des courriers
qui sont obligés de parcourir, dans la direction de
l'est à l'ouest, des distances un peu considérables.

Enfin les hommes qui s'adonnent à la culture

1827.

des sciences, ceux qui s'occupent d'ouvrages industriels bien précis, tous ceux qui font des observations exactes, ont besoin d'intruments qui mesurent le temps avec perfection. Les montres qu'ils emploient ne peuvent être réglées sur le temps vrai : ainsi les progrès de la civilisation, la diffusion des lumières toujours croissante, exigeant des moyens de supputer le temps plus exacts que le cours ordinaire du soleil, on a recours au temps moyen ; mais, à côté de ces inconvénients, il faut avouer que le temps vrai offre, pour les pays qui jouissent d'un ciel pur, un immense avantage, celui de permettre à tous les hommes de connaître aisément la marche du temps ; pour les hommes des campagnes méridionales, il y aurait presque de la folie de renoncer à la grande horloge de la nature.

Dans les pays où le soleil montre rarement l'éclat de ses rayons, où la marine compte de nombreux officiers, où la science, où l'industrie préoccupent une foule d'intelligences, régler les horloges sur le temps moyen est une loi que la majorité doit imposer ; c'est une nécessité de bien public : cette nécessité n'offre aucun inconvénient.

Dans les contrées que le soleil éclaire presque constamment, où les habitudes de campagne sont plus profondément enracinées, les exigences des classes instruites doivent être sacrifiées ; c'est aux savants à suppléer par leurs calculs aux irrégularités des montres à méridien; là, le temps vrai doit être conservé.

Mais, alors encore, il y a un moyen de satisfaire aux deux espèces de besoin, et, tout en conservant les horloges solaires, on peut tracer sur elles la courbure du temps moyen qui permet de rectifier les anomalies de la marche du soleil.

L'Académie adopta la dernière partie de la proposition du préopinant, en applaudissant au dévouement de son confrère, qui voulait bien se charger de diriger gratuitement le tracé des grands cadrans solaires qui seraient établi dans ce sens, sur divers points de la ville, comme sur la façade de l'Hôtel-de-Ville, aux allées de Meilhan, sur le clocher des Accoules, et sur l'une des principales maisons de la Plaine.

Organe naturel de toutes les exigences des marins du commerce et des hommes d'industrie et de science, qui deviennent, tous les jours, plus nombreux à Marseille, l'Académie, en réponse à la lettre qu'elle avait reçue de M. le préfet, pria celui-ci de faire tracer, au plus tôt, les cadrans solaires, tels qu'elle était prête à l'indiquer et dont le public aurait lieu d'être satisfait.

Après avoir pris connaissance du vœu de l'Académie, et rendant justice à la générosité de ses offres, l'autorité prit le parti de ne rien faire; elle laissa les horloges telles qu'elles sont encore aujourd'hui et les horlorgers plaidant pour ou contre le temps vrai ou le temps moyen, et traita Marseille comme une ville dont les habitants jouissent d'un ciel toujours sans nuages, et qui ne voudraient, pour rien au monde, renoncer à la grande horloge de la nature.

Un sujet, plus à la portée de tout le monde, vint détourner les esprits de la contemplation des cieux et de la division du temps, dont une partie se perd à calculer son usage. Un estimable négociant français, établi depuis longtemps à Zante, frappé du pro-digieux revenu dont la culture de l'espèce de vigne dite de *Corinthe* enrichit l'île qu'il habitait, conçut le projet de la propager dans les départements méridionaux de la France, et particulièrement en Provence.

Dans un mémoire riche de faits nouveaux et de curieuses observations, il faisait remarquer que Zante, qui n'a qu'environ six lieues d'étendue, compte une cinquantaine de villages, outre la capi-tale qui porte le nom de l'île, et qu'elle exporte, année commune, en raisin sec, pour la valeur de 500,000 piastres fortes; que l'espèce de vignes qui porte ce fruit, y croît et s'y multiplie avec une étonnante rapidité; que la seconde année après qu'on l'a plantée, elle y est en plein produit, et que la vie ordinaire de l'homme n'égale jamais sa durée. M. Sauvaire, c'est le nom de ce négociant, faisait ensuite un ingénieux parallèle entre la température, les vents dominants, les froids tardifs, les longues sécheresses de Zante et de la Provence, et il ne balançait pas à croire que le littoral de cette dernière contrée ne fût dans une meilleure condition pour l'exploitation de cette riche industrie. Naturellement attaché à sa patrie, il voyait, avec un secret dépit, l'étranger verser sur ce stérile rocher des sommes qu'il croyait possible d'attirer chez ses compatriotes, et rendre ainsi, pour toujours tributaires, ces populations du Nord qui s'efforcent de s'affranchir de nos produits.

M. Sauvaire fit suivre son mémoire d'une grande quantité de plants de cette vigne, et l'accompagna des détails les plus minutieux pour les faire incessamment prospérer. Quelques cultivateurs, des amateurs curieux, ceux plus nombreux encore qui acceptent avec empressement tout ce qui ne coûte rien et qui n'impose aucune obligation, en obtinrent suffisamment pour tenter des essais; mais personne n'a essayé d'en faire une plantation un peu considérable : il serait inutile d'ajouter que l'on connaissait déjà cette espèce de vigne en Provence et ailleurs, et qu'il faut bien soupçonner qu'elle n'avait pas dû être jugée propre à remplacer avantageusement celle qu'on y cultive depuis l'arrivée des Phocéens. Les curieux vont néanmoins admirer les beaux ceps et le vert feuillage des vignes de Zante qui ornent la cour de l'hôtel de la préfecture de Marseille, qui datent de l'époque de l'envoi de M. Sauvaire; mais le bruit que fit naître un moment ce projet de culture, fut comme sont toutes les choses nouvelles qui ne sont pas réellement et immédiatement utiles, il cessa bientôt; et l'excellent raisin de Provence reprit tous ses droits.

Ce fut sur ce dernier que M. Poutet, l'un des chimistes les plus laborieux de cette époque, exerçait ses talents, pour en obtenir des vins mousseux. Ses précédents travaux sur le sirop de raisin; son remarquable ouvrage sur l'art du raffineur de sucre, son important article *Huile*, qui occupe un rang si distingué dans l'*Encyclopédie* par ordre de matières; ainsi qu'un grand nombre d'autres ouvrages d'utilité publique, l'avaient déjà placé parmi les sommités de la science, en témoignant autant de ses connaissances positives que de son dévouement patriotique, et le recommandaient à l'estime et à la reconnaissance des contemporains.

Pour faire contraste à ces productions de l'intelligence, journellement utiles, apparut inopinément l'un de ces rêves, si souvent reproduits, qui surviennent comme un orage au sein des compagnies littéraires, pour leur annoncer, de nouveau, qu'elles sont constituées comme des arbitres qui doivent, au premier appel, répondre aux questions les plus arduës, et donner, par leur décision, du lustre même à de sérieuses niaiseries. Un officier en retraite avait découvert, disait-il, le mouvement perpétuel, cette folle création de tant de cerveaux malades; de très-nombreuses pages, en témoignage de ce fait si bien constaté, étaient pressées dans un immense porte-feuille: quelle masse compacte à exploiter! A son aspect, un invincible découragement envahissait les plus bienveillants de la compagnie; enfin, on ne croit pas tomber dans l'exagération, en assurant que l'examen de l'ouvrage eût égalé le mérite de l'inventeur, s'il eût été aussi facile de le comprendre qu'il était malaisé de le déchiffrer.

L'*Essai médical sur l'origine des idées*, de M. Fortunet, d'Avignon, reporta l'attention de l'Académie vers des sujets abstraits qui n'étaient pas sans intérêt; et bien que l'auteur inclinât beaucoup vers les aperçus de la physiologie la plus avancée sur ce point, et qu'il tendît à donner du corps à la pensée, on peut dire, néanmoins, que celles des idéologues modernes y étaient exposées avec cette réserve et dans des termes qui honorent toujours le talent.

Par une coïncidence assez remarquable, et comme en réponse à quelques points de doctrine exposés ci-dessus, M. le docteur Pellicot, de Toulon, adressait à l'Académie son *Examen de l'opinion médico-philosophique qui attribue exclusivement à l'organisation physique du corps humain, les divers phénomènes de la vie*. Dans cet ouvrage d'un sage penseur et d'un écrivain éloquent, l'auteur suit, pas à pas, les nouvelles doctrines, hautement proclamées en faveur de la toute-puissance matérielle des organes, et sur les qualités intrinsèques dont on veut bien les pourvoir, et en vertu desquelles ils entretiennent, par eux-mêmes, les phénomènes de la vie; et, mettant successivement à découvert l'échafaudage de cette étrange opinion, il démontre qu'il est quelque chose dans l'acte de la vie, qui se joue de la sagacité de l'homme, mais qu'à coup sûr, ce quelque chose, qui la donne et l'entretient, n'est pas matière, et que, d'ailleurs, les choses certaines sont en petit nombre.

M. Regnault, chevalier de la Toison-d'Or, fut généralement applaudi, en adressant à l'Académie la *Description de la Germanie*, et celle des *Mœurs de ses habitants*. Après Tacite, l'ouvrage était difficile, périlleux même; mais l'éloignement des temps, les changements de circonscription, les progrès de la civilisation, ouvraient un champ nouveau aux modernes observateurs; aussi M. l'abbé Boyer, dans un rapport où brillait une immense instruction, fit observer que dans l'œuvre de M. Regnault, il était impossible de ne pas reconnaître du bon, du vrai, et quelquefois même du neuf; et, bien que dans sa parole toujours prudente, l'éloge et la critique marchent presque d'un pas égal, il finit par dire comme Horace que là où plusieurs traits brillent d'un vif

éclat, il ne faut pas se préoccuper de quelques légers défauts.

Pour faire suite au même sujet, Mme la princesse de Salm fit remettre à la compagnie un fragment d'un ouvrage sur l'Allemagne, qu'elle venait
à peine de terminer. M. le chevalier du Demaine
saisit cette occasion pour faire un intéressant rapport sur une contrée que, dans des temps difficiles,
il eut le loisir d'étudier. Peu de nos confrères eussent pu prononcer, comme lui, avec autant de connaissance et de conviction, sur les aperçus disséminés dans l'ouvrage dont nous parlons; et l'auteur
de celui-ci dut être flatté, sans doute, d'avoir pour
interprète un observateur aussi digne de rendre
hommage à ses talents.

L'arrivée à Marseille de M. Geoffroi Saint-Hilaire
fut réellement un sujet de joie pour l'Académie.
L'illustre membre de l'Institut, sur l'invitation du
gouvernement, était venu rendre visite à la giraffe,
et l'accompagner à la ménagerie royale avec les
soins et les précautions qu'exigeait cet inoffensif et
magnifique animal, qui venait de passer heureusement son premier hiver en Provence. On avait craint
que, des déserts de l'Afrique et du séjour du Caire
à Marseille, la différence de température ne l'éprou-
vât davantage que celle de cette dernière ville à
Paris; c'était la première de son espèce parvenue
vivante en France, et toute la ville prenait un vif

1827. intérêt à ce quadrupède, dont la mansuétude et la docilité contrastaient si parfaitement avec la vélocité de sa course et l'élévation de sa taille. M. Geoffroi Saint-Hilaire connut promptement les habitudes, les mœurs et le caractère de la girafe, dont le voyage à la capitale s'accomplit sans aucun fâcheux accident.

Mais, avant son départ, le célèbre professeur du Jardin des Plantes, vint occuper le premier fauteuil de l'Académie; il étudiait alors la bizarre organisation des monstres. Il voulut bien communiquer à l'Académie quelques-unes de ses idées sur ce sujet de prédilection qui, depuis longtemps, occupait sa haute intelligence, et lui offrait l'occasion de découvrir une foule de déviations dans les divers appareils anatomiques propres à ces anormales productions de la création. Il faisait observer avec quelle sollicitude la nature savait suppléer au déplacement où à l'absence d'un organe, par un supplément de fonction accordé à d'autres organes, quoique d'un ordre différent. Ici l'appareil anatomique, bouleversé en apparence, signalait cependant, dans son anomalie, un plan suivi, un but atteint; là, plusieurs organes réunis ne remplissaient qu'une condition. Mais le génie scrutateur de M. Geoffroi Saint-Hilaire s'éleva réellement à de grandes hauteurs, lorsqu'il émit son opinion sur les préférences d'affinité, sur la précocité des soudures et les rapports de convenance, chez les monstres doubles, entre certains de leurs organes analogues, provenant de chaque sujet. Il fut, d'ailleurs, d'une extrême réserve sur les causes réelles ou supposées des monstruosités; il fut sobre de conclusions, et marqua d'un trait vif et profond, la prétentieuse tendance des demi-savants, qui s'aventurent à pénétrer dans ces mystérieuses profondeurs; enfin, après l'avoir écouté avec une religieuse attention, il ne fut pas difficile de comprendre que, parmi les les savants qui ont traité le même sujet, il est plus de célébrités à laisser dans l'oubli, que de récentes renommées à proclamer.

Il est des époques, pour les sociétés savantes, où l'on voit éclore, tout à coup, un plus grand nombre, que de coutume, d'ouvrages spéciaux sur des sujets qu'elles paraissaient avoir abandonnés : tantôt ce subit élan se porte sur les sciences exactes, tantôt sur les arts d'agrément, sans qu'on puisse bien se rendre raison des motifs qui déterminent si brusquement ce surcroît d'activité. Plusieurs places étaient restées vacantes dans la section des beaux-arts; le nombre restreint des membres de cette classe, si précieuse dans les académies, commandait un appel aux divers talents dignes d'en faire partie : plusieurs compositeurs de musique, d'un mérite connu, se présentèrent simultanément dans les rangs. De savantes théories, des traités d'harmonie, des fragments d'opéra, des symphonies, etc., furent successivement offerts en tribut à l'Académie. MM. Vincens et Macarry furent élus, aux applaudissements du public ; et le jour de leur solennelle réception, il surent justifier, par des discours dignes de leur mérite, le jugement de l'Académie.

Un peintre habile, M. Bailly, ancien élève de David, reçut le même honneur à la même séance. La plume de cet artiste, aussi noble que son pinceau, traça l'histoire de la peinture en France, avec autant de talent que de goût ; il en signala les différentes époques avec une rare sagacité, et releva l'éclat de cette école avec ce sentiment national qui trouve toujours de l'écho. Bailly s'émut vivement au nom de David ; ses paroles touchantes furent applaudies par l'assemblée ; tant il est vrai que, partout, l'orateur manque rarement d'éloquence lorsqu'il est reconnaissant.

Mais l'Académie fut incontinent frappée d'une perte dont elle conserve encore le souvenir. M. Rigordi, président du tribunal civil de Marseille, membre de la classe de littérature et d'histoire, laissa, par sa mort, un très-grand vide à remplir, et couvrit de deuil la compagnie. Homme d'esprit et de goût, savant magistrat, juge irréprochable, citoyen vertueux, les belles-lettres occupèrent toujours ses loisirs et firent le charme de sa vie : son style et ses entretiens décelaient un noble cœur, un homme aimable, une àme élevée.

Deux sujets de prix furent proposés pour l'année suivante : l'éloge de l'abbé Barthélemy pour celui d'éloquence, et des causes locales déterminèrent celui des sciences ; l'Académie désirait fixer, encore un instant, l'attention des chimistes et des physiciens, sur les fabriques de soude. Des plaintes nombreuses et souvent répétées avaient enfin décidé les tribunaux à protéger les intérêts agricoles contre les émanations de ces nouveaux établissements ; la clameur publique avait contraint ces derniers à l'adoption des condensateurs ; mais des masses de muriate, hydro-chlorate de chaux, furent le produit immédiat de cette nécessité ; l'Académie jugea donc convenable de solliciter la solution des questions suivantes :

1° Indiquer les moyens d'employer utilement l'hydro-chlorate de chaux dans les arts chimiques, autrement que dans la fabrication de l'acide tartrique.

2° Déterminer par des expériences les effets de cette substance, comme engrais, après l'avoir employée dans diverses espèces de terrains.

3° Répéter les expériences de M. Dubuc, de Rouen, qui, dans la culture de la pomme de terre, s'est servi de trois arrosages, pratiqués à différentes époques, d'une solution d'hydro-chlorate de chaux à deux degrés de l'aréomètre des sels, et s'assurer si, à un moindre degré de densité, cette solution ne serait pas préférable.

4° Connaître les avantages et les inconvénients de l'emploi de cette substance desséchée et mélangée avec la terre végétale, en remplacement des engrais ordinaires; l'employer sous ces deux états, sur diverses espèces de végétaux, et notamment sur les céréales, et rechercher, par des essais analytiques, si l'hydro-chlorate de chaux, en absorbant l'humidité de l'air, transmet seulement l'eau à la plante, ou si celle-ci en absorbe également les principes salins.

Ces questions, toutes d'utilité publique et flagrantes d'actualité, promettaient d'habiles et nombreux concurrents, et partant, une abondante moisson de savants mémoires; mais il en fut autrement, et puisqu'il faut en convenir, ces problèmes offerts aux investigations de la science, attendent vainement encore une tardive solution.

Pour l'éloge de l'abbé Barthélemy, l'Académie se persuadait que la palme digne d'un si brillant sujet, exciterait la verve des sincères admirateurs de ce noble talent, et que l'ombre de ce savant illustre serait saluée par des compatriotes jaloux de marcher sur ses traces et de rendre un solennel hommage à sa mémoire; on espérait, enfin, que le beau ciel dont s'inspira l'auteur d'*Anacharsis* pourrait sourire

encore aux accents de son illustration. Vain espoir !
de faibles athlètes, épuisés au milieu de la course,
se trouvèrent seuls dans l'arène, l'immortelle couronne ne ceignit point leur front, et si la lice s'ouvrit avec éclat, elle se ferma sans vainqueur.

Mais un aussi pur hommage que celui qu'on
attendait du concours, fut offert aux mânes de l'abbé
Barthélemy, au nom de l'Académie, le jour de
l'inauguration de son buste dans sa ville natale.
Organe de la compagnie, **M. Paul Autran** retraça,
d'une main habile, et la vie toute d'études et de
succès, et le vaste savoir, et les éminentes qualités
du citoyen dont on célébrait la fête, et qui jetait
tant de lustre sur les lieux où fut son berceau, ces
lieux qui lui furent toujours chers, comme la patrie
ne cesse de l'être aux cœurs bien nés. L'orateur,
avec la justesse et la clarté qui président toujours
à sa pensée, ne put mieux comparer l'étendue de
la science de l'abbé Barthélemy, qu'à celle de sa
modestie sans bornes et de ses autres vertus. Ici le
savant et l'homme de bien ne forment réellement
qu'un même personnage ; son nom vénéré en est la
plus noble expression (1).

(1) Si la critique ne devait sommeiller aux jours de la consé-
cration de la mémoire des grands hommes, elle dirait peut-être
que les discours prononcés auprès du monument élevé, par la
ville d'Aubagne, à la gloire de l'un de ses plus illustres enfants,
étaient dignes de celui-ci, mais que le monument ne l'était ni
des discours, ni de l'abbé Barthélemy.

1827.   Peu d'années, dans les solennités académiques, furent plus fécondes en brillants travaux, et, on ne craint pas de le dire, en applaudissements mérités, que celle dont nous rappelons ici les évènements. Le discours de M. Réguis sur les avantages qu'offre, dans la littérature, le choix des sujets nationaux, porte, indépendamment du dévouement à la patrie, l'empreinte d'un talent mûri par l'étude, celle d'un critique éclairé, juste et toujours indulgent ; il offre, de plus, le type d'un écrivain dont le tact sûr, pénétrant et gracieux, sait tracer et suivre les méthodes les plus parfaites, pour se distinguer dans la culture des belles-lettres et se former à l'école du bon goût.

Bientôt, dans une autre réunion publique, le même orateur traita de la critique littéraire, sujet inépuisable d'ingénieuses observations, et toujours nouveau pour un esprit élevé qui saisit, avec rapidité, les rapports, d'abord inaperçus, entre les objets en apparence les plus opposés, et qui connaît l'art difficile de les reproduire sous des faces nouvelles ; mais qu'est-elle, en général, aujourd'hui, cette littérature sur laquelle peut s'exercer la critique ? Est-elle devenue autre chose qu'une industrie ? Malheureusement, comme on l'a dit, le travail de l'intelligence n'est, pour un très-grand nombre de littérateurs, qu'une marchandise ; on le voit, d'ailleurs, c'est l'époque de l'alliance du sublime et du

grotesque; c'est celle de la création de ces types,
antithèses vivantes, affectant la beauté morale dans
la laideur physique, ou cachant la chasteté idéale
sous une débauche apparente. On vise ouvertement
à des succès de scandale; on brise le cadre de la
langue pour obtenir de nouveaux effets : il est tellement vrai que cette littérature participe des objets
ordinaires du commerce, qu'il est bon nombre de
littérateurs qui font des livres de commande comme
on confectionne des vêtements; qu'on excite, par
des primes, par des avances, cette industrie; mais
qu'on n'oublie pas que c'est à des conditions dû-
ment spécifiées dans une sorte de contrat qui lie
les deux parties; c'est qu'il faut livrer à jour fixe,
que l'œuvre soit ou non terminée : on s'engage
même pour l'heure; que dire de plus? Aussi, que
voit-on, pour l'ordinaire, si ce n'est de fréquents
écarts de la pensée, des convulsions du langage,
et, ce qui est plus triste encore, un dédain affecté
du passé.

Voilà la littérature; que peut-on penser maintenant de cette critique dont le temps nous rend témoins? De cette critique qui devient un pugilat?
D'où ne sortent que plus ou moins meurtris, ceux
qui subissent ses aveugles assauts? Est-ce l'auteur,
l'ouvrage, ou l'opinion de l'écrivain que l'on attaque?
Deux camps sont en présence; chacun d'eux ne connaît que des mouvements de totalité : ce qui heurte

l'un, réjouit l'autre ; la masse est hostile à la masse , et le succès devient une calamité pour la moitié de tous. Il n'est du repos que pour le silence et la nullité.

Mais laissons là cette littérature et cette critique ; comme elles ne peuvent, ni l'une ni l'autre, pousser de profondes racines dans un sol où la raison publique fait promptement justice de toute exagération, gardons-nous de douter que la morale et le goût, qui en est une partie, ne se replacent d'eux-mêmes sur leur véritable base, et qu'en littérature, le beau et l'idéal soient de nouveau le but des efforts de ceux qui s'y distinguent.

Revenons au discours du président de l'Académie. L'orateur se proposait de démontrer que la critique n'était pas aussi aisée que l'assure l'oracle du Parnasse français; dans ce discours, également remarquable par l'agrément et la pureté du style, et par la finesse des aperçus, il posait en principe qu'une sage critique n'était que l'expression du bon goût, et que les qualités qui doivent distinguer ceux qui s'y livrent étaient, tout simplement, cette portion de génie qui en assure le succès; par ce langage mesuré, l'orateur justifiait ainsi son propre ouvrage, et relevait la dignité de son sujet.

Une communication non moins importante fut faite, dans la même circonstance, à l'Académie, par M. le comte de Villeneuve, préfet du département.

Ce vertueux et savant magistrat, occupé sans relâche des soins de son administration vraiment paternelle, se donnait des peines sans nombre pour hâter l'ouverture du canal de la Durance, et ne cessait de consulter et de retracer les divers tracés, tant anciens que nouveaux, dont les archives de la préfecture et celles de l'ancien parlement regorgeaient, depuis plus d'un siècle, sans profit pour personne ; il appelait auprès de lui, tour à tour, les hommes spéciaux, pour connaître leurs avis ; il publiait des mémoires ; il parcourait les lieux, et pressait, de ses sollicitations et de ses vœux, l'entreprise d'un ouvrage dont tant de communes, désolées par l'aridité du sol, devaient incessamment recueillir les bienfaits ; il traçait, avec bonheur, le séduisant tableau qu'offrirait cette partie du département, et la comparait avec celle que fertilise le canal de Crapone, ce chef-d'œuvre de l'art, pour l'époque à laquelle il fut conçu, qui livra, tout à coup, à l'agriculture, le terroir de vingt communes que des cailloux séculaires avaient entièrement recouvert, et qui vit mourir de douleur celui qui avait eu la gloire de le tracer, de l'exécuter et de vaincre les préjugés et l'opiniâtre obstination de ceux même qui devaient en profiter.

Mais, il faut l'avouer, sans être hostile à de pareilles entreprises, le pouvoir d'alors n'était pas encore arrivé au point de les encourager d'une manière efficace. Dix années de plus devaient amener ces jours si longtemps désirés, et faire jouir la génération actuelle des faveurs de la situation présente et des travaux de celle qui l'avait précédée. Honneur et reconnaissance, cependant, à M. le comte de Villeneuve, qui consacra tant de veilles, et sollicita si vivement en faveur d'une œuvre si utile aux habitants des Bouches-du-Rhône, et qui mit à profit tous les moyens dont il pouvait disposer, pour la voir s'accomplir sous sa bienfaisante administration.

MM. Vincens et Macarry, récemment admis dans la classe des beaux-arts, parlèrent de l'art musical avec cette supériorité de talent qui se fait remarquer dans leurs compositions, et qui pénétra les membres de l'assemblée de la haute importance de ce moyen de civilisation, si propre à exalter ou modérer les grandes passions, et à faire naître ce généreux enthousiasme qui se joue des plus imminents dangers, ou qui peut jeter dans le découragement et la mollesse, les cœurs le plus enflammés pour la gloire.

L'ode de M. Négrel-Féraud sur la musique fit éprouver, en même temps, à l'auditoire, avec les inspirations du poète, tout ce que d'harmonieuses paroles peuvent produire de nobles sentiments sur des âmes sensibles à leurs accords.

Mais la réception de M. Audiffret, avocat d'un mérite incontesté, fut l'un des plus riches ornements de cette solennelle réunion : elle apprit au public que la classe de littérature et d'histoire venait de faire une acquisition d'un grand prix, et que le goût le plus exquis, comme la morale la plus pure et l'instruction la plus solide et la mieux soignée, comptaient désormais un organe de plus dans le sein de l'Académie. La culture des belles-lettres, considérée comme délassement des devoirs envers la société, fut le texte du discours dans lequel l'orateur se peignit de si vives couleurs, que l'un et l'autre furent longuement salués par d'unanimes applaudissements.

L'ode de M. Durand, associé de l'Académie, sur *Le détachement des choses de la terre*; l'*Essai sur l'histoire naturelle de la giraffe*, par M. Salze; *Le néophite aux fonds baptismaux*, poëme lyrique de M. Négrel—Féraud; les *Études poétiques sur Pétrarque*, par M. Alphonse Rostan; l'*Éloge historique de M. le baron de Saint-Joseph*, par M. le secrétaire perpétuel de la classe des sciences, et trois jolies fables de M. Jauffret, secrétaire perpétuel de la classe de littérature et d'histoire, qu'on ne cessait d'entendre avec plaisir et d'applaudir avec enthousiasme, terminèrent honorablement la séance publique et les travaux de la session.

Ce serait une erreur grave de juger des travaux ordinaires des académies, par le nombre et non par la valeur des productions livrées au public; il est

1827.

1828.

1828. plusieurs sujets traités par elles, dont, au dehors, on ne soupçonne pas l'existence, et qui sont déposés dans leurs archives, pour témoigner de leur activité; ce sont les travaux d'intérieur dont on veut parler : les nombreux rapports sur les ouvrages qui leur sont adressés, occupent une large place dans la série de leurs habituelles discussions. Il est hors de doute qu'elles trouvent dans ce genre d'obligations, incessamment renouvelées, l'une des plus puissantes conditions de leur existence; ce sont les plus brillantes occasions, pour les membres dont elles se composent, de se faire remarquer par l'éloge ou la critique, autant que par la justesse de leurs jugements. Appelés à se prononcer sur une foule d'écrits scientifiques ou littéraires, il en est peu qui ne s'efforcent de remplir dignement l'honorable mission qui leur est confiée. Les écrivains, d'ailleurs, qui soumettent leurs ouvrages aux compagnies savantes, sont naturellement jaloux de connaître et de mériter leur suffrage; et, dès-lors, les organes désignés par elles, pour s'expliquer en leur nom, ne sauraient dignement répondre à ce témoignage de confiance, qu'en déployant le zèle, le talent et la réserve qu'inspire cette passagère et délicate magistrature. Quel vide, quelle aridité, d'autre part, ne régnerait-il point dans le sein des académies ! combien d'oiseuses discussions ne surgirait-il pas dans leurs assemblées journalières, s'il leur était défendu de s'éclairer des œuvres qui leur sont confiées et sur lesquelles elles ont à se prononcer ? Comment hâter leur marche progressive ? Où pourrait aboutir un tel isolement ? Les lettres ne sont-elles pas cosmopolites ? Et partout où l'on voit apparaître un bon livre, celui-ci n'est-il pas le bien de tous ; ne devient-il pas, en particulier, l'apanage des académies qui l'agréent comme un tribut qui les flatte, et sur lequel elles ont une sorte de droit de manifester leur pensée ?

L'existence des corps savants, quels qu'ils puissent être, serait d'une courte durée, sans doute, s'ils ne devaient vivre que de leurs propres créations. N'est-ce pas du contact de toutes les intelligences, que naît la perfection du savoir et du goût ? Et cette urbanité de mœurs et de langage que la civilisation voit éclore, peut-elle se produire dans une âpre solitude ? Les académies peuvent être considérées comme des centres reconnus, où convergent les objets relatifs aux sciences, au goût et à la littérature, qui les embellit de ses charmes, et qui prend nécessairement la teinte de l'état social où elle règne ; car le temps amène des formes et des genres différents dans les lettres et surtout dans l'éloquence ; d'où il résulte que celle-ci a plus d'une physionomie, et qu'il ne faut pas se hâter de juger pire ce qui n'est que dissemblable. C'est, en général, le défaut de la malignité humaine de louer ce qui est ancien, pour dépriser ce qui est moderne; chaque siècle, néanmoins, a ses illustrations littéraires, puisque le langage a toujours suivi les variations des temps et du sort des nations; et l'on a remarqué, entre autres choses, que les plus grands orateurs ont vécu chez les peuples libres; ce qui a fait dire que l'éloquence était fille des orages civils: elle est comme une flamme, dit un ancien, il faut des aliments pour l'entretenir et du mouvement pour l'exciter; c'est en brûlant qu'elle jette de l'éclat. Si les guerres font les grands capitaines, les troubles civils font les orateurs. Les progrès de l'éloquence de la tribune, en France, dans ces temps modernes, ne confirment-ils pas cette pensée?

La culture des sciences, comme celle des arts et des divers genres de littérature, suivant les phases des révolutions sociales, doit nécessairement en suivre les mouvements; c'est, aujourd'hui, parmi les corps littéraires, que se débattent, tour à tour, les véritables intérêts des divers travaux de l'intelligence. Il est, au reste, plus aisé d'en comprendre que d'en énumérer les preuves; car peu d'ouvrages de quelque importance passent inaperçus des académies, lors même, ce qui est fort rare, qu'ils ne leur sont pas offerts en hommage par leurs auteurs; mais ces travaux d'examen, ces lucides rapports, ces importantes observations écrites ou verbales, enfin ces jugements, émanés d'une profonde probité littéraire, n'ont certainement pas le public pour confident; et l'on a vu des années académiques s'écouler en lectures d'écrits, de mémoires, d'ouvrages de longue haleine, qui ont absorbé les loisirs consacrés, pour l'ordinaire, à des travaux particuliers aux membres de ces assemblées.

Telle fut celle dont on commence la relation : elle eut le bonheur de ne perdre aucun académicien, et par conséquent, elle n'eut aucun choix à faire pour réparer les pertes que le temps n'oublie guère de renouveler; mais elle eut à regretter deux de ses membres vétérans, MM. Besson et Capus, dont les talents avaient embelli, à une autre époque, la compagnie : le premier, d'un jugement droit et d'une activité remarquable, avait déployé le zèle le plus louable pour introduire, dans les provinces du Midi, les nouveaux principes de chimie de Lavoisier; il avait assidûment suivi les développements de cette science, devenue, dans toute l'étendue de l'expression, grâce au génie de ce grand homme, une science nouvelle; et surtout, il avait éclairé l'Académie, en portant successivement à sa connaissance les découvertes et les heureuses applications aux arts et à l'industrie, dépendantes de cette admirable branche des connaissances humaines, créée vers la fin du siècle dernier.

Le second, M. Capus, avocat justement estimé, homme d'un grand sens et d'un mérite éminent, protecteur-né du faible et de l'opprimé, consacra, dès le début de sa carrière, ses talents et sa parole à la plus noble des causes : il défendit, avec courage, les droits de l'humanité ; les pauvres étaient ses clients de prédilection, et leur gratitude le récompensa, plus d'une fois, des soins généreux qu'il prodiguait à leurs intérêts.

A la perte de ces deux vétérans se joignit bientôt celle de l'illustre doyen de ses associés correspondants ; M. François de Neufchâteau venait de terminer sa longue et brillante carrière. A peine âgé de quinze ans, en 1765, il fut proclamé, à son retour de Malte, l'un des collaborateurs de l'Académie, et le remercîment, en prose et en vers, qu'il adressa, sur-le-champ, à la compagnie, justifia pleinement la faveur que celle-ci lui accordait. Dans un voyage qu'il fit, en 1811, dans le département des Bouches-du-Rhône, il présida l'Académie avec une grâce pleine de tact et de noblesse ; ce fut dans cette séance qu'il proposa l'éloge d'Adam de Crapone, qui, le premier, conçut l'idée du canal du Languedoc, et qui, le premier également, exécuta en France des canaux d'irrigation, et entre autres celui qui porte son nom et qui féconda tant de terres incultes et couvertes de cailloux, dont l'existence, au dire des savants, remonte aux temps fabuleux. M. François de Neufchâteau s'occupait alors, non d'arrosement, mais des moyens de rendre d'immenses domaines à l'agriculture, par le desséchement des marais : il méditait un projet d'un très-haut intérêt ; il proposait au gouvernement de réunir et d'organiser les membre de la légion d'honneur, d'assigner à chacun d'eux le rang qu'il devait occuper, suivant son grade, et de leur confier l'honorable soin d'exécuter, à eux seuls, ce grand œuvre, comme jadis les frères pontifes formaient cette célèbre corporation dont les travaux sont encore aujourd'hui, pour nous, un sujet d'admiration. Il n'est pas sans intérêt d'observer que le pouvoir de cette époque avait, jusqu'à un certain point, prêté l'oreille à ces nobles idées ; mais d'autres temps amenèrent d'autres vues ; les grands projets rencontrent plus d'obstacles que d'encouragements ; ils ne mûrissent qu'avec lenteur. M. François de Neufchâteau mourut le 9 janvier 1828 ; sa vie, désormais, est du domaine de l'histoire.

On n'omettra pas, néanmoins, de citer un trait éminemment propre à caractériser les sentiments patriotiques qui le distinguaient. On n'a pas oublié qu'à l'époque où le blocus continental privait la France des produits exotiques qu'elle recherchait avec le plus de soin, l'attention se portait avec une vive sollicitude, vers les découvertes qui pouvaient les remplacer ou les faire oublier : ces essais, on le sait, amenèrent, sur certains objets, de très-heureux résultats. M. François de Neufchâteau lut à

1828. l'Académie, sur le genêt d'Espagne *(spartium jun-ceum)*, l'un des mémoires les plus curieux qu'on puisse désirer. Cet arbrisseau, disait-il, qui croît spontanément, dans les pays méridionaux de la France, sur un sol stérile et sablonneux, réunit une foule de qualités qu'on retrouve, il est vrai, disséminées sur un grand nombre de végétaux, mais qui ne brillent toutes, à un très-haut degré que dans celui-là. Ses rameaux flexibles et pleins de moelle, rouis dans l'eau, fournissent une espèce de fil propre à faire une excellente toile de ménage, ou servent aux moutons de fourrage pendant l'hiver; les boutons de ses fleurs deviennent des câpres fort délicates; la fleur épanouie, exhalant une légère odeur de fleur d'oranger, séchée au soleil et pulvérisée, forme un héroïque vermifuge; ses graines, parvenues à leur maturité, grillées et mises en poudre, donnent une sorte de café dont le parfum ne laisse rien à désirer; enfin, la racine concassée et bouillie dans l'eau, offre une boisson tonique, aux estomacs affaiblis.... Les épreuves du café furent douteuses, les autres sont à faire.

Il arrive souvent, dans les académies, comme au reste, dans toutes les assemblées, que des sujets importants y sont adoptés aussitôt que proposés, tandis que de frivoles discussions y soulèvent, quelquefois, des dissentiments inattendus, où s'ajoute insensiblement ce que l'amour-propre blessé tient en réserve de mécontentement ou de secrètes prétentions. On ne dit rien ici de ce qui suit les résistances réciproques, lorsqu'elles ont quelque durée; car elles sont trop rares, dans les sociétés littéraires, pour en faire mention.

Un zélé partisan des diverses méthodes de lecture, jaloux d'en ajouter une de son invention à celles qui l'avaient devancé, apparut à Marseille, muni de lettres de recommandation, dont une entre autres pour le premier magistrat du département. C'était un homme recommandable par son mérite et les plus honorables précédents. Il fut bientôt entouré de nombreux adeptes, et prôné par quelques-unes de ces voix retentissantes qui commandent aux vents de la renommée. Sa découverte avait, disait-il, pour résultat, d'apprendre à lire, en cinq ou six leçons, au plus grossier des enfants qu'on lui présenterait; elle consistait, essentiellement, dans l'art de faire connaître les lettres à l'élève, par le mouvement des lèvres du maître; leur jonction accusait la plupart des consonnes; les voyelles se manifestaient par un état opposé, en sorte que le fond de la doctrine ne reposait que sur l'application des mouvements mécaniques des lèvres, à la connaissance et à la prononciation des lettres, ou, si l'on veut, les lettres étaient connues et prononcées par le mouvement seul des lèvres du maître, ce qui faisait dire qu'il y avait là quelque chose de M. Jourdain. Une séance presque publique eut lieu dans les salles de la préfecture, pour que l'auteur pût faire connaître sa méthode d'une manière solennelle et donner une leçon théorico-pratique de statilégie. L'Académie y fut dignement représentée, et, dans un rapport lumineux, M. Bazin, l'un de ses membres, lui fit connaître tout ce qui s'était passé de remarquable dans cette brillante réunion.

Ce qui devait ajouter un nouveau prix à ce nouveau mode d'enseignement, c'est que l'intérêt matériel n'entrait pour rien dans les vues généreuses de l'inventeur. Seulement, il avait modestement donné son nom à sa méthode, et c'était alors, plus que jamais, l'époque de la méthode Lancastrienne. Mais voilà que, tout à coup d'avides spéculateurs marchandent une concession ; se proposent de créer des succursales dans les départements ; se mettent en mesure pour obtenir, en faveur de l'auteur, un brevet d'invention. Des offres sont faites, des transactions se multiplient, à son insu ; des sommes sont versées ; des discussions s'élèvent de toutes parts, autant sur le mérite de la méthode, que sur les produits qu'on en attend. L'auteur est parti, sa méthode l'a suivi, et s'il faut juger de la valeur de celle-ci par l'éclat qu'elle eut un instant, on doit regretter d'en avoir sitôt perdu le souvenir.

L'arrivée de M. Riffaut dans sa ville natale, après vingt-deux ans de voyages dans le Levant, et notamment en Égypte, fixa plus longtemps l'attention et les goûts de l'Académie ; c'était, pour elle, un heureux événement. L'intrépide et laborieux voyageur fut bientôt appelé dans ses séances, qu'il remplit fréquemment des curieux détails de ses lointaines excursions. Peu de lieux célèbres de la Haute et Basse-Égypte furent négligés par M. Riffaut ; il refit plusieurs fois les explorations des savants de la célèbre expédition ; il pénétra dans le dédale des hypogées ; il fouilla les ruines antiques ; habita sous la tente de l'arabe avare et jaloux ; il brava, durant plusieurs étés, le ciel brûlant de Syène (Assuan) et de Thèbes, les inondations du fleuve mystérieux, et partout, il fut dédommagé de ses privations et de ses souffrances, par une abondante moisson d'objets précieux, dont il forma une riche collection.

Dans cet immense champ des vieux âges, rarement le glaneur intelligent reste longtemps les mains vides : le sable qui recouvre les antiques générations et leurs œuvres, n'est jamais assez soulevé pour découvrir tout ce que recèlent les entrailles de cette terre qui fut le berceau des arts. Qui connaît même la profondeur du sol au-dessous duquel on cesserait, en ces lieux, de contempler les débris des populations éteintes ? De belles et récentes découvertes, après des siècles de recherches, prouvent, du moins, que l'Égypte souterraine n'ouvre qu'à regret ses trésors.

1828.   M. Riffaut, cependant, put lui ravir de nombreux
témoignages historiques des temps les plus reculés,
et revint dans sa patrie chargé de ces riches dépouilles que les siècles n'ont pu dévorer, et qui perpétuent tant et de si lointains souvenirs. L'Académie
s'empressa d'accueillir ce compatriote avec la cordialité dont il était digne, et se plut à lui marquer tout
l'intérêt que son généreux dévouement à la science
lui avait acquis auprès des corps savants. Doué
d'autant de modestie que de talent, M. Riffaut n'é-
mettait une opinion sur les objets d'antiquité qu'il
avait recueillis, qu'avec une grande circonspection,
et présentait toujours, sous la forme du doute, les
questions qui s'y rattachaient, lorsqu'elles présen-
taient quelques difficultés, ou qu'il ne pouvait les
justifier par le témoignage des savants illustres qui
l'avaient devancé dans la carrière.

Né à Marseille, il eût désiré que sa collection ap-
partînt à la ville qui l'avait vu naître; l'Académie
peut, à cet égard, rendre témoignage des louables
dispositions dont il était animé. Il la consulta, et
celle-ci le confirma dans sa patriotique résolution.
M. Négrel-Féraud, l'un de ses membres, fit un
très-intéressant rapport sur l'ensemble de ces monuments; tous les membres de l'Académie eurent
le loisir de les examiner; M. Riffaut, d'ailleurs, qui
en avait pris lui-même les dessins, les expliquait,
avec un soin extrême, à ses confrères.

Enfin l'offre en fut faite au corps municipal. Les conditions de la cession étaient tellement modestes, que personne ne doutait de leur acceptation; mais il n'en fut pas ainsi, quoique le cessionnaire laissât entièrement libre le conseil municipal de fixer, lui-même, l'époque et le mode du paiement. Ce qu'il y a de regrettable, dans ce fait, c'est qu'il ne s'élevait aucune difficulté sur la valeur et l'estimation de la collection; que tout le monde convenait de l'opportunité de l'achat, de l'agrément dont il embellirait la ville, et de l'occasion qui s'offrait aux magistrats de reconnaître la noble intention d'un citoyen, d'un compatriote laborieux, versé dans la connaissance de l'antiquité, qui mettait toute sa joie à faire partager à ses concitoyens les jouissances qui firent le charme de toute sa vie. La collection fut refusée, et enfin transportée dans la capitale, dans ce centre des arts et de la science, où l'illustre, l'infatigable M. Jomard, en a fait ressortir la richesse, et surtout augmenter les regrets des Marseillais; personne n'ignore qu'elle occupe, parmi les antiquités égyptiennes, le rang distingué que les savants lui ont assigné.

Une brillante notice historique sur le capitaine Blancard, de Marseille, membre de la classe des sciences de l'Académie, par M. Jauffret, secrétaire perpétuel de la classe de littérature et d'histoire, transporta, tout à coup, l'attention de la compagnie,

de la Haute–Égypte sur les bords du Gange et la
rivière de Canton, but ordinaire de la navigation de
ce marin, et, depuis quarante ans, le théâtre de
ses transactions commerciales. Après avoir parcouru, plusieurs fois, à peu près, toutes les côtes
des Indes-Orientales, étudié les mœurs, le langage
et le genre de trafic des peuples plus ou moins
civilisés qui les habitent, le capitaine Blancard parvenu à la maturité de l'àge, publia le *Manuel du
Commerce des Indes–Orientales et de la Chine*, ouvrage dont le titre modeste cache des recherches
sans nombre et les faits les plus précieux sur les
nations de ces contrées qui ont des rapports avec
les Européens. L'auteur, naturellement franc et
sans prétention, y traite, en vrai marin, des dangers et des piéges où tombent communément les
capitaines marchands, à leur arrivée parmi des peuplades fourbes, intéressées et cruelles quelquefois,
pour satisfaire leurs intérêts. Il indique, avec soin,
les objets d'échange recherchés par chacune de ces
castes en particulier, et marque exactement ceux
qu'elles altèrent souvent, et qu'elles livrent en
retour. Le chapitre des monnaies, l'un des plus
importants, est remarquable par sa précision, et la
parfaite connaissance de leur valeur intrinsèque et
de convention. Jaloux d'ètre utile aux navigateurs
marchands, ses confrères, il eut le soin d'indiquer
les heures des marées dans les divers ports de

l'Inde et de la Chine, en particulier; le mouvement
des populations, et les relations entre la valeur des
différentes mesures, souvent trompeuses, de ces
peuples avides et toujours enclins à la fraude. Le
capitaine Blancard est enfin le guide des capitaines
au long cours, et il leur prodigue les avis qu'il
puisa dans ses longues campagnes, et dans les
revers imprévus que, quelquefois il essuya.

Ce n'est point ici l'histoire philosophique du
commerce des Deux-Indes, rédigée par un brillant
écrivain, tout à fait étranger à la navigation et au
commerce, dont les idées exaltées et toujours
nébuleuses, ont plus d'éclat que de solidité, et
laissent, dans l'esprit, une vague impression de
liberté mal définie, et, peut-être, un sentiment
romanesque d'une espèce de bonheur que l'homme
rêve et n'atteint pas; non, l'ouvrage du capitaine
Blancard n'étincelle pas de cet esprit d'antithèse et
de déclamation, mais il se distingue par un rare
bon sens et des connaissances positives; il est tout
de pratique; c'est tout simplement l'expression de
ses œuvres; c'est l'histoire de toute sa vie de navigateur; c'est la répétition de ses voyages sur mer;
les leçons d'un père à ses enfants, et les capitaines
marins qui viendront après lui, le préféreront,
sans doute, à des descriptions fantastiques qui ne
laissent que du vide dans l'esprit. Le capitaine
Blancard assistait régulièrement aux séances de

l'Académie et mourut âgé de quatre-vingt-cinq ans,
assis près du rivage de la mer.

Un discours non moins remarquable par l'élé-
gance et la correction du style, que par la convenance des sentiments qui l'inspiraient, fournit à
M. Paul Autran, président de l'Académie, l'occasion
de signaler au public que celle-ci touchait précisément à l'époque séculaire de sa fondation, et de
rappeler, en même temps, les hommages justement
dus à ces littérateurs estimables dont les noms se
recommandent au souvenir et à l'admiration des
Marseillais. Un rapide coup d'œil biographique sur
le mérite éminent de ces nouveaux fondateurs du
culte des lettres dans cette antique cité, ne pouvait
manquer d'éveiller de précieux souvenirs et de
rappeler le zèle et la persévérance dont ils furent
animés, lorsqu'ils conçurent le projet d'élever un
temple au savoir et au bon goût, au moment même
où le fléau désolateur de 1720 avait à peine laissé
quelques victimes lui survivre. Les premières
réunions publiques de l'Académie eurent lieu en
1728 ; les travaux qu'elle offrit aux contemporains, furent incontestablement un gage de sa
durée, et lui méritèrent les applaudissements du
premier corps littéraire du royaume, dont elle avait
obtenu l'affiliation et qui recevait d'elle, en échange,
un tribut annuel qu'elle acquitta fidèlement, jusqu'au jour où jugeant trop promptement, peut-

être, sa dignité blessée, elle le refusa sans retour.

Reportant, ensuite, l'attention des membres de l'assemblée vers le temps qu'on vient de signaler, l'orateur ne manqua pas de faire observer la différence des époques, des goûts, des habitudes, comparés avec ceux de nos jours, et il dut nécessairement conclure, que si les sciences, les lettres et les arts brillent à Marseille, aujourd'hui, d'un vif éclat, il faut se garder de croire qu'ils fussent aussi généralement répandus aux jours de la fondation de l'Académie; il termina par l'annonce de la publication de l'histoire de la compagnie, pour célébrer la fête séculaire de son établissement.

Passant à des sujets moins sérieux et plus aimables, l'Académie gardait des applaudissements pour l'*Enfant de l'hospice*, et le *Français en Helvétie*, deux sujets d'élégie traités par M. Audiffret, l'un de ses membres de la classe des belles-lettres, connu, depuis longtemps, par le goût exquis de ses poésies et particulièrement par la délicatesse des sentiments moraux dont elles sont animées; s'il est vrai que l'accent du poète grave au fond des cœurs les impressions dont il s'inspire, l'éloge de notre confrère se retrouvera toujours dans celles qu'il fit éprouver à l'assemblée.

L'épître en vers d'*Une dame à son amie qui se propose de nourrir son enfant*, par M. le professeur Jossaud, revêtue de ces formes auxquelles le talent

1828. seul peut prétendre, renouvela bientôt le sentiment de cette joie douce et pure qu'inspire un acte
éminemment maternel, qu'une indifférence, rarement excusable, ne fait que trop souvent dédaigner,
bien qu'une voix intérieure en impose la loi, et
qu'elle se venge souvent du mépris de ses tendres
inspirations.

Les élégies de Properce, de cet illustre protégé
d'Auguste, et l'ami de Mécène, de Tibulle, de
Gallus et d'Ovide, traduites par M. Gabriel Jourdan,
membre de la classe des belles-lettres, ajoutèrent
aux charmes de ces nombreuses lectures, tout ce
que le Callimaque romain a de pureté de style,
joint à la délicatesse du sentiment. Ce n'est pas un
médiocre service à rendre à la littérature, de faire
passer dans notre langue la finese d'un auteur
latin, exhumé si tard de la poussière des temps,
quoiqu'il fît les délices des personnages du bon ton,
à Rome, et, qu'au rapport de Quintilien, grand nombre de lecteurs le préférassent à Tibulle. Auguste
enfin sourit aux élégies de Properce dont il avait
fait mourir le père, pour avoir suivi le parti d'Antoine, le triumvir; le poète, sans doute, lui faisait
moins d'ombrage que le guerrier.

Les regrets exprimés, au nom de l'Académie, par
M. Paul Autran, son président, sur l'insuffisance
des efforts des prétendants au prix de l'éloge de
l'abbé Barthélemy, fournirent à cet honorable

académicien, l'occasion d'émettre de graves observations, sur ce sujet, et de donner de sages conseils
relativement à la forme et au style de l'éloge : en
offrant, ensuite, aux nouveaux concurrents, **un
rapide coup d'œil sur l'immense talent et le mérite
personnel de l'auteur d'***Anacharsis***, il leur indi-
quait le champ vaste et fertile qu'ils avaient à parcourir, et leur en traçait la route avec tant de**
précision, que ses vues ingénieuses jetaient les bases
du succès de leurs compositions; c'est ainsi qu'en
leur découvrant ces sources d'encouragement,
l'orateur esquissait l'éloge de son héros.

**Un exposé des récentes fouilles entreprises dans
la ville d'Arles, sur le sol au-dessous duquel reposait l'ancien théâtre de cette ville romaine, par
M. le comte de Villeneuve, et sur lesquelles, dans**
ces derniers temps, MM. Jacquemin et Clair ont
fourni de précieux détails; le savant récit analytique
des voyages en Égypte, par **M.** Riffaut; des considérations sur Miltiade, où brillent l'érudition et le
goût, par **M.** Hubaud, trésorier de la compagnie,
fragment remarquable d'une histoire critique des
guerres entre les Perses et les Grecs, qui annonce
un travail dont l'esprit de recherches et le savoir
de l'auteur garantissent le succès (1); des vues

(1) **Notice des travaux de M.** Hubaud, trésorier honoraire de
l'Académie.

Essai d'un complément au Nouveau Dictionnaire portatif de

1828.   ingénieuses de M. Salze sur quelques familles de
végétaux, ne pouvaient être plus dignement ter—

bibliographie de M. F.-J. Fournier, précédé d'une *Notice bibliographique sur ce Dictionnaire;* inséré dans les Mémoires de
l'Académie de Marseille, tom. XII.

Additions à l'Essai de complément dont on vient de parler.

*Lettre à M. Millin sur le Manuel du libraire et de l'amateur
de livres, par M. Brunet fils;* insérée dans le Magasin encyclopédique, année 1810, tom. IV.

Lettre deuxième à M. Millin sur le même Manuel, 2e édition;
insérée dans le Magasin encyclopédique, année 1815, tom. V.

*Notice et extraits d'un livre rare sur les sciences, intitulé :
Œuvres de messire Jacques le Royer, sieur de la Blinière, etc. ;*
lus à l'Académie de Marseille.

Dissertation bibliographique sur les doubles éditions.

*Examen critique du Dictionnaire bibliographique, ou Nou-
veau Manuel du libraire et de l'amateur de livres, par P. Baume;*
lu à l'Académie de Marseille.

*Dissertation sur le Recueil de contes et nouvelles de la Reine
de Navarre, autrement dit: l'Heptameron;* lue à l'Académie
de Marseille, présentée à l'Académie des Inscriptions et
Belles-Lettres, et qui fut l'objet d'un rapport avantageux de
M. Raynouard.

Rapport critique sur un mémoire, écrit en italien, *faisant
partie de ceux de l'Académie royale de Turin,* tom. XXVIII, contenant des observations bibliographiques et littéraires au sujet
d'un opuscule faussement attribué à Pétrarque, par M. l'abbé
Constanzo Gazzera, conservateur de la bibliothèque de l'université royale de ladite ville; lu à l'Académie de Marseille.

Considérations sur Miltiade, fragment d'une Histoire critique des guerres entre les Perses et les Grecs, jusqu'à la mort
d'Alexandre-le-Grand; lues à l'Académie de Marseille.

*Notice d'un manuscrit appartenant à la bibliothèque publique
de Marseille,* suivie d'un *Aperçu sur les épopées provençales du*

minés, que par le chant lyrique de *Tancrède et Herminie*, de M. Négrel-Féraud, dont chaque lecture est, pour lui, un nouveau triomphe; enfin, pour distraire l'assemblée de tant d'importantes communications, on eût dit que M. Jauffret, secrétaire perpétuel de la classe des belles – lettres, d'histoire et de celle des beaux–arts de l'Académie, toujours si bien inspiré par sa Muse, attendait, avec de nouvelles fables, le moment d'introduire sur la scène ses ingénieux animaux, pour confirmer, par leur organe, quelque point de saine morale, et moissonner ce qui restait de satisfaction et d'applaudissements dans l'esprit des auditeurs.

1828.

Personne n'ignore qu'à cette époque, apparurent, plus ouvertement que jamais, les prodromes des événements publics dont 1830 devait offrir le complément. De sourds murmures, des essais de désordre présageaient de prochains orages, tandis que la sécurité du pouvoir semblait s'accroître des éléments même qui le menaçaient : dans ces jours, si faciles à caractériser, où s'organisaient tant d'opiniâtres résistances, la presse remuait vivement toutes les intelligences, et les sociétés littéraires n'étaient pas médiocrement sollicitées : ce fut dans

1829.

moyen âge, relatives à la chevalerie de la Table–Ronde; lue à l'Académic de Marseille.

Notice et extraits du Roman du Renard, composé au commencement du XIIIᵉ siècle; lus à l'Académie de Marseille.

1829.

ces circonstances, que des lettres, le plus gauche-
ment écrites, furent adressées à l'Académie, lui
reprochant sa torpeur politique et son peu de parti-
cipation au nouveau mouvement des esprits : ces pro-
vocations imprévues lui révélèrent une importance
dont elle ne s'était jamais douté ; mais les sarcasmes
les plus amers, les plus pitoyables injures furent
bientôt le prix du silence dont elle avait accueilli ces
populaires épanchements.

Jamais il ne fut émis de pensées politiques dans
les réunions de l'Académie ; il s'en fallait de beaucoup, cependant, que les membres dont elle se
composait, perdissent leurs opinions et leur rang
dans la société ; mais, une fois réunis dans le temple
des Muses, on ne trouvait parmi eux que des hommes recommandables par leur savoir, et des artistes
distingués ; là, ils étaient comme ils devaient l'être,
c'est-à-dire, entièrement étrangers aux collisions
du dehors ; ils avaient déposé sur le seuil de la porte
de l'Académie les sentiments politiques qui leur
étaient personnels, et se persuadaient, de plus en
plus, tous les jours, que les sociétés littéraires n'é-
taient pas instituées pour faire du gouvernement ;
ils étaient, enfin, satisfaits de leurs opinions, en
professant sur les affaires publiques des doctrines
d'ordre et de sagesse, qui peuvent se passer de
bruyantes manifestations, et dont les académies
doivent laisser la spécialité aux citoyens désignés

par la loi, pour présider à leur direction. Lorsque
cet esprit de réserve n'a fait défaut dans aucune circonstance, dans le sein d'une compagnie savante,
pendant un demi-siècle d'incessantes révolutions, il
lui est permis de braver le vain murmure de l'ignorance et de la mauvaise foi, et de consigner ce fait
dans l'exposé des actes qui lui sont particuliers.

L'Académie continua donc ses travaux avec une
nouvelle ardeur; son histoire depuis sa fondation,
en 1726, jusqu'en 1826, par M. J.–B. Lautard,
secrétaire perpétuel de la classe des sciences, fut
déposée sur le bureau; elle fut accueillie de la manière la plus flatteuse : d'unanimes remerciements,
votés par la compagnie et immédiatement trans-
mis à l'auteur, témoignèrent de sa vive satisfaction,
et mirent le comble à la joie de l'historien. Plusieurs
fois entreprise, jadis, cette histoire n'avait pu se
continuer, et la compagnie manquait encore d'un
récit général et concis de tout ce qui s'était passé,
pendant plus d'un siècle, dans son sein.

Des retards dans l'impression de cet ouvrage,
dont les causes avaient échappé à toutes les prévisions, n'avaient pas permis de le faire paraître,
comme on en avait le projet, le jour de la fête séculaire de la fondation de l'Académie; mais celle-ci
en fut dédommagée par l'addition d'une foule de
documents, que, dans cet intervalle, l'auteur avait
eu l'avantage de se procurer. Elle voulut bien lui

1829.   adresser ampliation de la délibération suivante:

« L'Académie vote des remerciements unanimes
« à M. J.-B. Lautard, secrétaire perpétuel de la
« classe des sciences qui, par des soins et un zèle
« digne des plus grands éloges, a tiré de l'oubli des
« faits infiniment honorables pour elle, et a rédigé
« son histoire avec tant d'exactitude et de charme,
« que la lecture en est pleine d'intérêt, même pour
« ceux qui n'appartiennent pas à ce corps savant ;
« et il a su, avec un art infini, associer l'histoire
« littéraire du xviiie siècle à l'histoire particulière
» de l'Académie, faire revivre, à cette occasion, les
« anecdotes les plus piquantes, et rappeler le sou-
« venir des hommes les plus remarquables de cette
« glorieuse époque. »

Ce qui fut également agréable à la compagnie,
c'est l'empressement que les sociétés littéraires,
qui correspondaient avec elle, mirent à rechercher cet ouvrage, et les éloges dont il fut l'objet.
Toutes voulurent connaître ce tableau des obstacles dont s'environnent toujours la création et le
berceau des établissements scientifiques, les vicissitudes et les contre-temps attachés à leur développement, les constants efforts qu'exige leur
chancellante conservation, le peu de sympathie qu'à
cette époque, les lettres obtenaient dans les lieux
éloignés de la capitale, et les actes enfin qui, depuis
plus d'un siècle, assignaient à l'Académie de Mar-

seille, un rang si distingué parmi les corps savants.

M. Jauffret, secrétaire perpétuel de la classe de littérature et d'histoire de l'Académie, publiait, dans le même temps, la collection la plus complète de ses fables, et M. Adolphe Jauffret, son fils, les traduisait en vers latins, avec un rare succès. Ainsi le furent jadis celles de La Fontaine; mais le traducteur de celles-ci n'obtint point de l'Université, comme M. Jauffret, l'honneur de voir sa traduction embellir les bibliothèques des colléges, celles des départements, et d'être donnée en prix aux élèves, dans les distributions solennelles des couronnes littéraires, ainsi que le prescrivirent les arrêtés de M. le ministre de l'intérieur et du Conseil royal de l'Université. L'accumulation de tant de faveurs mit le comble à la joie de MM. Jauffret père et fils, qui s'empressèrent simultanément d'offrir à la compagnie le fruit de cette communauté de travaux, dont le mérite et l'éloge se retrouvent dans l'honorable distinction qu'on vient de signaler.

C'était l'année des nouveaux procédés, des essais de tout genre, des systëmes merveilleux pour tout apprendre en peu de temps : ces chimères ont des époques qui leur sont propres ; et, pour être irrégulière, leur apparition n'en est pas moins certaine, dans un intervalle de temps plus ou moins limité. Pour que l'Académie eût abondamment de ces communications, les spéculateurs de nouveautés renouvelèrent leurs instances auprès d'elle, pour en obtenir surtout des renseignements positifs sur les résultats de l'emploi de la méthode de lecture Laforienne, dont on a déjà beaucoup trop parlé, peut-être ; mais obsédée, cette fois, de tant d'importunes requêtes, elle résolut enfin d'y mettre un terme et de clore des débats, qu'elle n'eût dû jamais accepter. Les indiscrètes exigences, trop fréquemment ré-pétées, provoquent de brusques déterminations ; ainsi, l'abus que l'on fit de son obligeance produi-sit, tout à coup, chez elle, ce qu'elle eût plus sû-rement obtenu de plus de réserve dans ses bien-veillants conseils.

M. Blanpain, membre de la classe des sciences, cultivant, toujours avec une nouvelle ardeur, l'as-tronomie, sa science de prédilection, élevait l'at-tention de l'Académie vers le théâtre de ses études ; il lui faisait part de ses observations sur la comète de quarante jours qui se montrait en ce moment ; il rappelait à ses confrères, qu'il l'avait signalée lors de son précédent retour, en 1825, et que, dès-lors, il leur avait annoncé qu'elle passerait, de nouveau, à son périhélie, dans le mois de janvier 1829, ce qui était effectivement confirmé par sa présence actuelle sur l'horizon. Ce savant académicien ajou-tait, qu'après plusieurs jours de temps couvert, il avait aperçu cet astre dès le 27 octobre précédent, au moyen d'une lunette de nuit très-imparfaite, la

lune se trouvant encore sur l'horizon, et qu'il réussit, sans peine, dans la même soirée, à en déterminer la position approchée, quoique dénué de tout
instrument astronomique ; il promettait ensuite de
redoubler d'efforts pour suivre la marche de cette
comète jusqu'à son entière disparition, pour l'Europe, et de communiquer à la compagnie le résultat
détaillé de ses travaux.

Une notice biographique sur le savant astronome
provençal pour lequel Louis XIV fit construire un
modeste observatoire au couvent des RR. PP. Minimes de Marseille (1), ne pouvait être mieux placée, dans la série des actes de l'Académie, qu'après
la communication de M. Blanpain ; ce fut ce qu'accomplit M. Jauffret, secrétaire perpétuel de la classe
de littérature et d'histoire, en donnant de curieux
détails sur la vie et les ouvrages du P. Feuillée. Cet
élève de la nature, devenu astronome célèbre, illustre par ses voyages et ses vastes connaissances
géographiques, naquit dans la contrée où Gassendi
reçut le jour ; il eut pour amis les Cassini, les Plumier, les Maraldi, les Laval ; et ce fut par ordre de
Louis XIV, qu'il entreprit plusieurs voyages dans

---

(1) L'auteur de cette histoire, dans la crainte de voir incessamment démolir ce monument de la science et de la modestie
d'un savant aussi célèbre, a prié M. Lamy, l'un de ses confrères de l'Académie, de vouloir bien le dessiner, pour en conserver le souvenir.

1829. diverses parties du monde, pour l'avancement des progrès de l'astronomie, de la géographie, de la navigation et de l'histoire naturelle; il parcourut, à diverses reprises, l'île de Candie, l'Archipel, les côtes d'Espagne, celles d'Afrique, les Antilles, la Nouvelle-Espagne, le Pérou, le Chili, le Brésil, le Paraguay, et les plus savantes, les plus utiles observations furent le résultat de ces voyages. Il trouva les côtes du Chili et du Pérou, placées, jusqu'alors, par nos meilleurs géographes, à près de deux cents lieues de différence de leur véritable position; il trouva encore le pays qui comprend les îles de l'Amérique et de la Nouvelle-Espagne, éloigné de sa vraie situation de près de cent soixante lieues.

Tout le monde sait de quelle importance fut le voyage du P. Feuillée, entrepris en 1724, aux îles Canaries; les géographes français faisaient passer le premier méridien par l'île de Fer, et Louis XIII, sur l'avis des savants de son siècle, avait défendu, par son ordonnance du 1er juillet 1634, de ne rien changer à cet égard. Il était cependant indispensable de connaître la position précise de cette île. L'Académie royale des sciences désigna le P. Feuillée pour cet objet : muni des lettres les plus flatteuses de Sa Majesté, et de celles du roi d'Espagne, ce savant, rendu aux îles Canaries, fixe le premier méridien, en rigueur astronomique, dans l'île de Fer; il marque la différence en longitude qui se

trouve entre elle et l'observatoire de Paris; il dé—
termine enfin la hauteur du pic de Ténériffe et la
longueur de la Méditerranée. L'Académie fut satisfaite, et les vues de Louis XIV remplies : c'est sur
ces observations que les géographes se sont réglés
depuis, pour réformer leurs cartes ou en dresser
de nouvelles.

Ce fut au retour du voyage de la mer du Sud,
qu'il présenta au Roi un grand in-folio, où il avait
dessiné tout ce que la nature produit dans ces vastes
régions en poissons, plantes, oiseaux, etc. Cet ouvrage fut déposé dans la bibliothèque du roi, ainsi
que le journal de son voyage aux Canaries.

Associé de l'Académie de Marseille, il enrichit le
recueil de ses mémoires d'un grand nombre de savantes observations. Feuillée, dont le véritable nom
est *Feuillet*, fut d'abord portier du couvent des Minimes de son village; il devint ensuite membre de cet
ordre, et se suffit à lui-même pour les mathématiques; il n'avait pas dix ans, qu'il s'aperçut que le
mouvement de la lune, d'orient en occident, était
beaucoup plus rapide que celui des autres planètes
dont il observait avec soin la différente situation à
l'égard des étoiles fixes. Il mourut, à Marseille, le
18 avril 1732. Il avait formé un élève de sa province, qui lui aurait fait le plus grand honneur, le
P. Charles-Emmanuel Sigaloux, correspondant de
l'Académie des sciences, pensionnaire du roi; mais

une mort prématurée l'enleva aux sciences et à sa tendre amitié.

Parmi les ouvrages reçus, sur ces entrefaites, par l'Académie, on distingua l'*Essai sur les institutions nationales et municipales des Gaules et de la France, jusqu'à nos jours*, par M. Jules Julliany, de cette ville. Le soin que mit l'Académie à connaître cette importante publication, en nommant, pour l'examiner, une commission composée de plusieurs de ses membres, prouve suffisamment, et la haute opinion qu'elle avait conçue de cet écrit, et la vive sympathie qu'elle éprouvait pour les talents distingués et les précieuses qualités personnelles de l'auteur: ces sentiments, exprimés de la manière la moins équivoque, acquirent une nouvelle force et se manifestèrent avec plus d'éclat, lorsque le rapport, qu'elle attendait avec impatience, vint encore ajouter à l'opinion qu'elle s'en était déjà formée.

Ce fut une nouvelle satisfaction pour l'Académie, lorsque M. le comte de Villeneuve, préfet du département, lui fit hommage du récit historique de l'inauguration des tombeaux des comtes de Provence, Ildefonse II et Raymond-Bérenger IV, dans l'église paroissiale de Saint-Jean d'Aix. Ces mausolées du moyen âge, d'un riche travail, rappelant d'anciens souvenirs, et consacrés à la mémoire de personnages justement honorés, furent, comme tant d'autres ouvrages d'art et de piété, la proie de

cette race vandale de récente époque, dont la bru--
tale rage couvrit le sol de la France de débris. Une
voix noble et pieuse commandait la restauration de
cet asile de la cendre des morts; mais qui ne sait
avec quelle lenteur se redressent les ruines et leur
promptitude à s'amonceler? Ici, cependant, les
dessins de ce monument ayant été heureusement
conservés, on put le reconstruire avec autant de
grâce et de délicatesse qu'en offrit jadis le modèle :
on rendit hommage, surtout, à l'éloquente allocution de M. de Villeneuve qui, dans cette touchante
cérémonie, parla de la violation des tombeaux, du
respect dont ils sont dignes, et des vertus des comtes
dont ce monument rappelait la gloire, avec cette
noble conviction d'une âme qui ne trouve de charme dans la vie, que dans l'accomplissement ou le
récit d'une bonne action.

L'*Histoire de la ville de Montpellier*, par M. Garonne, fournit à M. le secrétaire perpétuel de la
classe des sciences, l'occasion de faire un rapport
d'autant plus étendu, qu'aucun fait un peu remarquable, signalé dans l'ouvrage, ne fut passé sous silence, ni légèrement admis sans discussion ; chose
assez rare aujourd'hui, dans les travaux sérieux, et
plus rare encore, peut-être, parmi les écrivains
chargés de les faire connaître au public. Il est juste
de dire aussi que l'auteur de l'*Histoire de Montpellier*, de cette ville célèbre, regardée, depuis tant de

siècles, comme le temple d'Épidaure, a trouvé, dans
le travail du rapporteur, l'éloge le plus flatteur de
son mérite, de sa manière d'écrire et de sa véracité.

M. Poutet, qui occupe un rang honorable dans
la *Nouvelle Encyclopédie*, cet infatigable chimiste,
dont le nom se lie toujours aux découvertes usuelles
les plus utiles, à l'art du raffineur de sucre, à celui
du savonnier, etc., présentait à l'Académie de curieuses observations sur *le savon en crême, à l'a-
mande amère*, et il en étalait devant elle des échan-
tillons, très-agréables à la vue, sous forme cristalline
amiantée. Si jadis les dames romaines de haut rang
soupiraient, au rapport des auteurs anciens, après
le savon des Gaules, tout grossier qu'il était, pour
rendre blonds leurs cheveux noirs, avec quel empressement n'eussent-elles pas appelé de leurs
vœux, pour adoucir leur peau, cette crême écla-
tante, si richement parfumée? Mais ne dirait-on pas
que la cosmétique, aujourd'hui, s'est perdue dans
ses perfectionnements?

La *Collection des lois maritimes antérieures au dix-
huitième siècle*, offerte à l'Académie par son associé
correspondant, M. Pardessus, membre de l'Institut
et député des Bouches-du-Rhône, fut pour elle le
signal de très-intéressantes communications de
quelques-uns de ses membres, et entre autres, de
celle de M. le secrétaire de la classe des sciences.
Où pouvait-être plus favorablement accueillie qu'à

1829.

Marseille, cette heureuse pensée de ne former qu'un
seul faisceau des anciens règlements du commerce,
de ces lois maritimes éparses, depuis des siècles,
dans le monde commerçant ; de ces lois que Marseille apporta dans les Gaules, elle qui jadis eut Tyr
pour modèle ; qui toujours fut prise pour arbitre,
dans les discussions élevées parmi les nations mar-
chandes ; Marseille qui, la première, nomma des
agents dans les divers ports du Levant, où, dans la
suite, ils furent décorés du nom de consuls de commerce, pour présider à l'exécution de ses statuts, et
défendre les droits des citoyens et ceux de l'humanité ; cette ville enfin qui, dans celles du Levant,
possédait des rues qui portaient son nom et qui n'é-
taient peuplées que de Marseillais, et cela, à une
époque où le commerce était encore inconnu à certaines nations jalouses qui fréquentent les mêmes
rivages, d'où leur ambitieuse domination s'efforce
d'éloigner nos vaisseaux ?

N'était-ce pas à Marseille qu'antérieurement aux
croisades, se trouvait le dépôt des plus anciennes
chartes, des plus anciens titres, lois et usages du
commerce de la Méditerranée ? Et si la main du
temps, les incendies, et d'autres causes tout aussi
actives, peut-être, n'eussent simultanément concouru à la destruction de ces antiques archives, ne
serait-ce pas dans ce trésor ruiné, que l'Europe entière retrouverait aujourd'h u ces titres vénérés

1829. dont les vaines recherches des curieux ne peuvent
constater que d'obscurs souvenirs, puisqu'on y rencontre encore des débris destinés à fomenter nos
regrets? M. Pardessus a pu s'assurer de ces faits,
et son grand et précieux ouvrage lui assure à jamais
l'estime des savants et la reconnaissance de la postérité. Marseille, surtout, ne l'oubliera point; car il
écrivait, en 1829, à l'Académie, que «si les liens
«politiques qui l'attachaient à cette ville, venaient
«à se rompre, il se regarderait toujours comme
«citoyen de Marseille, puisqu'il était inscrit au
«nombre des collaborateurs des savants qu'elle
«entoura toujours de son estime, et qui perpétuent
«la gloire de son antique illustration. »

M. Hubaud, trésorier honoraire de l'Académie,
entretenait, dans ce moment, celle-ci, de recherches d'un tout autre intérêt: il répandait sur l'un
des sujets les moins connus et les plus arides, toute
la clarté dont il est susceptible; il était question
d'un mémoire, faisant partie de ceux de l'Académie
royale des sciences de Turin, tome XXVIII, contenant des observations bibliographiques et littéraires, au sujet d'un opuscule attribué à Pétrarque,
par M. l'abbé Gazzera, préposé à la conservation
de la bibliothèque de l'université royale de la ville
qu'on vient de nommer; profondément versé dans
la science bibliographique et bibliophile très-distingué, la sagacité de notre savant confrère apparais-

sait dans tout son jour, de telle sorte que les moins avancés dans ce genre de connaissances, ne purent se défendre d'applaudir à sa critique et de partager ses convictions; mais ce qui rendait cette lecture plus piquante encore et justifiait son à-propos, c'est que MM. Buchon, Saint-Cric, Méry et Lorillard, casuellement à Marseille, embellissaient cette as-semblée, et joignaient leurs suffrages à ceux de la compagnie.

Un aimable commentaire sur quelques fables de Florian, par M. Jauffret, termina, d'une manière agréable, la durée de cette réunion, comme les atellanes, chez les anciens, terminaient les repré-sentations dramatiques.

Cependant, M. de Villeneuve, ingénieur des mi-nes, offrait à l'Académie un mémoire d'un haut intérêt, sur la solubilité des sels et les doubles dé-compositions, dont M. Négrel–Féraud fit ressortir les vues ingénieuses, en désignant, d'une manière spéciale, les nombreuses applications et les avan-tages pratiques qui doivent en résulter pour la science chimique et les progrès des arts.

Ainsi la section des sciences apportait, tous les jours, d'honorables tributs à l'Académie, et diri-geait, avec un nouveau zèle, ses recherches vers les objets le plus éminemment utiles aux arts et à l'industrie. Ce fut dans cette circonstance que M. Tocchi, métallurgiste de l'hôtel des monnaies de Marseille, publia son *Essai de statique chimique*, *d'après un nouveau point de vue sur l'électricité, où l'on ne considère qu'une seule électricité, et de laquelle on déduit l'affinité chimique et la cohésion;* ouvrage avancé pour l'époque, et d'un immense avantage pour les études et l'art auxquels l'auteur s'était livré. D'après les rapports des plus récents voyageurs, c'est dans l'Amérique du Sud que s'appliquent, en grand, aujourd'hui, les principes acquis et développés dans ces nouvelles théories.

Déjà très-avantageusement connu par ses travaux chimiques, ses nombreux essais métallurgiques, et sa riche et curieuse collection des monnaies de l'empire ottoman et des diverses régences d'Afrique, dont il avait le premier déterminé la valeur intrinsèque, M. Tocchi devança souvent, dans l'art de l'essayeur, ceux de cette profession qui, sur un théâtre plus brillant, ne possédaient pas ses lumières, et qui dùrent, du moins quelques—uns d'entre eux, à ses soudaines inspirations, les dons de la fortune et leur bruyante renommée. Des talents aussi distingués, toujours voilés par la plus rare modestie, ne pouvaient échapper aux regards de l'Académie', qui l'accueillit comme un bien qui lui appartenait.

Rien n'est plus propre à fixer l'attention de l'observateur, que le tableau sans cesse renouvelé des divers tributs journellement présentés aux compagnies littéraires. Les travaux des sciences, de la littérature, des beaux-arts, groupés ensemble ou détachés les uns des autres, apparaissent, tour à tour, devant ce sanctuaire qui leur est consacré, et qu'ils semblent avoir eux-mêmes choisi pour le lieu de leur rendez-vous. Les auteurs qui refusent d'abord à ces réunions ce qu'ils accordent sans difficulté aux individus, séparément pris, dont elles se composent ; ceux qui, fiers de leur indépendance, dans un siècle où nul prestige n'a pu survivre à l'importune et trop sévère raison, s'applaudissent de braver celui dont les corps savants ne cessent d'être entourés, affectent souvent des convictions que dément bientôt leur hommage ; car l'opinion est la reine du monde. Mais par quel magique entraînement, en effet, les écrivains de toutes les classes, ceux qui n'en appellent qu'à leur propre tribunal, éprouvent-ils le besoin de faire agréer le fruit de leurs veilles, aux académies, après avoir hautement protesté contre la valeur de leurs suffrages ? S'ils ne cherchent pas des juges, ils ambitionnent au moins des éloges, car personne ne dédaigne les applaudissements. Quelles que soient enfin leurs secrètes pensées, il n'en est pas moins constant qu'on est frappé du contraste, qui ne tarde pas à exister, entre leur langage et leurs procédés. Si les corps littéraires justifient les reproches dont la critique les poursuit, pourquoi les enrichir de tant d'offrandes ?

et pourquoi se donner un démenti à soi-même, si elles en sont dignes, en leur jetant des sarcasmes auxquels on ne prête aucun sens? On ne brigue point le suffrage de quiconque dispense l'éloge ou le blâme sans discernement, comme on ne saurait honorer l'assemblée qu'on accuse d'un tel degré d'incapacité.

Les hommes les plus remarquables par leurs talents, n'ont jamais balancé à communiquer leurs ouvrages aux sociétés littéraires; non, sans doute, dans le but d'être jugés par elles, mais par cet esprit de déférence qui sied toujours si bien au mérite, et qui, rapprochant entre eux les amis des lettres, met en commun les objets pour lesquels ils manifestent les mêmes goûts. On trouve partout des savants et des littérateurs, mais ils sont disséminés dans la société, tandis qu'étant réunis au sein des académies, ceux-ci doivent être considérés comme les représentants des lettres, et les fidèles dépositaires de leurs nobles productions.

L'Académie recevait, avec une vive satisfaction, l'*Histoire du droit municipal, en France, sous la domination romaine, et sous les trois dynasties,* de M. Raynouard, secrétaire perpétuel honoraire de l'Académie française, son associé correspondant.

L'analyse de cet écrit, que M. Paul Autran s'empressa de présenter à la compagnie, fut accueillie avec faveur, et s'il n'était pas possible d'ajouter à la

haute réputation de l'illustre académicien, elle procura du moins les applaudissements le mieux mérités à l'interprète de ses nobles pensées.

Dans l'une de ces réunions vides, comme il y en
a quelquefois parmi les corps littéraires ; dans ces
longues séances où de graves discussions dégénèrent
en causeries, il n'est pas rare d'entendre proposer
la refonte des règlements, comme insuffisants, dit-
on, à maintenir les esprits dans une fructueuse activité. Vaine ressource, les corps savants ont des
jours fériés ; leur repos est aussi bien dans leur es-
sence, que leur réveil ; et les statuts les plus parfaits
viennent se briser contre les effets de cette loi suprême, qui régit les grandes et les petites réunions,
comme les simples individus : ce n'est point dans les
codes académiques qu'il faut se flatter de découvrir
la cause de la torpeur dont on murmure..... Mais,
cette fois, on se borna à proposer l'augmentation du
nombre des membres titulaires de la compagnie,
pour activer ses travaux, pour conserver ce feu sacré, qui paraissait menacer de s'éteindre, et diviser
ainsi le poids du fardeau pour le rendre plus léger.
Cette ouverture fut d'abord favorablement accueillie ; mais quel serait le nombre des élus ? Auquel
s'arrêterait-on ? Dans quelle proportion augmente-
rait-on chaque classe ? Quelles conditions d'admission exigerait-on ? Tel fut le langage de l'opposition :
le sujet de la discussion grandissait à vue d'œil ; cha-

cun donnait beaucoup d'exercice à son esprit et peu d'aliment à la question; il y eut prodigalité de raisons persuasives et de solides pensées, mais point de résultat; après s'être épuisé, de part et d'autre, en vains projets, les choses restèrent en l'état, et la compagnie s'en trouva bien.

Peu de temps après, cependant, la question s'étant reproduite de nouveau, et le désir de quelque changement n'étant pas éteint dans tous les esprits, une commission, composée de neuf membres, fut improvisée, dans le but d'obtenir une solution quelconque, et de mettre un terme à de tels embarras: le rapport de celle-ci, après avoir écarté la proposition de l'augmentation du nombre des académiciens, conclut simplement à ce que la classe des sciences fut divisée en quatre sections, à savoir: 1° agriculture; 2° astronomie, navigation, construction navale; 3° histoire naturelle, physique, chimie; 4° commerce, manufactures, économie politique.

Que la première section serait composée de cinq membres; la seconde, de quatre; la troisième, de quatre; la quatrième, de cinq. Mais que les membres désignés pour être attachés à ces diverses sections, resteraient néanmoins dans les places qui leur sont assignées, et partageraient, comme par le passé, avec leurs confrères, les travaux ordinaires de la compagnie; à la condition, toutefois, de pren-

dre une part active aux discussions relatives aux
sections auxquelles ils seraient attachés.

Ces propositions, toutes d'ordre intérieur, furent
immédiatement adoptées ; mais le but principal de
la première intention ne put être atteint. Les règlements, ainsi réformés, furent imprimés tels qu'on
les trouvera à la fin du présent volume.

Bientôt une séance pleine d'intérêt, céda la place
à de plus douces émotions, et fit oublier ces arides
discussions. L'*Astrolabe*, de retour de son voyage
de circumnavigation, venait d'entrer dans le port
de Toulon : MM. Quoy et Gaymard, naturalistes
embarqués sur cette corvette, étant de passage à
Marseille, vinrent inopinément rendre visite à l'A-
cadémie, où le premier de ces savants, sur l'invitation de M. le président, voulut bien entretenir la
compagnie des circonstances les plus remarquables
de l'heureuse navigation qui venait de s'accomplir.
Il eut la complaisance de suivre la marche de l'*Astrolabe*, depuis son départ des côtes de France, en
1826, arrivant sur celles de la Nouvelle-Hollande,
de la Nouvelle-Zélande, de la Nouvelle-Guinée, au
havre Quarterey, la Nouvelle-Bretagne, jusqu'à
Vanikoro où furent enfin trouvés les débris du vaisseau naufragé de Lapérouse ; c'est sur ce lieu même
que l'équipage de l'*Astrolabe* a élevé un frêle monument à la mémoire de cet illustre navigateur. Cette
partie du récit de M. Quoy excita le plus vif intérêt,

la compagnie en eût désiré, sans doute, la continuation, mais l'heure avancée, et le prompt départ de l'orateur, ne lui permirent pas de jouir
plus longtemps de cet aimable et curieux entretien.
Ces savants voyageurs firent l'éloge le plus touchant
du commandant de l'expédition, M. Dumont d'Urville, dont la postérité admirera la hardiesse et les
travaux nautiques et géographiques auxquels il se
livra avec tant de succès.

Dans la même séance, l'Académie le proclama
l'un de ses membres correspondants, et s'empressa
d'accorder la même faveur à MM. Quoy et Gaymard,
que leur savoir et leurs nombreux travaux ont fait
agréer par tous les corps savants de l'Europe.

M. Dumont d'Urville, retenu, pendant quelque
temps encore, dans le port de Toulon, remercia
bientôt la compagnie, de la manière la plus aimable, de l'honorable distinction qu'il en avait reçue;
et l'on put voir, aisément, à la chaleur des expressions de sa reconnaissance, combien il en avait été
touché. Absent de nos côtes depuis longtemps, ac-
coutumé à lutter contre les mers en courroux, son
langage était naturellement énergique et vrai: c'était
celui du marin. Il déclarait qu'il n'oublierait, de sa
vie, que l'Académie de Marseille lui faisait oublier les
tempêtes, et qu'elle était la première société savante
qui eût accueilli, avec tant de bonté, les navigateurs
de l'*Astrolabe*, à leur retour dans leur patrie.

C'était en effet à la ville où naquirent Euthimènes et Pythéas, qu'appartenait l'honneur de saluer, la première, l'un des plus illustres navigateurs des temps modernes.

Mais d'autres hommages appelaient, sur d'autres sujets, l'attention de la compagnie ; ainsi, le rapport plein d'intérêt de M. Laurent Lautard, sur les travaux de l'Académie de Rouen, pendant l'année 1828 ; celui de M. Salze, sur l'*Essai de statique chimique, d'après un nouveau point de vue sur l'électricité*, de M. Tocchi ; et celui enfin de M. Poutet, sur le mémoire de M. Hippolyte de Villeneuve, relatif à la solubilité des sels et aux doubles décompositions, remplirent agréablement plusieurs séances de l'Académie.

M. le comte de Villeneuve, préfet du département, en offrant à ses confrères l'intéressante collection de ses discours, ne fit que rappeler à l'Académie le souvenir des charmes qu'il avait répandus dans ses réunions, et lui laisser le modèle des divers genres d'écrire dans lesquels il avait excellé.

M. Péclet, ancien membre de la classe des sciences de l'Académie, l'un des fondateurs et des professeurs les plus distingués de l'École centrale des arts et manufactures de la capitale, lui annonça qu'elle avait été comprise au nombre des sociétés savantes ayant droit de nommer à une demi-bourse, à la même école. Cet aimable souvenir d'un ancien confrère, fut infiniment sensible à l'Académie qui, jalouse de profiter de cette offre obligeante, désigna, sur-le-champ, un jeune Marseillais, qui lui parut réunir toutes les qualités requises pour en profiter; c'était M. Casimir Paul, de Marseille, l'un des descendants

De ce Paul dont l'expérience
Gourmande la mer et le vent;
Dont le bonheur et la vaillance
Rendent formidable la France
A tous les peuples du Levant.

Les *Monuments des grands-maîtres de Malte*, publiés par M. le vicomte de Villeneuve de Trans, membre correspondant de l'Institut royal de France, associé de l'Académie, trouvèrent dans le rapport de M. l'abbé Boyer, l'un des membres de celle-ci, un savant et consciencieux interprète d'un ouvrage où les grands hommes de l'ordre de Saint-Jean de Jérusalem sont offerts à l'admiration de la postérité, par un noble écrivain, digne de célébrer leur mémoire, et destiné, dès sa naissance, à marcher sur les traces de héros dont la gloire ne peut s'éteindre dans la poussière des tombeaux.

Une nombreuse commission, chargée de répondre à M. le ministre de l'intérieur, sur une foule de questions importantes, relatives aux brevets d'invention, proposées par le chef du bureau des ma-

nufactures, au ministère du commerce, remplit
cette tâche longue et difficile avec une exactitude
et une franchise telles, que les deux ministres en
témoignèrent leur reconnaissance dans les termes
les plus flatteurs, sans adopter, toutefois, les vues
larges et les rigoureuses conséquences qui leur
étaient proposées ; l'Académie ne faillit point à son
devoir, MM. les ministres ont le leur à remplir.

. Mais un mémoire qui procura plus d'agrément
à la compagnie que la correspondance gouverne-
mentale, fut celui de M. de Lacour–Gouffé, directeur du Jardin des Plantes, membre de la classe des
sciences ; dans cet écrit, où brille à un haut degré,
la philosophie de la botanique et la connaissance
la plus profonde de la vie des végétaux, l'auteur
prouve qu'à l'aide de quelques soins, les productions
équatoriales les plus délicates peuvent prospérer
dans nos climats ; qu'un très-grand nombre d'entre
elles croissent et s'améliorent sur notre sol, et que,
si nous avons négligé de nous en procurer un plus
grand nombre, c'est que nous en avions les analogues dans des conditions plus favorables que celles
d'un autre hémisphère : enfin, il fait l'énumération
de plusieurs végétaux propres à l'alimentation de
l'homme, dont notre ciel protégerait le développement et qui procureraient une surabondance de
bien-être, si l'on ne dédaignait pas de se les procurer, et si l'on voulait s'astreindre à les cultiver.

La solennité littéraire de Pâques de cette année, si fertile en hommages de toute nature, se fit particulièrement remarquer par le discours de l'honorable académicien qui la présidait ; M. Paul Autran, après avoir parlé, dans un rapide aperçu, des plus célèbres navigateurs qui ont fait le tour du globe, et payé le tribut d'éloges qui leur est dû, sous le rapport de la science, du courage et de l'habileté, sous celui de leurs découvertes et des avantages qu'elles ont procuré au commerce, à la navigation et à l'industrie de leur patrie, et partant, à la civilisation, félicita, de la manière la plus digne, les gouvernements qui ordonnent de semblables expéditions ; car celles-ci n'ont plus pour but d'aller fouiller dans les entrailles de la terre pour en arracher quelques métaux précieux et porter la désolation parmi les peuples qui ont le malheur de les posséder. Ouvrir de nouvelles voies au commerce, découvrir des moyens d'échange, civiliser des nations barbares, leur inspirer des idées d'ordre et de sécurité, tels sont les nobles motifs qui inspirent aux nations éclairées la pensée de ces expéditions, toutes conçues dans des vues d'humanité ; et si des nations avides, travaillées encore de cet esprit de spoliation qu'alimentent, en secret, la force et l'impunité, se livraient, de nos jours à de lointaines expéditions pour accabler, sans cause légitime, des peuples paisibles et incapables de se défendre, ces

nations devraient être au ban de la civilisation européenne et placées en dehors du droit commun.

C'est ainsi qu'après avoir ennobli les voyages de
circumnavigation, après avoir fait ressortir la différence d'intention entre les anciens et modernes navigateurs, l'orateur fixa l'attention publique sur le
voyage de M. Dumont d'Urville, à peine de retour
sur le sol français. Il décrivit ensuite, sommaire-
ment, les événements les plus remarquables de
cette expédition, et suivit, pas à pas, l'habile navigateur, à travers les écueils des mers du sud, et fit
remarquer les erreurs géographiques dans lesquelles étaient tombés plusieurs de ses prédécesseurs;
il nota les phénomènes physiques observés dans ces
régions polaires, et parvint, avec l'expédition, jusqu'à Vanikoro, aujourd'hui reconnue, comme nous
l'avons déjà remarqué, pour être la plage inhospi-
talière où l'infortuné Lapérouse fit naufrage, puisqu'on a pu retirer des projectiles et des débris du
vaisseau que montait ce hardi navigateur. Le souvenir improvisé par le commandant de l'*Astrolabe*,
signale aux marins français le lieu fatal de ce déplorable événement, si, toutefois, la horde anthro-
pophage, qui se dévore elle-même, sur ce mon-
ceau d'écueils, n'a pas déjà brutalement anéanti ce
témoignage d'une pieuse et modeste inspiration.

De modernes monuments s'élèvent, de toutes
parts, sur des monuments anciens; et comme les

générations nouvelles, partout ils se heurtent et se disputent leur berceau. Les vivants bientôt céderont le leur à ceux qui ne sont plus. Memphis, Athènes, Rome offrent plus de colonnes que de grands hommes. Faibles humains, il est des places pour tous; les monuments, comme vous, ont leur tombe; cherchez ailleurs votre immortalité!

Le discours de M. le comte de Villeneuve, sur le commerce des anciens, embellit la réunion de l'Académie, de tout ce que l'origine des relations lentement établies parmi les divers peuples du globe, offre de plus curieux et de plus utile aux intérêts de l'humanité. Quel spectacle, en effet, plus digne d'admiration, que celui des nations sortant du sein de la barbarie, à mesure qu'elles comprennent que l'échange réciproque du produit de leur sol et de leur industrie, abrége les distances, rapproche les climats, satisfait à leurs besoins, augmente leurs jouissances! tandis que leur isolement, tant vanté des penseurs exclusifs, les condamne à végéter dans une stupide ignorance, un effroyable dénûment et le honteux esclavage qui le suit.

Telle est la source de toute civilisation, des progrès de l'esprit humain et de la prospérité des empires. Ainsi, tout ce que l'état social a de positif et de charmes est, pour les peuples, en raison directe des divers points de contact qui les rapprochent entre eux, et l'histoire est là pour attester que les nations languissent et disparaissent dès que leur commerce s'éteint.

On ne peut se dissimuler, cependant, que l'empire de la fortune ne soit tel sur l'homme, qu'il balance, quelquefois, l'infamie qui la procure ; car on l'a dit, aujourd'hui même où nous nous vantons si ingénument de notre philanthropie, si, par hasard, un navigateur descendait dans nos ports, avec un vaisseau chargé d'or, acquis justement ou non par le commerce, ne passerait-il pas du port dans sa maison au bruit des acclamations publiques ? Ne dirait-on pas que la richesse se justifie par elle-même ? Le commerce a ses abus, ses crimes et ses bienfaits, comme tant d'autres besoins sociaux ; mais, l'on peut assurer, que s'il était possible qu'il cessât tout à coup, les habitants du globe, retombant dans un état sauvage, offriraient un tableau dont l'idée seule fait reculer d'horreur.

Ce que M. le comte de Villeneuve ajouta sur le premier âge du commerce de Marseille, jusque et après la conquête de cette ville par Jules-César, était le fruit de recherches sans nombre, et d'une érudition de bon goût, le tout exprimé dans des termes dont lui seul avait le secret.

Les sujets d'études que la Provence fournit au poète, au peintre, au romancier, inspirèrent, pour le même jour d'éclat, à M. Denis, maire de la ville d'Hyères, les descriptions les plus riantes, les ta—

bleaux les plus frais dont s'embellit cette province toujours parfumée, et si souvent chantée par les poètes anciens et modernes, et par les orateurs les plus célèbres de tous les âges de l'histoire : ce qui donnait le plus de charme aux paroles de l'orateur, c'est qu'il les puisait dans la réalité des sites et des lieux qu'il avait admirés, et qu'il prenait plaisir à décrire. Les louanges de la Provence sont assurément consignées dans un grand nombre d'écrits, en plusieurs langues ; mais la considérer sous le triple rapport que nous venons de signaler, devait être l'œuvre d'un écrivain habile et fécond, et qui ne fût étranger à aucun des talents que suppose le sujet : les applaudissements dont cette lecture fut saluée, confirmèrent les louanges de la Provence et le haut mérite de l'écrivain.

Les Muses, à leur tour, décorèrent de fleurs cette fête académique, et les fables de M. Jauffret, toujours attendues avec impatience, le poème de l'*Assomption de la Vierge*, et *Le Dernier chant du jeune poète*, de M. Durand, remplirent l'assemblée de ces douces impressions dont il est toujours heureux de rappeler le souvenir.

En reprenant, ensuite, ses travaux accoutumés, la compagnie reçut de la Société académique de la ville d'Aix, l'agréable nouvelle que celle-ci venait d'être autorisée, par ordonnance royale, à prendre le titre d'*Académie des sciences, d'agriculture et des*

arts. Cette honorable réunion de savants, de littérateurs et d'artistes avantageusement connus, méritait, sans doute, et depuis longtemps, cette flatteuse distinction. Qui ne sait que l'ancienne capitale
de la Provence fut, dans toutes les époques, un foyer
de lumières, un centre de civilisation, un temple où
les sciences et les arts eurent toujours d'illustres
adorateurs ? N'est-ce pas dans cette ville qu'à la renaissance des lettres, se trouvait déjà soigneusement
conservé, ce que la nuit de plusieurs siècles n'avait
pu dérober aux conservateurs du feu sacré ? Et
dans ces temps modernes, de combien d'hommes
célèbres n'est-elle pas l'heureuse patrie ? Que de
précieux manuscrits, de titres anciens, de chartes
ignorées et d'objets d'art sont déposés, comme dans
leur sanctuaire, au fond des cabinets des savants
modestes qui en connaissent si bien le prix ? Cette
ville, enfin, jadis la souveraine de la Provence, a
soigneusement conservé les archives du savoir et
du goût ; et certainement elle les y maintient, dans
tout leur éclat, non-seulement par un esprit de tradition non interrompue, mais encore par les lumières des hommes illustres dans tous les genres de
talent, qu'elle compte, avec orgueil, parmi ses enfants ; la Société académique, dont elle avait lieu
d'être flattée, a pris le titre d'*Académie royale*. Cette
faveur ne peut rien ajouter, il est vrai, au mérite
éminent des membres dont elle se compose ; mais

1829. elle atteste, du moins, qu'elle en était digne, et que le chef de l'État sait apprécier les talents, et leur rendre, en temps opportun, les hommages qui leur sont dus.

L'Académie eut à s'occuper, immédiatement, d'un manuscrit fort connu, quoique sans nom d'auteur, et sur lequel deux sociétés littéraires avaient dejà émis des opinions contradictoires ; le titre est : *Relation d'un voyage que j'ai fait avec le roi d'Espagne Philippe V, et Messeigneurs les ducs de Bourgogne et de Berry, ses frères, en 1700 et 1711, depuis le départ de Versailles.* Cet écrit, remarquable par les grâces du style, la singularité et l'abondance des anecdotes qui s'y trouvent consignées, piqua singulièrement la curiosité des érudits, moins sous le rapport politique, que sous celui des personnages mis en scène, et connus dans l'histoire de l'époque sous des couleurs tout à fait opposées à celles qui sont marquées dans le manuscrit. Après une intéressante discussion, soutenue avec ce savoir et cette urbanité qui distinguent les sociétés savantes, il fut admis qu'on devait attribuer cet ouvrage à Duché de Vancy ; mais l'un de MM. les secrétaires ne put souscrire à cette décision, comme ne s'accordant ni avec l'âge, les goûts et le genre de talent de cet écrivain : c'est le même, d'ailleurs, qui, voyant entrer chez lui M. de Pontchartrain, secrétaire d'État, crut qu'on allait le conduire à la Bastille, tandis

qu'il ne devait cette visite qu'à la recommandation
de Mme de Maintenon.

M. le secrétaire de la classe des sciences entretint
la compagnie des mémoires, pleins d'intérêt, de
M. le baron Marchant, sur la numismatique et l'histoire, et particulièrement de la lettre que ce savant
archéologue avait récemment écrite à M. Ainslie,
lieutenant–général des armées britanniques, sur les
mesures monétaires prises par l'empereur Dioclé—
tien, où se trouvent réunis des aperçus et des com-
binaisons relatifs aux monnaies, auxquels les siècles
postérieurs paraissent n'avoir rien ajouté. Ce prince
est le seul souverain qui ait ordonné une refonte
générale des monnaies : il ne revendiquait pas le
droit d'en augmenter ou diminuer la valeur, et ne
soupçonnait point qu'il en coûterait cher, un jour,
aux peuples, toujours dupes, à cet égard, de leur
bonne foi, pour le laisser usurper aux chefs de leurs
gouvernements.

C'était ouvrir un vaste champ aux antiquaires de
l'Académie, de leur offrir un tel sujet de discussion ;
aussi la séance prit-elle une physionomie digne d'être
mentionnée ; mais chaque sujet a ses droits ; c'était
l'année où les puits artésiens occupaient tout le
monde ; on eût dit que c'était une mode nouvelle ;
ce fut du moins l'occasion d'une foule d'écrits, qui
se succédaient avec une surprenante rapidité ; car,
on le sait, rien d'important ne peut s'établir avec

calme : l'enthousiasme, d'abord, s'en mêle; mais heureusement, il marche vite et n'a pas de durée. Dès qu'une découverte, une pratique nouvelle se manifestent, avec quelque apparence d'utilité, soudain les promesses dépassent les réalités, les objets ne sont aperçus qu'à travers le prisme des plus séduisantes illusions : les esprits s'excitent, s'entrechoquent, et de cette déplorable collision, il résulte, trop souvent, cette espèce de satiété qui se traduit par l'anéantissement de tous les désirs humains.

Dans cette circonstance, cependant, sur les vives instances de M. le préfet, la ville de Marseille fit un essai qui fut couronné d'un plein succès, quelque pénible et long que fut l'emploi des grossiers instruments mis en usage à cet époque, pour cet objet. Le public éclairé ne doute plus aujourd'hui, qu'avec plus de persistance, et les moyens de tout genre, que l'on connaît de nos jours, la réussite n'eût dépassé toutes les prévisions. Séduits par de trompeuses espérances, quelques propriétaires tentèrent maladroitement la fortune; un seul obtint un médiocre résultat; dans les départements voisins, même ardeur, d'abord, même décompte, même découragement. Nulle part, hors la ville, l'eau tant désirée ne répondit aux travaux entrepris pour l'appeler au moins au niveau du sol; aveuglé par le faux principe qu'il pouvait, à peu de frais, obtenir promptement ce bienfait, l'impatient propriétaire, revenu de son erreur, regarda les puits artésiens comme une pratique heureuse seulement dans la contrée d'où elle nous est arrivée, sans penser que le principe étant démontré, son application ne dépendait que de la connaissance de la localité, de l'intelligence du travail et des moyens nécessaires pour en poursuivre le résultat. Ces mers souterraines, dont l'existence est constatée, dès les temps les plus anciens, manquent rarement de répondre à l'appel de l'industrie de l'homme bien dirigée. L'Académie, dans la sphère de ses attributions, combattit avec succès les préjugés populaires que cette circonstance avait fait naitre, et l'indolence des propriétaires à profiter d'une méthode si avantageuse dans une contrée dont le ciel avare d'eau recommande spécialement l'adoption; mais tant de tentatives inutiles avaient si profondément refroidi les esprits, que rien, depuis, n'a pu les engager à tenter de nouveaux essais.

Sur ces entrefaites, M. le maire d'Albi adressa une lettre de remercîments à M. le président de l'Académie, qui lui avait fait agréer le discours par lui prononcé lors de la dernière séance publique, au sujet du voyage de circumnavigation accompli par M. Dumont d'Urville. Ce magistrat, en compatriote éclairé, mit à profit cette circonstance pour solliciter le concours de la compagnie en faveur du

1829. mónument qu'on se proposait d'élever à la mémoire de Lapérouse, dans la ville d'Albi, sa patrie. Heureuses les villes occupées de si nobles soins! plus heureuses celles qui en renouvellent les brillantes occasions! En accueillant de pareilles invitations, les sociétés littéraires s'associent, pour ainsi dire, à l'illustration des hommes célèbres et paient leur part d'éloge à la gloire dont ils sont environnés.

Le moment des élections des régulateurs de l'ordre intérieur de l'Académie était arrivé; le nom de M. le comte de Villeneuve, toujours cher à la compagnie, ne tarda pas à sortir de l'urne aux acclamations de ses confrères : le vice-président, M. le chevalier du Demaine partagea ces unanimes applaudissements; c'était, pour la compagnie, une double garantie de parfaite convenance et de savoir. On pourrait ajouter que si quelquefois les scrutins sont aveugles, jamais celui de l'Académie ne cessa d'être clairvoyant.

Au milieu de ces mutuelles félicitations, l'Académie reçut le bel ouvrage de M. Raynaud, membre aujourd'hui de l'Académie royale des inscriptions et belles-lettres, sur les monuments arabes et turcs du cabinet de M. le duc de Blacas. C'est à proprement parler l'histoire politique, artistique et religieuse de deux nations déchues, dont il n'existe plus que des débris et des empreintes la plupart effacés. Cette précieuse collection mérite néanmoins

une place d'autant plus distinguée dans nos souvenirs, qu'elle fait revivre et représente encore l'image
de peuples, dont chaque jour retranche quelque
chose de leur ancien passage sur un monde qui
n'est plus. Satisfaite du remarquable talent avec lequel M. Raynaud expliqua ces monuments, l'Académie le proclama l'un de ses membres correspondants.

Bientôt après, dans l'analyse de l'ouvrage de
M. Patot, l'un des chefs d'institution les plus remarquables de la ville de Marseille, sur une nouvelle
méthode de lecture, M. Bazin, philologue distingué,
membre de la classe des sciences de l'Académie,
reproduisit, avec un merveilleux talent, tout ce
que la dialectique du sujet comportait de plus net
et de moins contesté, et fit disparaître sous des
exemples parfaitement choisis et des démonstra-
tions aimables, ce qu'il renferme d'aride, de techni-
que et d'assez obscur pour effrayer les jeunes intelligences appelées à le cultiver.

Un hommage, d'un autre genre, vint suspendre
un instant les lectures à l'ordre du jour. M. Chardigny fils, sculpteur et graveur d'un mérite incontesté, associé correspondant de l'Académie, pour
la section des beaux-arts, offrit à celle-ci sa belle
médaille de don Miguel de Portugal, lequel se trouvant casuellement à Paris, s'était prêté, de bonne
grâce, à faire reproduire ses traits, par un artiste

1829. capable d'en perpétuer la durée. Digne fils d'un père dont Marseille admire tous les jours les ouvrages, M. Chardigny embellit des siens la capitale ; habile autant que généreux, cet artiste, passionné pour la gloire, n'obtint du prince voyageur, dont il burina les grâces et la fierté, que l'honneur de l'avoir rendu très-ressemblant.

Cet incident fit place à l'aimable lettre que la compagnie recevait de M. Raynouard, de l'Académie française, dans laquelle cet illustre compatriote s'excusait, auprès de ses confrères, de ne pouvoir assister à leur prochaine solennité littéraire. « Il « m'est impossible, leur disait-il, d'attendre plus « longtemps auprès de vous ; je ne pourrai faire « la lecture du fragment du poëme, que j'avais annoncée ; des soins plus pressants m'appellent « ailleurs, et j'en éprouve d'autant plus de regret, « que vous m'auriez dit franchement ce que vous « pensez de ce nouveau sujet de mes études, qui « sourit à mon imagination et dont j'ai puisé le sujet « dans cette belle Provence que je regrette toujours « et que je ne cesse de chanter dans mes vers... Je « pars... » Cette circonstance est vraiment regrettable, M. Raynouard n'étant plus revenu dans sa patrie, et le chant qu'il avait annoncé n'ayant pas été retrouvé dans ses cartons.

De nobles organes ont payé sans doute un brillant tribut d'éloges à cette illustration littéraire ;

mais rien ne saurait égaler la sincérité de la douleur que sa perte fit éprouver à l'Académie de Marseille, qui fut la confidente de ses premiers essais, et dont il suivit les travaux avec une sollicitude qui faisait autant d'honneur à ses sentiments personnels qu'à la compagnie qui avait eu le bonheur de l'inspirer (1).

M Raynouard avait entrepris de faire rentrer l'Académie de Marseille dans la jouissance des prérogatives qui lui furent accordées jadis, par l'Académie française, et que M. de Fontenelle avait annoncées avec autant d'éclat que de bonheur.

L'Académie avait déjà prorogé trois fois le concours relatif à l'éloge de l'abbé Barthélemy; la lenteur des concurrents, la rareté des mémoires, avaient épuisé la longanimité des juges et du public; la compagnie, cependant, n'osant abandonner un aussi beau sujet, et se flattant toujours d'attirer dans l'arène de plus habiles combattants, remit sa décision définitive à la fin de 1830; mais les événements de cette époque mirent tout en fuite : plus de mémoires, plus de prix à distribuer.

La réception de M. Hippolyte de Villeneuve, ingénieur des mines, et celle de M. Tocchi, dont il a déjà été fait mention, furent marquées par des

(1) M. Raynouard avait concouru, en 1789, au prix proposé par l'Académie de Marseille, sur le *Système d'éducation nationale le plus favorable à la France.* Ce prix ne fut point adjugé.

discours vivement applaudis sur les sciences physiques et chimiques appliquées aux arts utiles, et
traitées avec cette supériorité de talent, et cette
spécialité remarquable qui leur est propre, et dont
l'Académie avait été frappée depuis assez de temps
pour se hâter de compter ces deux savants parmi
ses plus laborieux collaborateurs.

M. Laurent Lautard, membre de la classe des
sciences, lut une intéressante notice biographique
sur Silius Italicus, qui fut consul l'année de la
mort de Néron, et qui mourut sous Trajan. Il était
orateur et poète, et chanta la seconde guerre puni-
que; son poëme, a dit quelqu'un, est historique et
non poétique; c'est une gazette en vers; ce qui
n'empêche pas que la diction ne soit pure, et que
M. Laurent Lautard, n'ait eu un mérite réel en tra-
duisant, avec une rare fidélité, un épisode de ce
poète dont la réputation n'a jamais égalé le mérite :
ne doit-on pas, d'ailleurs, de la reconnaissance aux
amis des lettres qui rappellent, dans un beau langage, les pensées des auteurs anciens presque ou-
bliés, qui pour ne pas être au premier rang des
écrivains de leur époque, ne se sont pas moins
rendus recommandables par leur mérite et l'amour
de la liberté, sous le règne même des tyrans? Silius
Italicus possédait l'une des maisons de Cicéron et
une autre aux environs de Naples où se trouvait le
tombeau de Virgile : le voilà entre le plus grand

poète et le plus grand orateur de l'empire romain ;
il eût été mieux sans doute de ressembler à l'un ou
à l'autre.

M. Jossaud, ancien professeur d'éloquence au
collége royal de Marseille, membre de la classe des
belles-lettres de l'Académie, apporta, pour tribut,
à l'assemblée, une lettre en vers à Boileau, dans laquelle il se plaint amèrement à l'oracle du Parnasse
français, du mauvais goût des poètes du jour. Il annonce à ces dernier le prompt oubli de leur Muse
barbare, et les menace du dédain du public pour
leurs extravagantes conceptions. Conservateur-né
des bonnes traditions littéraires, M. Jossaud les
rappelle auprès des génies qui illustrèrent le grand
siècle, et leur répète qu'en s'écartant de ces modèles, ils ne savent plus inventer qu'un langage
inintelligible et des mots vides de sens.

M. Jauffret, toujours impatiemment attendu, lut
trois nouvelles fables, mises en réserve pour les
jours solennels ; elles eurent un merveilleux succès.
Le public, prêt à se retirer, semblait attendre encore quelque autre allégorie ; ce qui prouve, sans
réplique, que les riants mensonges d'Ésope, même
après les plus attachantes lectures, savent toujours
se faire entendre, et fournir de nouveaux sujets
d'applaudissements au public.

L'Académie s'enorgueillisait, à juste titre, du
concours aussi nombreux que choisi d'hommes de

lettres et de personnages de haut rang qu'avaient attirés, dans l'assemblée, les diverses et brillantes lectures dont son enceinte avait longuement retenti, lorsque le coup le plus regrettable et le moins prévu vint la surprendre au milieu du triomphe littéraire le plus complet.

M. le comte de Villeneuve-Bargemont, conseiller d'État, préfet des Bouches-du-Rhône, membre de la classe des belles-lettres de l'Académie, venait de lui être enlevé, dans un âge peu avancé; un morne silence, des larmes involontaires accueillirent cette déplorable nouvelle. Il serait difficile de peindre la consternation de la compagnie; chacun regrettait, en lui, un conseiller bienveillant, un protecteur éclairé, un ami cher à tous les cœurs. Voué, depuis longtemps, à l'Académie, et l'enrichissant de ses nombreuses productions, il ne séparait jamais ses intérêts littéraires de ceux de la compagnie, et se rendait constamment solidaire de sa gloire et de sa renommée : les jours de réunion étaient pour lui, comme pour ses confrères, des jours vraiment heureux; et rarement il s'y présentait sans apporter des paroles d'encouragement, ou le fruit des veilles qu'il leur consacrait; accessible à la critique, indulgent pour tous, il cimentait, par sa présence, l'union et la cordialité qui doivent toujours régner parmi les membres des corps académiques.

Ce fut à l'Académie que fut confié le cœur de cet

illustre confrère ; celle-ci le porta religieusement à ses obsèques, jusqu'au moment où le cercueil fut transporte dans le lieu de sa naissance , où reposent les cendres de ses pères. Ce cœur si affectueux, si parfait, fut remis à sa tendre et respectable mère, qui en a paré le château où elle a pleuré jusqu'à ce jour.

1829.

M. le comte de Villeneuve avait succombé pendant les vacances de l'Académie ; il devait la présider à l'ouverture de la nouvelle session ; il était du devoir de M. le vice-président de rappeler, dans cette circonstance, le souvenir des qualités estimables de celui qui laissait vacant le premier fauteuil de la compagnie ; c'est ce que fit M. le chevalier du Demaine, avec autant d'éloquence que de vérité. Le langage du cœur coûte peu de chose à l'amitié : on croit se parler à soi-même, lorsqu'on parle d'un ami.

M. le vice-président improvisa donc l'allocution suivante :

« Messieurs, dit-il, lorsque, par le concours « unanime de nos suffrages, nous appelions, il y a « peu de mois, à la tête de cette honorable compa- « gnie, un magistrat justement estimé, combien « nous étions éloignés de prévoir qu'il nous serait « si promptement ravi !

« Accoutumés à entendre sa voix, cette jouissance « était devenue un besoin pour nous. Son extrême

« modestie, cette bonté héréditaire, depuis tant de
« siècles, dans son illustre maison (qualité d'autant
« plus précieuse, qu'on la rencontre plus rarement
« aujourd'hui), ses habitudes, ses goûts, ses mœurs,
« tout en lui présentait l'homme de bien ; tout an-
« nonçait l'homme à la simplesse de ces temps déjà
« si éloignés de nous ; on eût dit qu'il avait pris pour
« modèle, pour guide unique, ce bon, cet excellent
« prince dont il se plaisait à honorer la mémoire,
« si chère aux vrais Provençaux.

« L'amitié particulière qui me lia, dès mes jeunes
« années, à notre estimable président ; nos pre-
« mières études faites ensemble et sous les mêmes
« maîtres ; ces doux combats, lors de nos débats dans
« les écoles ; les victoires, les défaites, tour à tour
« éprouvées ; ces passions noblement excitées, et
« qui enfantent une généreuse émulation, produi-
« sent dans ces âmes encore neuves et vierges de
« dissimulation, un sentiment d'estime vrai, d'af-
« fection sincère, qui ne s'éteint que dans la tombe.
« Qui de nous ne l'a éprouvé, ce sentiment ? Vos
« cœurs ont compris le mien, ai-je besoin d'en
« dire davantage ?

« Je laisse à une plume plus exercée que la
« mienne, le soin de retracer les vertus, les qua-
« lités précieuses de celui que nous pleurons ; si je
« me permettais une lutte téméraire, dans toute au-
« tre circonstance, le sentiment serait mon excuse,

« il parlerait pour moi, et vous tous, Messieurs, vous
« comprendriez ce langage ; mais la vérité sortie de
« la bouche d'un ami, quoique nue, semblerait em-
« prunter les couleurs de la flatterie et le style de
« l'éloge. J'imposerai donc silence à ma douleur et
« je respecterai la vôtre. »

Immédiatement après ces nobles paroles, l'Académie appela, par un vote unanime, M. le chevalier
du Demaine à l'honneur de la présider, et M. Audiffret, de la classe des belles-lettres, occupa le
fauteuil de vice-président ; ces deux choix remplirent de joie et d'espérance la compagnie.

M. le marquis d'Arbaud de Jouques, successeur
de M. le comte de Villeneuve à la préfecture des
Bouches-du-Rhône, fut également son successeur
à l'Académie ; administrateur habile, orateur éloquent, poète aimable, noblement dévoué à la cause
sacrée du gouvernement, il vit des jours difficiles ;
il lutta courageusement contre un torrent qu'aucune barrière ne captivait ; mais il ne faillit jamais
ni au devoir, ni au plus louable dévouement.

M. de Sinéty, membre non résident de la compagnie, fut proclamé résidant de la classe des sciences
mécaniques et agricoles.

La découverte d'une nappe d'eau sur le point de
la place Saint-Ferréol de la ville de Marseille, où l'on
creusait alors un puits artésien, fournit à M. Hippolyte de Villeneuve, ingénieur des mines, le sujet

d'un rapport du plus haut intérêt ; et dans la séance suivante, il lut un savant mémoire sur les eaux souterraines du bassin de Marseille, qui fixa l'attention de ses confrères, et dut jeter un grand jour sur la théorie des puits artésiens, dans une contrée qui s'obstine à les négliger.

Les travaux de M. de Villeneuve portent tous l'empreinte d'un esprit pénétrant, actif, fécond en ressources, dirigeant ses connaissances vers un but utile, et désirant, avec passion, toutes les améliorations possibles, dans les divers objets de ses études.

L'opuscule de M. Tocchi, membre de la classe des sciences, intitulé : *Opinions sur les principaux projets, émis à la Chambre des députés (séance du 15 avril 1829), par M. le baron Thénard, rapporteur de la commission spéciale, pour examiner la loi relative à la refonte des anciennes monnaies*, engagea la compagnie à demander à l'auteur une courte analyse de son travail, ce qui s'accomplit, séance tenante, aux applaudissements de l'assemblée. Dans cette circonstance, la modestie de notre confrère fut mise à de rudes épreuves ; car on sait aujourd'hui, que bien des faits révélés depuis, avec éclat, n'avaient pu échapper à sa sagacité, et qu'il eût imposé silence à quelques sommités de l'art, s'il eût eu assez de confiance en lui-même pour s'expliquer. Peu de jours après cette communication, M. Tocchi déposa, sur le bureau de l'Académie, un pli ca·

cheté, contenant un mémoire où sont relatées plu- 1829.
sieurs expériences de docimasie et de métallurgie,
sur lesquelles il désirait prendre date. La compagnie
arrêta que ce pli serait déposé dans ses archives,
sous cachet, avec la date du jour de sa remise : le
temps a marché depuis, le dépôt attend sa destinée.

L'Académie découvrit, dans les débris de ses archives, des manuscrits de Louis Artaud, de l'ancienne Académie, dont la savante dissertation sur
l'antique Marseille fait partie des mémoires publiés
en 1740. Louis Artaud était l'oncle de l'auteur de ce
nom qui publia l'*Athœneum Massiliense* et qui laissa
une longue suite de biographies, contenant huit cents
portraits gravés au burin, accompagnés d'autant de
notices. On y lit, avec plaisir, celle de Gassendi, dont
une foule de biographes ont dénaturé les détails.

L'*Hymne à saint Hermantaire*, évêque d'Antibes,
de M. Audiffret, plusieurs fois applaudie, et regardée comme un modèle du genre, fut le dernier
tribut des Muses de la session et de l'année.

L'année 1830 s'ouvrit, pour l'Académie, sous les 1830.
plus heureux auspices. De retour de son voyage en
Égypte, M. Champollion jeune vint lui rendre visite
et l'entretint, avec bonheur, des nombreuses et
belles explications qu'il avait transmises à l'Institut
royal de France, sur des hiéroglyphes, par lui découverts dans les hypogées de Thèbes, et que les
savants qui l'avaient devancé sous ces voûtes sou-

1830. terraines, avaient laissés inexpliqués ; il parut à la compagnie que l'art de lire dans ces mystérieuses écritures, devait être fondé sur des données bien précises, puisque M. Champollion traduisit, en notre langue, et à la première vue, les signes tracés assez obscurément sur deux *papyrus* qu'on lui présenta ; il reconnut aussi, dans un autre recueil de figures symboliques, une histoire de Cambyse, inconnue jusqu'à lui. Des savants plus modernes soutiennent avoir découvert d'autres méthodes plus sûres : puissent-ils se mettre tous d'accord sur ce point, et nous conduire à la connaissance de la vérité. M. Champollion jeune fut proclamé membre correspondant de l'Académie.

L'agriculture provençale était alors en deuil. Le froid rigoureux qui, récemment, avait frappé, de nouveau, les oliviers, laissait peu d'espoir de conserver cet arbre si cher aux Provençaux ; de manière que la plupart d'entre eux prirent la résolution de les abattre, une seconde fois, ou de les arracher et de renoncer à jamais à leur culture. Jalouse d'éclairer les propriétaires d'oliviers, l'Académie prit toutes les mesures qui dépendaient d'elle, pour arrêter cette fatale détermination, et publia des écrits destinés à faire mieux comprendre leurs intérêts aux agriculteurs du Midi. Elle leur persuadait que, semblables à ces épidémies meurtrières qui déciment, sur des espaces d'une grande étendue,

des espèces vivantes entières, les froids excessifs,
mais rares, qui semblent anéantir certains végétaux, sont des moyens assurés pour renouveler leur
vigueur, et leur rendre cette force de sève et de
fraîcheur que des siècles de vie paraissaient avoir
épuisée. Ce fléau peut, il est vrai, revenir à des
époques plus rapprochées, et pendant un certain
nombre d'années; mais l'orage finit enfin par s'a-
paiser, et le sol et le climat, reprenant la température qui leur appartient naturellement, voient renaître, plus nombreuses et plus vigoureuses, les
productions dont la nature les dota.

Ces divers écrits, imprimés séparément ou publiés dans les journaux, firent naître, au sein de
l'Académie, de très-importantes discussions sur la
circulation des fluides des végétaux, et sur l'action
désorganisatrice de la congélation, sur ces fluides
eux-mêmes, et sur les vaisseaux qui les renferment.
M. le secrétaire de la classe des sciences démontra
la promptitude d'action de ce phénomène, et fit
passer, sous les yeux de l'assemblée, des portions
de végétaux ainsi frappés de mort, étalant la plus
complète désorganisation des divers tissus dont ils
avaient été pourvus.

Après avoir, pour ainsi dire, épuisé la question
relative au degré de froid suffisant pour priver de
la vie organique certains végétaux indigènes et exotiques, la compagnie eut à s'occuper de la chaleur.

1830.　Le *Traité du mouvement des fluides*, le *Mémoire sur le changement de volume des corps par la caléfaction et sur la tension des vapeurs*, à diverses températures, de M. Lechevalier, de Metz, officier du génie, associé de l'Académie, l'engagèrent dans les plus hautes questions scientifiques, et fixèrent l'attention des hommes spéciaux, sur des sujets d'étude qui, dans ces derniers temps, ont amené la révolution la plus heureuse et la moins prévue, peut-être, dans les moyens de relation et de transport, de nation à nation, comme de province à province, et d'accélération dans la confection de la plupart des produits de l'industrie. Ce fut dans ces graves entretiens que le plus grand nombre des membres de la classe des sciences de l'Académie, et particulièrement MM. de Villeneuve, ingénieur des mines, Tocchi, Toulouzan, Négrel-Féraud, Salze, déployèrent tout ce que des esprits éclairés, exercés dans la pratique des sciences de démonstration, et pourvus d'un jugement droit, possèdent de discernement et de solide instruction. Tout le monde admire et connaît, aujourd'hui, les prodigieux effets de la vapeur; honneur aux hommes de génie qui surent en calculer la puissance, et l'appliquer aux croissants besoins de la société!

　Deux rapports sur le xxx⁴ volume des mémoires de l'Académie royale des sciences de Turin, par M. le secrétaire de la classe des sciences, firent connaître à la compagnie que les sciences physiques, mathématiques, l'histoire naturelle et la haute lit- térature ont, au-delà des monts, des esprits trans- cendants, qui rivalisent de succès et de gloire avec ceux dont s'enorgueillissent nos capitales ; tant il est vrai que toutes les connaissances humaines fleuris- sent et se perfectionnent sous les gouvernements qui mettent quelque soin à les encourager.

Un ouvrage de haute importance, autant sous le rapport de la science, que sous celui de l'utilité locale, vint mettre alors le comble à la satisfaction de la compagnie. C'était la *Statistique des Bouches- du-Rhône*, publiée par M. le comte de Villeneuve, l'un de ses membres, préfet du département, et dont la sage administration fut si longtemps et si vivement regrettée. Il en fit remettre dix exem- plaires à ses confrères, avec l'atlas qui l'accompagne, comme un témoignage de son estime et de son inal- térable dévouement. Ce travail, d'une très-grande étendue, et remarquable par d'immenses recher- ches et la sagacité du rédacteur, fut d'autant plus agréable à l'Académie, que deux de ses membres, MM. Toulouzan et Négrel-Féraud en avaient été les principaux collaborateurs. La faveur soutenue qu'il a obtenue du public, rend ici tout éloge superflu.

La collection des œuvres littéraires, en vers et en prose, de M. de Labouïsse, de Rochefort, associé de l'Académie, fit une agréable diversion aux

1830. graves préoccupations de la compagnie : elle fournit à la classe de littérature et d'histoire, l'occasion
de se convaincre que le goût de la saine littérature
était toujours en honneur dans les provinces où il
comptait des hommes aussi dévoués à son culte,
et qui se proclamaient, eux-mêmes, étrangers à
cette bizarre école d'idées exagérées ou vides de
sens, dont le brusque envahissement et le barro-
que langage s'efforçait de verser le ridicule sur nos
plus grands écrivains.

En recevant régulièrement les programmes publiés par le gouvernement, au sujet du concours
proposé par la Société d'encouragement pour l'industrie nationale, l'Académie voyait avec orgueil
arriver l'époque où, consultée par l'autorité locale
sur une foule de questions relatives à cet appel aux talents de tous genres, elle pouvait émettre librement
son opinion sur les sciences qu'elle n'a jamais cessé
de cultiver avec autant de zèle que de succès.

La vie intérieure des sociétés littéraires diffère peu
de celle des familles ; un mélange, à peu près égal,
de joies et de tribulations, de tiédeur et d'activité,
forme l'élément de leur existence, comme, au
reste, celui de tout ce qui vit autour de l'homme.
Après de brillantes acquisitions, viennent les pertes
les plus sensibles, et le découragement suit de près
les rêves des plus ravissantes illusions. La compagnie venait de s'enrichir de laborieux collabora-

teurs, et soudain, elle perd l'un de ses membres les plus capables de soutenir sa gloire par son dévouement et par ses nombreux travaux. M. l'abbé Boyer, de Marseille, jadis attaché à l'ordre de Malte, et dont on a déjà si honorablement fait mention dans le cours de cette histoire, laissait, dans la compagnie, un vide trop considérable, pour n'être pas vivement senti : la douceur de caractère de ce savant, son extrême complaisance, la rectitude de ses idées augmentaient d'autant plus les regrets d'une perte aussi grave, qu'il embellissait chaque séance particulière de l'Académie, de la lecture de quelque fragment de ses ouvrages; mais il les communiquait à ses confrères, avec une telle réserve et tant de timidité, qu'on était encore à se demander, laquelle des nobles qualités l'emportait chez lui de la science ou de la modestie.

L'intéressante notice de la vie de ce savant, par M. Audiffret, président, en ce moment, l'Académie, fit augmenter, au bord de la tombe, le regret d'y voir descendre son héros. L'accent de l'orateur retentit dans tous les cœurs, y laissant des traces profondes de deuil et d'affliction, sur le rapide passage de l'homme, du rêve de cette vie fugitive, aux demeures éternelles, et sur la fragilité de ses œuvres, que la vertu seule peut rendre recommandables et sauver à jamais de l'oubli.

Des impressions d'un autre genre attendaient la

compagnie, elle fut admise à présenter ses respectueux hommages à son Altesse Royale Monsieur le
duc d'Orléans, visitant, pour la première fois, les
départements du midi de la France. La jeunesse de
ce prince, sa taille majestueuse, la douceur de ses
traits, l'enthousiasme de la nouveauté, firent éclater
des transports qu'il avait droit d'attendre de la
jeune France qui l'avait déjà salué du nom auguste
qu'il portait. Il était difficile qu'en 1830, sa présence, à Marseille, n'éveillât quelques souvenirs;
mais il était si près de l'âge où la conscience des
actes politiques sommeille encore, qu'il ne dût entendre que des acclamations et les applaudissements
du peuple qui l'entourait. Comme toujours, il fut
d'une aimable affabilité avec tout le monde, et se
distingua, sous ce rapport, à l'égard des membres
de l'Académie, qui furent touchés de ses nobles
procédés et de ses bienveillants discours.

L'annonce de la prochaine séance publique, fut
comme une continuation d'honorables représentations, où l'Académie occupait le rang qui lui est
assigné; mais ici, du moins, le public fut unanime
dans ses ovations, et ne cessa, par l'expression réi-
térée de ses acclamations, d'encourager la compagnie à renouveler fréquemment ces fêtes consa-
crées par les sciences, les lettres et les arts, à célébrer les progrès de l'esprit humain.

M. Audiffret, président de l'assemblée, ouvrit la

séance par un discours éloquent et rapide, dans
lequel il peignit, à grands traits, l'état des sciences,
pour ainsi dire, à leur second berceau et au moment
de la renaissance : l'orateur sut tirer, de cette longue nuit, des traits de lumière qui répandent un
grand jour, et marquent distinctement les progrès
des intelligences ; mais il développa, surtout, avec
talent, les causes qui dissipèrent insensiblement cet
épais nuage qui semblait envelopper les temps an-
térieurs au moyen âge : avançant ensuite vers cette
dernière époque, qui ne manque pas d'intérêt
sans doute, il en fit remarquer les faits les plus
saillants, en indiquant, avec soin, la filiation des
idées progressives, avec celles qui doivent nécessairement en être la conséquence : il parvient, enfin,
à travers des études profondes de l'histoire, au
siècle, appelé du nom de grand, dont il raconte
les merveilles, avec ce discernement et cette conviction, qui n'appartiennent qu'aux hommes privi-
légiés qui en connaissent le prix.

M. Durand-Modurange, dont la Muse, plusieurs
fois couronnée par la cour du Gai-Savoir, avait
souvent fait le charme des réunions intimes de la
compagnie, fut admis à prononcer son discours de
réception. Il eut le bon goût, dans cette solennité,
de ne faire mention de ses titres littéraires, qu'avec
cette réserve qui en relève le mérite ; il ne toucha
même qu'avec une parfaite convenance, les flatteurs

1830. témoignages qui lui furent prodigués dans les plus hauts rangs de la société; mais il s'exprima bientôt avec plus d'assurance, en abordant franchement son sujet, lorsqu'il s'applaudit, d'abord de la conformité de ses principes avec ceux de la compagnie qui l'accueillait ce jour-là dans son sein, et que s'élevant ensuite à de plus hautes considérations, il démontra, d'une manière irréfragable, que ce fut à la conviction des croyances traditionnelles, à la sévérité des mœurs, à l'influence des bonnes doctrines, que les hommes illustres du xviie siècle durent tout ce qu'ils firent éclater, dans leurs écrits, de grandeur et de beauté; et que ce fut, par conséquent, de cette influence combinée que naquit ce nom glorieux qui décore si dignement une époque, que la postérité ne cessera d'admirer.

M. le marquis d'Arbaud de Jouques, nouveau préfet du département, fit également son entrée à l'Académie, et lut une épître en vers, sur la moralité du poète, adressée à M. Chénédolé; production digne, en même temps, du talent de l'auteur et du mérite du vertueux ami qui l'avait inspirée. Le premier, dans ses vers, avait peint, à son insu, les qualités de son cœur, le second, en les applaudissant, voyait s'embellir les charmes de l'amitié, tandis que le public, touché de cet heureux accord, balançait son suffrage entre le poète et le confident des chants de ce dernier.

Un savant mémoire sur l'introduction des puits artésiens en Provence, de M. Hippolyte de Ville-neuve, ranima toutes les espérances de l'assemblée et du plus grand nombre des cultivateurs. L'ora-teur, naturellement éloquent et précis, et se trou-vant sur un terrain profondément connu par lui, résuma, de la manière la plus claire, tout ce qu'on avait écrit sur cette matière, et finit par mettre le public dans la confidence des secrets de la géodésie de nos contrées, et de l'hydraulique souterraine, dont il est difficile de traiter, sans exciter un très-vif intérêt.

L'ode sur le monument de Quiberon, de M. Du-rand; celle sur l'expédition d'Alger, de M. Négrel–Féraud, et les fables nouvelles de M. Jauffret, furent autant de guirlandes de fleurs dont la main légère des Muses se plut à parer, en ce jour de fête, le temple des lettres et des arts.

Ces chants avaient à peine cessé, lorsqu'une lettre spirituelle de M. le docteur Pariset annonça son arrivée aux infirmeries de Marseille; envoyé par le gouvernement, en Égypte, pour étudier les causes de la peste, ce savant écrivain était de retour de son long voyage, et rapportait dans sa patrie, tous les documents que, durant un séjour de trois années, sur la terre classique du fléau qu'il pour-suivait, il avait pu recueillir; son prompt départ pour la capitale, le déroba brusquement aux vaines

1830.

sollicitations des indiscrets qui l'assiégeaient ; en le félicitant sur son courage et sa persévérance à remplir sa mission, l'Académie n'eut qu'à se louer de l'extrême complaisance de cet habile observateur, et de l'empressement qu'il avait mis à lui communiquer une esquisse de ses précieux travaux.

Ce fut le moment où apparut le *Journal de la morale chrétienne* ; M. Guisot, l'un des plus zélés coopérateur de cet ouvrage périodique, voulut bien le faire parvenir à l'Académie, qui l'a reçu depuis avec une rare exactitude, et avec autant de reconnaissance que de plaisir. Les mémoires sur les questions relatives à la morale publique, dont ce recueil fourmille, ont fourni de nombreux sujets d'entretien aux membres de la compagnie : et, très-souvent, ils ont fait naître des discussions dont les résultats ont été consignés dans le même journal.

L'état actuel des prisons des diverses nations de l'Amérique et de l'Europe, la nécessité des lieux de déportation, les pénitenciers, les maisons de travail et de correction, l'esclavage et ses effets, etc., ont produit tour à tour, dans les réunions académiques, des idées, des plans et des travaux d'un intérêt réel.

La question, surtout, de pourvoir aux moyens de séquestration des jeunes condamnés, a vivement ému l'Académie. L'expérience, mère des bons conseils, a déjà démontré que certaines méthodes, adoptées dans quelques-unes de ces maisons, quoi-

que louées d'abord avec enthousiasme, n'avaient
pas produit d'heureux résultats, et qu'elles ne pouvaient être continuées sans courir de graves dangers. Ne serait-il pas à désirer que les corps savants
fussent invités à réunir leurs lumières à celles des
administrateurs de ces établissements, pour obtenir les heureux effets qu'on a lieu d'attendre du
bienfaisant génie qui préside à leur direction?

1830.

Un don précieux, pour l'Académie, lui fut offert,
sur ces entrefaites, par M. Augustin Fabre, secrétaire de la Société de statistique de Marseille; ce don
rappelait à la compagnie le souvenir d'un confrère
dont les travaux avaient rempli ses annales, pendant
dix années entières, comme le furent, de ses nobles
qualités, tous ceux qui vécurent près de sa personne:
c'était l'*Éloge de M. le comte de Villeneuve*. M. Augustin Fabre montra, dans cet écrit, autant de goût
que de raison; il fut bien inspiré lorsqu'il choisit
un tel sujet; il était digne de sa plume; à côté d'un
magistrat tel que son héros, naît toujours un écrivain chargé d'illustrer sa mémoire.

Un ouvrage d'une rare concision, et de plus de
sens que de volume, de M. Reynier, bachelier ès-
lettres, intitulé: *Corrections raisonnées des fautes de
langage et de prononciation*, sur lequel M. Bazin, de
la classe des sciences, fit de très-remarquables observations, confirma l'opinion, depuis longtemps
proclamée, que les plus sévères principes, les règles

regardées comme les plus judicieuses, les critiques les plus éclairées, concernant la langue française, ne furent point étrangers aux écrivains provençaux; l'histoire grammaticale de cette belle langue est là pour attester ce fait, appuyé de témoignages si nombreux, qu'il n'est pas permis d'en douter. M. le bachelier Reynier a fourni, de nos jours, à cet édifice, un contingent dont on doit lui savoir gré.

Il ne serait peut-être pas difficile de trouver pourquoi, dans les provinces, on parle plus correctement la langue, que dans la capitale; j'entends parmi les hommes instruits et qui ont appris, comme on dit, la langue par principes, et non par l'usage ordinaire. En province, en général, on lit les ouvrages qui sont, depuis longtemps, en possession des suffrages du public, et dont la réputation n'est point équivoque. Il y en a peu de ces livres, mais on en profite davantage, en les lisant, qu'avec cette abondance d'ouvrages communs dont on est inondé. Les bons auteurs n'ont de l'esprit qu'autant qu'il en faut, ne le recherchent jamais, pensent et écrivent avec bon sens, et s'expriment avec clarté, dans le temps que souvent, de nos jours surtout, il semble qu'on n'écrive plus qu'en énigmes : rien n'est simple, tout est affecté; on s'éloigne en tout de la nature; on a le malheur de vouloir mieux faire que nos maîtres. La moindre affectation est un vice; c'est le fléau de notre époque. Les Italiens, a dit

quelqu'un, n'ont dégénéré, après le Tasse et l'A-
rioste, que parce qu'ils ont voulu avoir trop d'esprit,
et les Français sont dans le même cas. On s'accou-
tume à bien parler, en lisant souvent ceux qui ont
bien écrit; on n'a de maître que son plaisir et son
goût.

Le rapide exposé de M. Gabriel Jourdan, sur la
*Collection des lois maritimes antérieures au dix-hui-
tième siècle*, recueillies par M. Pardessus, associé de
l'Académie, reporta l'attention de la compagnie
vers les premières époques du commerce de Marseille; il lui rappela que cette ville avait un code et
des lois qui réglaient ses rapports avec les peuples
du Levant; que dans l'antique ville de Saint-Jean-
d'Acre se trouvait, du consentement des pachas,
une rue des *Marseillais*, bien avant que les autres
nations européennes eussent entrepris quelque
commerce avec ces riches contrées. Les diverses
échelles du Levant appartenaient à la France, et
plus particulièrement aux descendants des marchands de Phocée, qui n'avaient jamais cessé de les
fréquenter.

Par des motifs dont il serait inutile de faire ici
mention, l'Académie crut devoir proroger la séance
publique du mois d'août, mais cette décision ne
diminuait point le nombre des tributs scientifiques
et littéraires qu'elle recevait de toutes parts; ainsi,
M. Garcin de Tassy, son associé, lui faisait agréer

1830. l'hommage des *Rudiments des langues de l'Indoustan*, dont il est l'auteur. Un *Mémoire descriptif du moteur tournant sous l'eau, connu sous le nom de moteur Laborde*, occupa sérieusement la section de physique et de mécanique de l'Académie ; il donna lieu à des discussions variées sur les forces motrices de l'air, de la vapeur et de l'eau, comparées entre elles. Le résultat de cette savante polémique se résuma par l'indication d'une méthode aussi simple qu'ingénieuse, destinée à faire connaître la somme de force que, dans des cas déterminés, chacun de ces moteurs, placé dans certaines conditions, peut exercer.

Le plan topographique de la ville de Marseille et de la presque totalité de son territoire, que la compagnie venait de recevoir, fit jeter un intéressant coup d'œil sur les anciens plans de cette ville, dont il était facile de suivre l'agrandissement successif, et le déplacement de ses premiers foyers. L'histoire à la main et le tracé des anciennes habitations, en regard, on pouvait aisément distinguer l'effet des révolutions civiles et des changements de gouvernement : ainsi, suivant de près la topographie du berceau de Marseille, on était forcé de convenir que l'antique fille de Phocée n'était plus assise sur le lieu où furent jetés ses premiers fondements.

L'important travail de M. Hippolyte de Villeneuve, sur une *Théorie des transports moléculaires*, *appliqués à l'exploitation des filons et des dispositions des roches primitives*, fit ressortir, de nouveau, la haute capacité de l'auteur qui, spécialement consacré à ce genre d'études, est habitué, depuis longtemps, à recevoir de la part du gouvernement, du public et de l'Académie, le témoignage flatteur d'une estime sans bornes et de la reconnaissance la mieux méritée.

La collection complète des ouvrages de statistique de M. César Moreau, fut encore un tribut que l'Académie s'attendait à recevoir d'un associé aussi distingué, et dont la spécialité, pour cette science contemporaine, trouvera peu de rivales, et partout des applaudissements.

Le second volume de l'histoire de l'Académie, par M. Lautard, son secrétaire perpétuel pour la classe des sciences, fit prendre à la compagnie une trop flatteuse délibération, pour que l'auteur ne l'accueillit pas comme une récompense beaucoup au-dessus de son travail; il en reçut l'ampliation avec orgueil; et sans doute il en relirait le contenu pour réchauffer son zèle, si jamais il venait à s'attiédir. Ainsi se termina l'année 1830 dont l'émeute de la rue troubla si souvent le repos.

Pendant l'année qui commençait, il ne fut pas reçu de membres honoraires, ni de membres résidants; trois associés correspondants donnèrent, seulement, un instant de vie au scrutin académique;

une seule séance publique eut lieu, et encore fallut-il l'obtenir par délibération; le nombre des membres présents décroissant, à vue d'œil, aux séances hebdomadaires, deux fois on fit appel à l'article des statuts académiques, concernant les retardataires. Tout semblait surgir à l'encontre de la compagnie; son président, devenu préfet du département, crut ne devoir pas remplir ces deux fonctions à la fois, et se hâta d'abdiquer celle qu'on devine assez, pour être dispensé de la nommer; l'allocation accordée, de temps immémorial, par la Commune, subit une sensible réduction. Le Conseil du département avait déjà biffé, de son budget, le nom de l'Académie; celle-ci n'ayant pas couronné, à une autre époque, un mémoire sur la culture de l'olivier, auquel un membre de ce Conseil prenait autant d'intérêt qu'un père à son fils; ajoutons à ces tribulations, l'état flagrant de trouble qui devenait, de jour en jour, plus menaçant; et on le sait bien, au milieu des discordes civiles, les hommes de lettres sont, presque toujours, hors du tourbillon des mouvements populaires; leur vie d'intérieur les rend, d'ailleurs, peu propres à prendre part à ces agitations passagères; de manière qu'ils restent spectateurs troublés de désordres qu'ils ne peuvent ni prévenir, ni réparer.

Cependant, les travaux littéraires de l'Académie ne souffraient pas d'interruption. M. Jauffret, secrétaire perpétuel de la classe des belles-lettres, étant

bibliothécaire de la ville, conçut le projet de rédi-
ger un journal, sous le nom du *Conservateur Marseillais*, dans lequel il se proposait d'insérer les
fragments les plus précieux des ouvrages imprimés
ou manuscrits dont la garde lui était confiée. Ce
projet eut un commencement d'exécution; et réellement, les livraisons qui virent le jour, justifièrent
parfaitement le titre du journal, le talent et le
goût du rédacteur; mais l'époque était peu favorable à cette entreprise; et les souscripteurs, occupés
d'autres soins, ne firent aucun effort pour la soutenir; ne sait-on pas d'ailleurs, que les journaux
purement littéraires, ne peuvent avoir, dans les
provinces, des éléments de durée?

Dans l'une des livraisons de celui de M. Jauffret,
on remarqua d'excellents morceaux de littérature,
de critique, et des anecdotes historiques locales
aussi piquantes que peu connues; une notice sur
MM. de Saint-Vincent, père et fils, et sur les nombreux et savants ouvrages de ces honorables magistrats; le journal inédit de la peste de Marseille, en
1720, par le père Giraud, le seul qui donne des
détails journaliers et complets sur ce fléau; une
dissertation sur deux pierres monumentales trouvées dans les fouilles du cours Bourbon, en 1828,
et reconnues pour être celles sur lesquelles était
gravée l'inscription, en vers léonins, qui fixe à
l'année 1203, la construction de l'église des *Accou-*

1831. *lès*, de Marseille, l'une de celles qui furent démolies en 1793.

Un mémoire sur les poids et mesures et les diverses monnaies de l'Algérie, par M. Tocchi, membre de la classe des sciences, récemment arrivé du nord de l'Afrique, fournit un plus récent intérêt aux discussions de la compagnie, et prouva de nouveau aux esprits éclairés, combien la confusion qui règne dans les espèces métalliques courantes, dont la valeur suit l'avaricieux caprice d'un tyran, et le désaccord entre les diverses mesures de distance, de capacité, et le désordre dans la manière de constater la pesanteur spécifique des corps, témoignent de l'ignorance et de la barbarie sa compagne, de cette ignoble et cruelle administration qui, peu satisfaite de les maintenir, ajoute encore à leur énormité, par l'abus même des circonstances qui les lui rendent plus profitables.

L'Académie se préoccupait donc du grossier et déplorable système monétaire des États barbaresques et de quelques autres peuplades voisines, où la tyrannique volonté d'un seul est la loi de tous, lorsqu'elle reçut la relation du voyage en Mésopotamie de Buckingham; on voit, dans cet ouvrage, des traits relatifs aux Turcomans, qui paraissent incroyables, et qui sont attestés, pourtant, par d'autres voyageurs dignes de foi. Ces peuples qui habitent les plaines au sud de la chaîne du mont

Taurus, et s'étendent des bords de la mer, près
d'Antakaa, jusqu'à l'Euphrate, sont, sur les fron-
tières turques, ce que sont les Bédouins sur les con-
fins de la Syrie ; ils écument les plaines et pillent les
caravanes et les passants ; leur jalousie est pire que
celle des Bédouins.

Deux jeunes gens de cette nation vagabonde, de
la même tribu, s'aimaient à leur façon ; ils étaient
fiancés ; leur passion était avouée par les deux familles ; le jour de la célébration du mariage était
proche. Un soir, les deux futurs époux se rencon-
trèrent seuls, mais en vue des tentes, et s'arrêtè-
rent, un moment, pour se parler, *chose défendue*,
chez eux ; ils allaient passer leur chemin, quand les
frères de la jeune fille, ayant remarqué leur court
entretien, se précipitèrent, les armes à la main, pour
venger leur affront. Le jeune homme prit la fuite
et s'échappa blessé d'un coup de feu ; quant à la
pauvre fiancée, elle reçut cinq balles dans le corps,
et fut ensuite déchirée par les poignards de ses
frères, qui avaient tous visé à les lui plonger dans
le cœur. L'histoire de la médecine de ce peuple
sauvage, les arts grossiers auxquels il se livre, ses
principes religieux, ses superstitions, sont autant de
sujets qu'il faut parcourir dans l'ouvrage qu'on
vient de citer. Une portion de tribu de Turcomans
exerce la chirurgie, et, seule, elle fait l'opération
de la taille avec de grands rasoirs ; ils enferment les

1831.

1831. fous dans une caverne, où ils les guérissent avec du pain et de l'eau ; ils font l'opération de la cataracte, et crèvent l'œil, si elle ne réussit pas.

Abandonnant la description de ces régions lointaines, l'Académie s'occupait de son intérieur, avec le zèle dont elle ne s'était jamais départie. Apprenant que M. Jauffret, secrétaire perpétuel de la classe des belles-lettres, bibliothécaire de la ville, devait être remplacé dans l'exercice de cette dernière fonction, comme le furent de leurs emplois, tant d'autres personnes, à la même époque, elle nomma une commission composée de plusieurs de ses membres, qu'elle chargea d'exposer à M. le Maire, la part qu'elle avait prise à la création de la bibliothèque et à sa conservation, jusqu'au moment actuel, et de présenter à ce magistrat, le sommaire des titres qui, depuis 1790, la maintenaient dans la possession de la surveillance de ce précieux dépôt littéraire, qui lui fut confié dans des jours difficiles, pour le préserver de la dévastation.

Parvenue auprès de M. le Maire, la commission eut l'honneur de lui remettre l'adresse qui suit :

« Monsieur le Maire,

« Si la ville qui s'applaudit, à si juste titre, de
« vous avoir pour son premier magistrat, possède

« une bibliothèque publique, c'est principalement
« à l'Académie qu'elle est redevable de ce riche
« établissement; bravant l'orage qui, dans des jours
« néfastes, renversait les plus utiles, les plus solides
« institutions de la France, cette courageuse com-
« pagnie fit adopter aux proconsuls du temps
« l'heureuse idée de recueillir et de disposer dans
« un lieu convenable, les bibliothèques éparses des
« maisons religieuses, déjà décimées par de profa-
« nes mains, et d'appliquer cette mesure non-seule-
« ment à la ville de Marseille, mais encore à toutes
« celles du département où des couvents auraient
« été supprimés. Cette opération, longue et pénible,
« fut accompagnée de plus d'un danger, mais elle
« prolongea l'existence de l'Académie et mit à l'abri
« de la persécution, ceux de ses membres qui la di-
« rigeaient; et lorsque l'heure fatale eut sonné pour
« la compagnie, c'est parmi ceux qui la composaient
« que furent choisis les commissaires chargés de
« veiller à la conservation de ce précieux dépôt. Ces
« commissaires étaient les deux secrétaires perpé-
« tuels de l'Académie préposés à la garde de la bi-
« bliothèque particulière de celle-ci. Ils se hâtèrent
« de la confondre avec l'immense recueil dont ils
« devenaient les dépositaires. Ces deux académiciens
« investis d'une confiance sans bornes, pendant
« toute la durée de nos discordes civiles, furent ex-
« clusivement occupés à mettre quelque ordre dans

«ce morceau confus d'ouvrages divers qu'atta-
« quaient depuis longtemps les vers et la poussière.

«Aux premiers rayons de jours plus propères,
«l'Académie reprit une nouvelle vie, et l'autorité
«nouvelle lui continua cette haute confiance, dont
« elle s'était rendue si digne, autant par son zèle que
« par son rare désintéressement : elle confirma le
«plus ancien secrétaire dans les fonctions de biblio-
« thécaire, qu'il n'avait remplies, jusqu'alors, qu'au
«milieu des ruines et des plus graves dangers. Il
«est inutile que nous prononcions ici le nom de
«M. le docteur Achard; ce savant sera toujours
«regardé comme le fondateur de la bibliothèque
«publique de cette ville.... Il mourut secrétaire
« perpétuel de l'Académie au milieu de cette im-
«mense collection dont vingt ans de travaux lui
« avaient permis de classer les nombreux ma-
«tériaux.

«M. Croze-Magnan, son successeur à l'Académie,
«comme à la bibliothèque, enrichit l'une et l'autre
« de recherches et de travaux remarquables, autant
«par leur étendue que par leur utilité.

«Sa mort fit place à M. Jauffret, dont le zèle, les
«talents et la vive sollicitude ont considérablement
«grossi le trésor qui lui est confié. Vous n'ignorez
«pas, Monsieur le Maire, que M. Jauffret ne fut ap-
« pelé à la bibliothèque, que parce qu'il était l'un
« des secrétaires perpétuels de l'Académie.

« Comme nous avons déjà eu l'honneur de le dire,   **1831.**
« avant l'époque de nos troubles civils, l'Académie
« possédait une bibliothèque considérable et choisie ;
« l'État n'avait ni prétexte, ni le droit de s'en saisir,
« et cependant elle la confondit avec celle de la ville ;
« la compagnie, dès-lors, eut la direction de celle-ci.
« Depuis la fin du règne de 1793, l'Académie ne
« fut plus séparée de la bibliothèque. Le lieu de ses
« réunions l'atteste, depuis trente-cinq ans; cet
« immense dépôt littéraire n'eut jamais d'autres
« directeurs que des académiciens; depuis 1791,
« l'un des secrétaires perpétuels a constamment été
« bibliothécaire de la ville ; et nous ajouterons avec
« orgueil, que celle-ci s'en est toujours louée.
« Depuis quarante ans, la bibliothèque et l'Aca-
« démie ont paru se confondre dans une commune
« désignation. Comment pourrait-il en être autre-
« ment, puisque l'Académie proposa l'idée de for-
« mer une bibliothèque publique, qu'elle en
« recueillit les matériaux, qu'elle la mit en ordre,
« et, que jusqu'à ce jour, un de ses membres en a
« constamment eu la direction ?
« L'Académicien, aujourd'hui, chargé de ce soin
« a complété les travaux commencés par ses pré-
« décesseurs. Il jouit à un très-haut degré de l'es-
« time de ses confrères et du public : il a doté la
« bibliothèque publique de sa bibliothèque particu-
« lière, et par des instances réitérées auprès de

« l'autorité supérieure, les plus riches présents ont
« augmenté prodigieusement la valeur des trésors
« dont la garde lui est confiée. Il professe des prin-
« cipes et des opinions avoués par cette classe nom-
« breuse d'hommes de bien à laquelle on s'honore
« d'appartenir. Étranger à la politique, éloigné de
« toute exagération, il trouve son bonheur dans
« l'accomplissement de ses devoirs, ce qui paraît
« aux bons esprits, la meilleure manière d'obéir
« aux lois, de mettre des bornes aux ambitions
« démesurées, de respecter les emplois d'autrui et
« de se soumettre au gouvernement.

« C'est, Monsieur le Maire, la réunion des pré-
« cieuses qualités de l'un de ses membres, qui en-
« gage aujourd'hui l'Académie à réclamer pour lui
« votre bienveillance accoutumée. Serait-il vrai que
« M. Jauffret, encore dans la force de l'âge, avec des
« talents incontestés, une conduite sans reproches
« dût être bientôt privé de son emploi, et que
« l'Académie qui, depuis quarante ans, fournit des
« bibliothécaires à la ville, fût écartée du nouveau
« choix, pour prix de ses longs services et de son
« dévouement? Non, Monsieur le Maire, vous ne
« blesserez jamais ni les droits acquis de M. Jauffret,
« ni les nobles intentions de l'Académie : l'injustice
« ne peut germer dans le cœur d'un magistrat tou-
« jours prêt à la combattre; l'injustice n'est d'au-
« cune circonstance, d'aucune époque, d'aucun

«gouvernement; elle reste immobile en présence
«de celui qui la commet, pour l'accuser tous les
«jours de sa vie: et M. le Maire de Marseille, de
« 1831, ne peut craindre un pareil témoin.

1831.

    « Pardonnez à l'Académie cette sollicitude pour
«elle et pour l'un de ses membres, mais daignez
« les rassurer l'un et l'autre : cette compagnie serait
«moins pressante, si elle était moins esclave de ses
«devoirs. Elle fut fondée par un héros, protégée par
«les souverains; elle fut fidèle à ses principes, à ses
« serments et à sa mission; elle compta, dans son
«sein, les plus illustres magistrats, et c'est d'eux
«qu'elle apprit qu'en obéissant aux lois, elle obtien-
«drait l'approbation de tous les gouvernements
« éclairés. Elle obtiendra la vôtre, Monsieur le Maire,
« car la voix publique, qui vous a spontanément dé-
« coré de ces hautes fonctions, que vous remplissez
« avec tant d'éclat, n'est que l'écho de la justice et
« la flatteuse expression de votre rare discerne—
« ment.

    «Les membres de l'Académie vous saluent res—
« pectueusement. »

    Ont signé cette adresse: MM. Abeille, vice–pré–
sident, Toulouzan, J.–J. Blanpain, Esprit Tocchi,
Augustin Aubert, Macarry, le docteur Robert, le
chevalier du Demaine, Jossaud, Négrel–Féraud,
Poize, Hip. de Villeneuve, Em. Bazin, Louis Brunet,

1831. Vincens, Alph. Rostan, Hubaud, Paul Autran, Lautard, secr. perp.

Pour copie conforme :

LAUTARD, *secrétaire perpétuel de l'Académie.*

Ni l'Académie, ni M. Jauffret, ne purent savoir si le maintien de celui-ci, dans l'exercice de ses fonctions, fut le résultat de la persuasion que pouvait inspirer la requête qu'on vient de lire; s'il était bien vrai qu'il eût été sérieusement menacé de la perte de son emploi, ou si, dans l'irruption torrentielle des brusques révocations du jour, M. Jauffret avait pris ses craintes pour des réalités. Toujours est-il, qu'il resta ce qu'il était; que ni lui, ni l'Académie ne reçurent aucune réponse, et que les renseignements que cette dernière avait fournis ne furent d'aucune utilité pour elle, pour le présent et peut-être pour l'avenir. Il en a été des droits de l'Académie sur la bibliothèque, comme de ceux qu'elle avait revendiqués sur l'observatoire: les uns et les autres ont été violés. Tant il est vrai que les sacrifices de tout genre, les dévouements absolus d'un autre temps, les anciens et généreux services, sont des titres qu'il faut se garder de faire valoir; car le présent n'a que faire du passé: tout doit finir avec son époque, on ne peut doter ce qui lui survit.

L'Académie, cependant, survivait à ces tribula— **1831.**
tions ; mais elle ne pouvait méconnaître que les conditions de son existence ne fussent radicalement
attaquées. Semblables à ces infortunés personnages
qu'on laissait jadis s'éteindre d'inanition, elle ne
recevait qu'une si faible allocation, qu'en vérité, on
n'aurait su quel nom lui donner, si elle n'eût été acceptée comme l'accomplissement illusoire d'un acte
obligé ; et ce qui rendait plus sensible encore cette
inconvenante parcimonie, c'est qu'elle était con-
sentie par ceux même qui n'en pouvaient dissimuler
la chétive pensée.

Ne pouvant exercer aucune influence sur cet état
de choses, l'Académie, épuisée de sollicitations et
d'espérances, reprit paisiblement la suite de ses travaux accoutumés. M. Hippolyte de Villeneuve l'entretenait, avec ce talent qui brille dans ses ouvrages,
des hauteurs où croissent les oliviers ; sujet important, sur lequel Théophraste, son commentateur
Mathiole et Pline, avaient donné l'éveil aux cultivateurs, leur laissant entrevoir que les diverses espèces d'oliviers n'exigeaient pas rigoureusement la
même latitude, et que l'olivier sauvage, si commun
dans certaines contrées de l'Italie, où l'on néglige
ses produits, croissait à des hauteurs que ne pourrait supporter l'olivier greffé.

M. Christol, l'un des naturalistes les plus remarquables de notre époque, récemment admis parmi

les membres correspondants de l'Académie, faisait agréer à celle-ci l'hommage d'une savante dissertation sur des ossements fossiles découverts par lui, dans des recherches géodésiques, et sur lesquels il émettait des opinions parfaitement en harmonie avec celles du célèbre professeur de la capitale qui, de nos jours, a levé toutes les incertitudes sur ce genre de phénomènes, dont l'âge bien connu de la terre, nous dérobait l'explication. Dans un rapport lumineux sur ce travail, M. Hippolyte de Villeneuve, placé dans la sphère des objets de ses goûts et de ses recherches, fit ressortir, avec un intérêt nouveau, tout ce que l'ouvrage de M. Christol renferme de plus important, sous le rapport de la science et du talent de l'auteur.

La petite ville d'Auriol offrait, en ce moment, une découverte d'un autre genre, et non moins digne d'intérêt. Une magnifique mosaïque, d'environ cinq mètres au carré, et d'un dessin très-correct, venait d'exciter l'admiration des amateurs de la belle antiquité, par la beauté des figures, autant que par sa parfaite conservation et l'éclat de ses couleurs. On eût dit un morceau d'art terminé la veille. Une commission de l'Académie se rendit immédiatement sur les lieux, fit prendre un croquis de ce précieux reste de construction intérieure romaine, et rendit compte des conjectures auxquelles elle s'était livrée, sur la destination d'un pareil tra-

vail, dans ce lieu solitaire. Il est vraiment regrettable que le propriétaire ne cherche pas à l'utiliser, en
le transportant dans son habitation, et qu'il le laisse
enfoui dans les entrailles de la terre, où les âges
futurs seront, un jour, aussi étonnés que nous le
sommes, de le trouver abandonné.

M. Lautard, secrétaire perpétuel de la classe des
sciences, communiquait l'histoire philosophique
d'un Espagnol, ancien militaire d'un grade élevé,
qui n'était fou, disait-on, que d'un côté. La bizarrerie d'idées, de paroles et de conduite de cet indi-
vidu, qui vivait, d'ailleurs, dans une société d'élite,
sans y porter le moindre trouble, ne laissait aucun
doute sur la connaissance qu'il avait de l'excentricité
de sa situation. Il se parlait fréquemment à lui-
même; il s'adressait une série de demandes auxquelles il répondait très–sensément; et dans ces
dialogues, quoiqu'il remplit seul les fonctions de
deux interlocuteurs, il était facile de reconnaître
comme deux personnages distincts, dont l'un faisait
et redressait les demandes, lorsqu'elles n'étaient
pas clairement énoncées, et l'autre qui ne répondait
que lorsqu'elles étaient ainsi corrigées; cette sévé–
rité dans la position des questions, quelles qu'elles
fussent, n'était pourtant exigée que dans les mono-
logues isolés; car, en société, de promptes réponses
suivaient les demandes à peine énoncées. La solitude jetait le trouble dans ce cerveau; la société, le

1831.

1831. tumulte du monde rappelaient l'état normal dans cet organe; la mort eût été le résultat de l'isolement. L'idée que cet homme n'était fou que d'un côté était une chimère, il était réellement fou en plein.

L'Académie ne refusait pas son attention à la lecture des détails de cette étrange altération de l'organe cérébral, lorsqu'elle reçut une circulaire de la part de MM. les administrateurs des hôpitaux, à laquelle elle n'avait aucune raison de s'attendre, car elle lui annonçait le fâcheux embarras qui venait de se manifester dans les ressorts de l'administration publique. La détresse des hôpitaux était extrême, et, depuis 1793, les indigents et les malades, délaissés sans secours, n'avaient été exposés à un tel dénûment. Les caisses étaient restées vides, et les pressants besoins qu'éprouvaient, en ce moment, les établissements charitables, forçaient les hommes honorables qui les dirigeaient, à recourir à la charité publique, pour les soulager : tant l'ébranlement social avait été rapide et profond! Cet acte insolite, sous l'empire d'un budget, mérite une place parmi ceux d'une compagnie qui fut invitée à coopérer à son efficacité.

Celle-ci fut distraite de ce pénible incident, par la relation d'un voyage, fait par ordre du gouvernement, dans les Indes-Orientales, en 1825, 1826, 1827, 1828, 1829 et 1830, par M. Achille Chavanon, employé dans les bureaux de la marine royale, et reçu membre correspondant de l'Académie. Cette lecture fut écoutée avec une attention soutenue, et l'auteur fut vivement applaudi, lorsqu'il annonça qu'il allait incessamment partir pour l'Afrique, avec ordre de remonter le fleuve Sénégal, et de suivre la route qu'a ouverte Caillé, jusqu'à Tombouctou.

Les séances académiques devenant insensiblement un peu plus rares et moins nombreuses, il semblait à plusieurs membres que cette année avait plus de durée que les années précédentes, et que la compagnie se traînait, d'une séance à l'autre, avec une lenteur qui lui était inconnue. Quelque chose qu'on ne pouvait s'expliquer paraissait peser sur tout le monde, et l'on aurait presque imaginé que l'Académie ne jouissait plus que d'une vie provisoire; mais elle arrêta, tout à coup, pour sortir de cet état douteux, de prouver aux amis des lettres et au public, que le culte qu'elle leur rendit, à toutes les époques, n'avait rien perdu de sa ferveur ni de son lustre. En effet, dans la réunion publique qui suivit de près ce programme, M. Abeille, qui la présidait, insista, avec autant d'éloquence que de dignité, sur les services que l'Académie n'avait cessé de rendre à l'agriculture, à la navigation, au commerce et aux lettres, et cita les noms des écrivains honorables, inscrits dans ses fastes, qui s'étaient illustrés dans les sciences qu'on vient de signaler.

M. Jules Julliany, admis, depuis quelque temps,

au nombre des académiciens résidants, mais que des affaires personnelles avaient retenu loin de Marseille, apportait, pour tribut d'entrée dans la compagnie, des observations d'un haut intérêt, sur les institutions anciennes et modernes de sa ville natale; il portait, en même temps, un regard pénétrant sur les causes de la prospérité de son commerce, dans l'ère nouvelle qui venait de s'ouvrir, et sur les moyens d'étendre et de conserver ses relations avec toutes les contrées du monde connu. Ce discours, ouvrage d'un citoyen vertueux et éclairé, d'un commerçant habile et dévoué aux intérêts de son pays, fut honoré, de la part du public et de l'Académie, de l'accueil flatteur et de ce concert d'applaudissements qu'on s'empresse d'accorder au mérite embelli par le talent.

Le mémoire de M. Hippolyte de Villeneuve, sur la formation des cavernes dans les terrains calcaires, jeta la plus vive lumière sur ce phénomène, en expliquant, d'une manière fort simple, les causes qui le produisent, et démontra, de nouveau, combien l'auteur est riche de connaissances en histoire naturelle, en physique, en géologie.

M. Christol, associé de l'Académie, dans la comparaison qu'il fit de la population animale des bassins tertiaires de Pézenas et de Montpellier, commanda l'attention des auditeurs les plus distraits; et le charme de cette intéressante lecture ne cessa point avec elle, ce qui porte le sceau du talent et d'un aimable écrivain.

Mais la séance publique paraissait n'être que suspendue, jusqu'au moment où les applaudissements dont les fables de M. Jauffret étaient constamment saluées, en eussent annoncé la clôture.

Les recherches sur l'inscription en lettres sacrées du monument de Rosette, par M. Graeberg de Hemso, furent l'objet d'un rapport de la part de M. le secrétaire de la classe des sciences, qui fit ressortir les difficultés que les caractères même de la langue et le sens de l'inscription, avaient dû présenter aux savants interprètes de ce monument, et la gloire qui leur revenait, d'avoir enfin dissipé les nuages qui, depuis tant de siècles, enveloppaient ce reste précieux d'une si haute antiquité.

Le même correspondant, ayant longtemps habité Tanger, fit parvenir à la compagnie la description de la charrue des Maures, dans l'empire de Maroc, et celle des maisons transportables, inventées par M. Frédéric Blom. Mais ce qu'il y a de plus remarquable dans les actes de M. Graeberg de Hemso, c'est qu'il vint à bout de faire imprimer un de ses ouvrages, en langue italienne, à Maroc. Sa biographie a été récemment publiée par sa fille qui, marchant sur les traces d'un père aussi savant, se distingue, à son tour, par l'amour de l'étude et la pratique des plus austères vertus.

IIIᵉ PARTIE.   11

On était à réfléchir sur la destinée et les ouvrages de ce savant étranger, et sur les diverses recherches auxquelles il s'était livré, pendant un grand nombre d'années, lorsque la compagnie reçut de M. Poly-dore Roux, naturaliste très-zélé, un mémoire dans lequel il insistait spécialement sur la nécessité de rendre publiques les collections du Cabinet d'histoire naturelle de la ville de Marseille; car, à cette époque, les précieux objets de ce genre que la ville possédait, n'étaient pas encore tous classés et mis en ordre, au point d'appeler le public à venir les admirer. Les représentations auprès de l'autorité, de la part de l'Académie, avaient peu de crédit; et certainement elle n'avait pas oublié que, quelque temps auparavant, et lors de la création de ce Cabinet, elle avait demandé la place de directeur pour un de ses membres, qu'elle affectionnait beaucoup, et qui en était digne par son mérite, autant que par ses talents; mais cet emploi fut accordé sans nul égard pour ses sollicitations. La justice exige de dire, pourtant, que le sujet qu'on lui préféra, ne le cédait en rien au candidat de l'Académie.

Les désappointements se succédaient alors avec assez de rapidité: M. Bérenger de Labaume, l'un des membres remarquables de l'Académie, géomètre et littérateur, demandait la vétérance, dans des termes si formels, qu'il paraissait également fâcheux d'accéder à ses vœux, ou d'en ajourner indéfiniment l'effet. On ne voulait ni le désobliger, ni lui accorder ce qu'il réclamait. Ainsi, vu le mérite éminent de ce laborieux collaborateur, et considérant les services qu'il avait rendus et qu'il pouvait rendre encore à la classe des sciences, la compagnie chargea M. le secrétaire de la classe, d'engager cet honorable confrère à différer la demande de sa retraite, aussi longtemps que sa santé lui permettrait de coopérer aux travaux de la compagnie.

Les paroles les plus affectueuses, les plus vives instances, les considérations les plus touchantes, ne purent le fléchir, et, de son côté, l'Académie ne voulut jamais consentir à se priver d'un membre qui contribuait si puissamment à ses nobles travaux; de manière que M. Bérenger de Labaume se retira et vécut loin de l'Académie, sans cesser d'en faire partie. Cette anomalie durait encore; après dix-huit mois de stériles débats, lorsqu'il fut surpris par une mort inopinée, qui jeta le deuil dans le sein de la compagnie.

Pour réparer une perte aussi sensible, MM. les membres de l'Académie promirent de redoubler d'empressement et de zèle à se rendre aux assemblées, et dès-lors les tributs littéraires abondèrent de toutes parts; nul ne faillit à cet engagement d'honneur.

M. Jules Julliany lut un de ses ouvrages, éloquemment écrit, ayant pour titre : *Des institutions nationales et locales des Gaules et en France*, dans lequel, indépendamment de l'amour patriotique qui l'avait inspiré, on remarquait, comme dans toutes les productions de l'auteur, cet esprit de recherches sagement dirigé, qui fournit les matériaux les plus utiles et les mieux adaptés au sujet ; ce jugement sûr, qui sait en apprécier la valeur, et cette critique éclairée, qui constitue le tact et le goût qui doivent présider à leur emploi ; aussi la compagnie, en applaudissant aux vues de l'auteur, l'encouragea-t-elle à les étendre et à les publier.

L'épître, en vers, aux souverains absolus, par Mme la princesse de Salm, apporta quelque distraction aux études sérieuses de la compagnie ; mais celle-ci ne put y prendre que la part relative à la poésie, n'étant point une réunion politique, et n'ayant pas l'habitude de gourmander les souverains.

Mais elle s'intéressa beaucoup à l'essai comparé des différentes charrues, fait par ordre de la Chambre royale d'agriculture de Chambéry, et aux expériences sur l'emploi des feuilles du mûrier greffé, et celles du mûrier sauvage, pour la nourriture des vers-à-soie, par M. Bonnafous, de l'Académie de Turin, déjà cité plusieurs fois.

On a déjà remarqué, dans les sociétés savantes, que certains objets d'art ou de science étaient simultanément traités par divers personnages qui n'avaient aucun rapport entre eux, et qui, à des distances considérables, et à la même époque, dirigés par les mêmes inspirations, se rencontraient, dans leurs écrits, sur le même terrain. Semblables aux productions de la nature, ces conceptions passagères et uniformes semblent attendre une époque marquée pour se manifester en public, et paraissent, néanmoins, ne se mouvoir que dans des limites assez rapprochées pour apparaître et s'épuiser promptement. C'était alors que se développait l'heureuse idée des établissements séricicoles, fondés sur les progrès de la science bien entendue et dégagée de tout ce qui lui est étranger ; c'était le moment de la création de ces belles magnaneries qui font l'admiration de l'étranger, et qui ont tant contribué à détruire les vieux systèmes d'éducation de ce précieux insecte, dont les produits formeront bientôt l'une des branches les plus importantes de la richesse nationale, et dont une aveugle routine s'était toujours emparée. La Société, déjà célèbre, qui s'occupe spécialement de cet objet, n'existait pas encore ; mais les membres illustres qui la composent, avaient, par leurs lumières, et des essais multipliés, dissipé tant de nuages et combattu tant de préjugés, qu'ils avaient porté la conviction dans tous les esprits, et fait, de l'éducation des vers–à–soie, une question de science pratique si clairement démontrée, que les intelligences les moins avancées peuvent aisément s'y appliquer. L'Académie reçut, dans cette période de temps, un très-grand nombre d'ouvrages consacrés au développement de ces idées.

Des dessins lithographiés, représentant des vers-à-soie dans leurs divers âges, et notamment la représentation de l'appareil des organes de ce ver, destinés à produire cette substance fluide qui, durcissant à l'air, donne la soie, occupèrent très-agréablement la compagnie. Elle fut frappée des merveilles de cet art nouveau qui reproduit, à si peu de frais, et avec tant de rapidité, les chefs-d'œuvre du dessin, et n'apprit pas, sans une vive satisfaction, de la part de M. Hippolyte de Villeneuve, qu'on avait récemment découvert, dans les environs d'Aix, une carrière de pierres lithographiques, que l'industrie provençale allait bientôt exploiter.

La classe des beaux-arts de l'Académie réservait, depuis quelque temps, une place vacante, et l'on vit, avec joie, se mettre sur les rangs, un candidat cultivant l'art de la poésie avec un talent remarquable, quoique la peinture fût celui auquel il consacrait ses loisirs et son génie. Eh! qui ne voit les nombreux rapport qui existent entre la peinture et la poésie! En offrant à la compagnie son poëme intitulé: *Mon retour en Provence*, M. Pellicot ne fut pas le premier qui réunit ce double mérite; mais l'Académie lui tint compte d'un hommage digne de l'un et de l'autre, et elle applaudit à ses vers et à ses tableaux.

La session académique touchait à sa fin, et la compagnie, d'après ses statuts, devait procéder au renouvellement du bureau. M. Thomas, l'un des plus anciens membres de la compagnie, n'avait pas obtenu un assez grand nombre de suffrages, pour être élevé à la présidence, à l'époque où il était porté candidat à la députation des Bouches-du-Rhône; le scrutin lui devint favorable, lorsque après avoir fait partie des deux-cent-vingt-un, il fut nommé préfet à Marseille; mais alors, soit que le souvenir des précédents l'eût refroidi pour les intérêts de l'Académie, soit que ses nouvelles occupations ne lui permissent plus de consacrer ailleurs ses loisirs, il refusa l'honneur qu'un vote unanime lui décernait.

Quel que fut le motif qui lui inspira cette sévère détermination, M. Thomas manqua de reconnaissance envers l'Académie : cet exemple aura peu d'imitateurs. M. Hippolyte de Villeneuve mit fin à ces regrets, et la compagnie eut un chef dont elle n'eut qu'à s'applaudir.

Parmi les ouvrages qu'elle recevait à cette époque de l'année, elle distingua surtout la notice sur le *Codex juris Islandorum antiquissimus*, de M. Pardessus, et les *Dissertations politiques et philosophiques*

1831.   *sur les principes des gouvernements et les délibérations
des assemblées*, par M. Lemaire; mais la multitude
d'opuscules sur le même sujet, dont les flots, toujours croissants, inondaient l'Académie, dispensait
du soin d'en prendre une sérieuse connaissance,
et d'en faire, dans les réunions ordinaires, des sujets de discussion.

   Au milieu de ce débordement d'écrits inutiles ,
la compagnie reçut une visite dont elle gardera
longtemps le souvenir; M. Poujoulat, cet estimable
collaborateur de l'illustre Michaud, arrivant à peine
de la Terre-Sainte, vint saluer des confrères qu'il
savait lui porter un très-vif intérêt, et, en même
temps, des compatriotes qui tiennent de la bouche
même de l'auteur de l'*Histoire des Croisades*, combien de mérite et de talent se dérobe, chez lui,
sous le voile de la modestie. Il lut un chapitre sur
les pèlerins qui se rendent dans la Palestine, accompagné de ces piquantes réflexions qui gravent profondément le récit dans la mémoire: M. Poujoulat
fut nommé par acclamation associé correspondant
de l'Académie; et promit à celle-ci de l'enrichir des
productions de sa plume, et de conserver le souvenir de la bienveillance avec laquelle elle l'avait
accueilli.

   Les bulletins, les annales ou les mémoires de
plusieurs sociétés d'agriculture, de sciences, de
lettres, d'arts, d'émulation, d'encouragement, ré-

gulièrement reçus par l'Académie, pendant la présente année, prouvaient assez que, dans les départements, les événements politiques n'avaient nullement interrompu le paisible cours des travaux littéraires de leurs académies : on remarqua même que ce fut l'époque où se forma le plus grand nombre de celles qui se distinguent aujourd'hui le plus, par leur zèle et le mérite de leurs productions : les sociétés d'agriculture notamment devinrent plus nombreuses, et furent d'autant plus encouragées, que la science dont elles s'occupent avait été plus longtemps négligée, quoiqu'elle soit, en réalité, la basse de la véritable richesse des nations : aussi, a-t-on vu, depuis lors, paraître une foule d'écrits d'un mérite éminent, qui placent l'agriculture au sommet des sciences et rendent ses tributaires toutes les autres branches du savoir humain.

L'Académie accueillait, en même temps, des hommages d'un autre genre et non moins intéressants. M. Drouet, professeur de belles-lettres au collége royal d'Avignon, lui adressait un poëme en l'honneur de Lange, de Marseille, qui se fit tuer sur le corps de son père, pour le garantir du coup de la mort ; M. Théophile Bosq, d'Auriol, lui offrait le recueil de ses poésies, toujours favorablement accueillies par les hommes de goût et par le public ; M. Jauffret lui présentait, avec de nouvelles fables, des commentaires fort ingénieux sur celles de

1834.   Florian; M. Agoub, l'un de ses correspondants, la priait d'accepter un aperçu de la géographie d'Aboulfeda, d'après une édition arabe autographiée, et l'abrégé des règles de la langue arabe vulgaire, si utile aux étrangers qui vont dans l'Algérie; M. Lautard, secrétaire de la classe des sciences, lisait des recherches sur l'origine des eunuques, sur leurs qualités physiques et morales, sur la part qu'ils ont prise à plusieurs événements historiques, sur leur nombre à une certaine époque, et sur les animaux devenus tels par la volonté de l'homme, etc.; M. Hippolyte de Villeneuve l'entretenait des avantages que présentait un *foreur* nouvellement inventé par M. Bonnafous, de l'Académie de Turin, M. de Caumont, président de la société des antiquaires de Normandie, lui annonçait son traité d'*Antiquités monumentales*, ouvrage d'un immense intérêt, remarquable par une grande érudition, autant que par le goût de l'auteur et la perfection des dessins.

L'Académie admirait cette belle production de l'art typographique, lorsqu'elle apprit la mort de l'un de ses membres appartenant à la classe des beaux-arts. Cultivant et professant la musique depuis un grand nombre d'années, M. Delatire s'était acquis l'estime des maîtres de l'art et du public; il était de l'école des harmonistes, et ses compositions étaient toujours accueillies avec faveur;

parce qu'elles portaient toujours avec elles, cette empreinte de douceur et d'amabilité, qui constituait le fond de son caractère. M. Jauffret, secrétaire perpétuel de la classe de littérature, d'histoire et de celle des beaux-arts, fit ressortir, dans une notice nécrologique, toutes les qualités estimables et le mérite réel, dont cet excellent confrère était doué.

Depuis longtemps l'Académie avait manifesté le désir de faire faire des recherches dans les archives publiques de Valence, en Espagne, où l'on a toujours pensé que furent déposés les papiers enlevés à celles de Marseille, par les Aragonais, lorsqu'en 1481, ceux-ci pillèrent et livrèrent aux flammes cette dernière ville. D'autres prétendent que, dans ce coup de main, entrant à Marseille comme des forbans, les Aragonais, peu jaloux de vieux titres et de papiers inutiles, s'étaient saisis d'objets, selon eux, plus précieux, en se précipitant dans les églises et les maisons de riche apparence, et qu'ils avaient incendié et non pillé les archives qui ne leur eussent offert qu'un stérile butin. Quoiqu'il en soit, M. Gauthier d'Arc, qui se trouvait à Valence, en 1831, écrivit à ses confrères qu'il allait satisfaire au vœu de l'Académie, mais ses efforts durent être vains, puisqu'il n'en a plus entretenu la compagnie, quoiqu'il ait prolongé longtemps encore, son séjour dans la ville où ils devaient être couronnés de quelque succès.

1831.   Une visite, aussi agréable qu'imprévue, vint surprendre l'Académie au moment de la clôture de la session; M. le baron de Mévolhon, ancien membre de l'assemblée constituante, associé de l'Académie depuis 1788, vint s'asseoir au milieu de ses confrères; il reconnut bientôt qu'il en était le doyen, et qu'il restait seul de tous les académiciens qu'il avait fréquentés dans ses jeunes ans. Son aimable allocution, empreinte d'une douce mélancolie, pénétra bientôt l'assemblée des sentiments dont l'orateur était animé.

1832.   La session qui s'ouvrait n'eut point de séance publique; elle ne vit admettre qu'un petit nombre d'associés; mais elle eut l'avantage de recevoir deux membres de la classe des beaux-arts. Un seul candidat pour celle des belles-lettres se mit sur les rangs; mais trop confiant, peut-être, dans son propre mérite, manquant essentiellement aux formes académiques, et commandant presque sa sa réception il ne put obtenir le vote qu'il ambitionnait; les sociétés littéraires ont le droit d'exiger des déférences dont les refus affectés déguisent mal la faiblesse des titres d'adoption. Cet exercice pourtant ne fut pas sans gloire; les nombreuses productions du dehors, une riche correspondance, les rapports, les travaux intérieurs remplirent avantageusement le vide que les solennités littéraires ne manquent jamais de combler. En renonçant ainsi

aux applaudissements constamment prodigués par
le public aux séances d'apparat, l'Académie s'inter-
rogeait souvent elle-même sur la cause du silence
qu'elle s'imposait ; et dans ces jours d'agitation, elle
ne la découvrait que dans le besoin d'éviter des al-
lusions à des objets excentriques à ses goûts comme
à la nature de ses travaux ; mais animée d'un nouveau zèle, et comptant sur un temps plus prospère
pour elle, elle s'abandonna au train ordinaire des
occupations de son ressort.

M. Agoub, dont on a déjà fait mention, d'une
famille honorable, venue en France des bords du
Nil, avec l'armée française, offrait à l'Académie,
un essai sur la romance vulgaire chez les Arabes.
Il rapportait comme un fait historique, que ce
chant âpre et langoureux, chez les tribus nomades
avait conservé son type et toute sa beauté native
jusqu'au fond du désert, depuis les patriarches
jusqu'à nous. Il ajoutait que le simoun, le kéthas,
le sable brûlant, la soif dévorante, l'ombre rare des
palmiers forment toujours le refrain des chants
d'amour des enfants d'Ismaël.

Le même associé dans un discours poétique,
s'exprimait avec enthousiasme, sur les beautés de
la traduction de Lucrèce et d'Ovide, de M. de Pon-
gerville, son Mécène, et rendait à cet élégant traducteur, l'hommage que lui devaient la reconnaissance et la plus sévère équité.

Occupé de sujets plus graves, M. Laurent Lautard présentait à la compagnie son mémoire sur le commerce de Marseille, qui fut honoré, naguères, des plus vifs applaudissements et de l'encouragement le plus flatteur. Ce travail très-remarquable, admis à concourir au prix fondé par M. le lieutenant-général baron de Damas, commandant la huitième division militaire, eût été couronné, sans doute, si, comme son heureux rival, l'auteur fût plus souvent sorti de la spécialité du sujet, et s'il n'eût eu pour concurrent un écrivain exercé, qui puisait d'ailleurs aux sources ministérielles, la solution du problème et les éléments de ses calculs.

Une piquante dissertation sur quelques fabulistes modernes, par M. Jauffret, faisait passer ainsi l'Académie de l'utile à l'agréable, et des charmes de l'imagination aux sages conseils de la raison.

M. le secrétaire de la classe des sciences, dans des rapports assidus, analysait les mémoires de l'illustre académie de Turin. Il faisait remarquer surtout, quels traits de lumière jaillisaient de cette réunion de célébrités scientifiques, dont les nombreux travaux ne cessent d'enrichir le vaste domaine des sciences et des arts utiles à l'humanité.

M. Hippolyte de Villeneuve communiquait des vues tout à fait nouvelles, sur le chauffage à Marseille, appliqué non-seulement aux fabriques, mais plus particulièrement aux maisons d'habitation, dont les architectes, en général, veulent bien ne pas savoir qu'il y a, dans l'année, plusieurs saisons dont l'une s'appelle l'hiver.

Une question fort importante était agitée dans le conseil de la Chambre de commerce; il ne s'agissait de rien moins que de trouver le moyen de faire sortir du port de Marseille, par les vents contraires, les navires sur leur départ, opération d'autant plus douteuse qu'en leur ouvrant de nouveaux passages, on expose les autres bâtiments à être tourmentés dans leur station dans le port; des membres de l'Académie démontrèrent les dangers de l'entreprise et l'incertitude du succès. Le programme du concours fut publié; les opinions, les promesses, naissaient à l'envi de toutes parts; elle se croisaient, se heurtaient sur tous les points; mais le résultat de ce conflit n'a produit, jusqu'à ce jour, qu'une prorogation indéfinie de cet aventureux projet; les bateaux à vapeur apportèrent bientôt la solution de cet embarras.

Dans un mémoire spécial, M. le secrétaire de la classe des sciences, cherchait à s'assurer s'il était démontré, d'après certaine théorie du jour, que les personnes qui se distinguent dans un art quelconque présentent réellement, sur la surface du crâne, des caractères spéciaux auxquels on ne puisse se méprendre sur leur destination; si la différence observée entre ces signes extérieurs et l'aptitude à certains arts ne présentait jamais aucune confusion; de manière, par exemple, que le signe qui dénote l'aptitude à la science des nombres, ne puisse être confondu avec celui qui signale l'instinct de la peinture, ou celui d'un autre art; enfin, s'il est prouvé, par des analogies puisées dans l'étude de l'histoire naturelle, que ce n'est que par l'effet d'une organisation ainsi caractérisée, que les grands artistes se sont illustrés dans leur art, et que l'éducation et les maîtres ne font pas naître le talent; mais que rien ne peut suppléer à l'absence de cette portion du cerveau qui se prononce par les signes extérieurs dont on vient de parler. La conclusion de l'auteur a été que la solution de ce problème, exigeant des concessions nécessairement contestables, dormirait longtemps encore au sein des utopies.

Une notice biographique sur M. Grosson, antiquaire recommandable de Marseille, ancien membre de l'Académie, destinée, par M. Weiss, à faire partie de la biographie universelle, fut une occasion, pour M. Jauffret, de montrer au public, le soin avec lequel il savait reproduire les travaux scientifiques de ses confrères, et rechercher dans la bibliothèque, dont il était chargé, les détails de la vie privée des hommes recommandables qui avaient illustré l'Académie.

Le même académicien, suivant avec zèle les

fouilles qui se faisaient alors pour la construction du
bassin de carénage, donnait des explications satis-
faisantes, sur plusieurs objets d'art mutilés, découverts dans ce lieu, et notamment sur quelques médailles de bronze des Antonins, dont l'exécution était
parfaite et le tout d'une admirable conservation.

M. Tocchi, membre de la classe des sciences,
dont nous avons déjà fait mention, fit, à cette époque, au secrétariat de l'Académie, le dépôt d'un
pli cacheté, sur l'enveloppe duquel était écrit ce qui
suit : *Résumé d'une nouvelle théorie de l'électricité,
dans les actions chimiques, ou solution du problème
électro-chimique.*

Ce pli restera déposé dans les archives, pour être
ouvert ou rendu à l'auteur, le jour qu'il en fera la
demande publique à la compagnie.

Passant de l'examen des objets relatifs aux sciences, à ceux qui sont du ressort des belles-lettres,
l'Académie entendait avec un vif intérêt, la lecture
d'un poëme intitulé : *Le Serment de l'épouse,* par
M. Polydore Bounin ; celle d'une traduction en vers,
de deux épîtres d'Horace, par un militaire en retraite, habitant la huitième division militaire, sur
laquelle M. Jauffret fit un rapport plein d'intérêt
et pur de toute flatterie ; celles enfin de l'épître en
vers à M. de Lamartine, par Mme Larriol, et des
poésies légères de M. Théophile Bosq, d'Auriol.

Les précieux mémoires de M. Bonnafous, de

1832.

l'Académie de Turin, sur la culture du mûrier en prairie; ceux de M. de Selligue, sur les antiquités nationales et étrangères; la *Description géologique du département de la Seine-Inférieure*, par M. Passy, préfet du département de l'Eure; le *Traité de trigonométrie rectiligne, sans algèbre*, de M. Martin, de Lyon; les *Lettres sur l'art nautique*, écrites en langue italienne, de M. Ferdinand Elia, professeur d'hydrographie à Gênes; la *Notice historique sur l'abbé Rosier*, par M. Cochard, de l'Académie de Lyon, étaient des ouvrages trop importants, pour qu'ils ne fussent pas appréciés, par la compagnie, à leur juste valeur; aussi donnèrent-ils lieu, successivement, à des analyses et à des rapports destinés à les faire connaître dans tous leurs détails.

L'illustre Albert Nota, intendant civil dans les États-Sardes, associé de l'Académie de Turin et de celle de Marseille, transmit à celle-ci la description, en langue italienne, du tremblement de terre ressenti, en 1831, dans la province de San-Remo, aux États de Gênes, et prouva que dans la peinture des catastrophes de la nature, sa plume féconde et sévère ne brillait pas moins, que dans celle des mœurs de son siècle, et que l'estimable auteur de tant de belles comédies, et de l'heureuse révolution qu'il s'est efforcé de consommer à l'égard du théâtre italien, était également capable de reproduire, sous les plus vives couleurs, ces déchirements du sol qui remplissent l'homme d'effroi, et le rendent témoin des plus tragiques événements.

Cet effrayant exposé des bouleversements de l'habitation de l'homme, sur lesquels on s'endort si vite et qu'on oublie jusqu'à leur retour inattendu, firent place, au sein de l'Académie, à des discussions variées sur des objets scientifiques, et entre autres, sur le mémoire de M. Barthe, professeur de chimie aux cours communaux de la ville de Marseille, relatif à la *décoloration des sirops et la revivification du noir animal;* sujet éminemment à l'ordre du jour, vu le développement industriel dont la raffinerie du sucre était l'objet. Toutes les intelligences se portaient vers cette branche d'industrie si rapidement productive, et cherchaient, par des procédés économiques, à surprendre le secret d'obtenir des résultats jusqu'alors inconnus. La science atteignit son but, et le commerce et l'État trouvèrent mutuellement d'immenses avantages dans ces heureux perfectionnements.

On a vu, plus haut, que M. Pellicot avait fait remettre à l'Académie un recueil de poésies, pour lui servir de titre d'admission dans la classe des beaux-arts; ce tribut était honorable, sans doute, mais peu propre, à son avis même, à lui assurer son adoption dans les rangs qu'il avait désignés : il écrivait, en conséquence, que l'art des vers n'étant pas celui auquel il s'était particulièrement consacré,

1832. il comprenait la difficulté de sa position; mais qu'il attendait plus d'indulgence de la part de l'Académie, du goût qu'il avait pour la peinture dont il avait fait, depuis un grand nombre d'années, sa principale occupation, et qu'il ambitionnait, dès-lors, une place dans la section des beaux-arts. Ses tableaux, en effet, ne tardèrent pas à justifier sa demande, et l'Académie l'accueillit comme un homme également versé dans la connaissance de deux arts, qui se confondent dans de communs rapports.

La nouvelle de la mort de M. Champollion jeune, récemment enlevé à sa famille, à la science, aux nombreuses sociétés savantes qui l'avaient appelé dans leur sein, affecta douloureusement celle de Marseille à laquelle il appartenait. Ce jeune savant, dont les longs travaux avaient abrégé la vie, mourut, à Paris, le 5 mars 1831; sa mort excita de vifs regrets; tous les corps savants s'empressèrent de contribuer à l'érection du monument élevé à sa mémoire, dans la ville de Figeac, sa patrie. M. Jauffret lut à l'Académie une notice sur la vie et les ouvrages de cet illustre associé, qui sut trouver un sens acceptable à des figures énigmatiques, inexpliquées jusqu'à ce jour, et dont la perte replongera peut-être les hiéroglyphes dans leur mystérieuse obscurité.

M. Bazin, membre de la classe des sciences, fit

une heureuse diversion aux regrets de l'Académie, en l'occupant, dans un rapport plein de sens et de vues sagement exprimées, du beau *Mémoire*, de M. Baudrillart, *sur le déboisement des montagnes, et sur les moyens d'en arrêter les progrès et d'opérer le remplacement des parties qui en sont susceptibles.* Cette question, d'un grand intérêt dans toutes les contrées connues, devrait certainement être encore mieux comprise dans la Provence, et notamment aux environs de Marseille, dont la plupart des montagnes, sans cesse désolées par un ciel avare d'eau, n'offriront bientôt plus aucun vestige de végétation ; où jusqu'aux plus minces plantes rampantes, tout est violemment arraché du sein des rochers par la main du pauvre ; où, enfin, les massifs calcaires et graniteux, mis à nu, seront frappés d'une éternelle stérilité. On ne peut s'empêcher d'observer à ce sujet que ce système de dévastation doit être profondément enraciné dans les habitudes du pays, et par conséquent difficile à supprimer ; car on voit que cette question, si fréquemment soulevée, n'a pu, jusqu'à ce jour, du moins sous le rapport de la pratique, obtenir le moindre résultat ; elle est constamment renouvelée ; elle n'est certainement pas entourée de difficultés insurmontables, cependant, le déboisement continue et le problème se reproduit vainement tous les jours en dépit des efforts tentés pour en obtenir la solution.

Chargé par l'Académie de faire un rapport sur un choix de poésies inédites de quelques jeunes écrivains, M. Négrel-Féraud entra dans l'examen de la sorte de perturbation qui, depuis quelques années, s'est introduite dans la poésie française. Il s'éleva avec énergie contre la bizarrerie du choix des sujets des poètes, et le bouleversement des pensées et des paroles, auquel ils ont recours pour étonner et frapper l'imagination des lecteurs sans instruction et sans goût, sacrifiant sans pudeur, à l'effet, les règles de la langue, de l'art et de la raison.

M. Blanpain, membre de la classe des sciences, infatigable dans ses recherches astronomiques, communiquait à l'Académie l'annonce du passage de la planète Mercure devant le soleil, dans son nœud descendant, qui doit arriver le samedi 5 mai 1832, et être visible à Marseille pendant toute sa durée; il présentait en même temps à la compagnie une carte figurative de ce passage, contenant l'indication détaillée des circonstances de ce rare phénomène astronomique, dans lequel Mercure paraîtra, pendant plus de 6 heures trois quarts, sur le disque du soleil, comme une tache ronde et noire, tellement petite que son diamètre apparent ne sera que d'environ la centième partie de celui de ce dernier astre; il résulte du calcul de M. Blanpain que, pour Marseille, l'entrée du centre de la planète sur le disque du soleil, à son bord oriental, aura lieu à 9 heures

26 minutes du matin , *temps vrai ;* le milieu du
passage, à midi 50 minutes et demie, et la sortie du
centre, à 4 heures 15 minutes du soir.

1832.

M. Blanpain trouve, dans cette annonce, une
nouvelle occasion d'exprimer à l'Académie les vifs
regrets que lui fait éprouver une position contre
laquelle il a si souvent protesté , comme fonction-
naire astronomique, position qui le prive encore
aujourd'hui de la disposition des instruments indis-
pensables pour observer avec précision cet important et rare phénomène , comme elle le prive en
même temps du moyen de suivre la marche de la
comète périodique de 3 ans , 4 mois , qui doit passer à son périhélie le 4 mai 1832 , et devenir bientôt
inobservable pour notre hémisphère terrestre.

L'Académie, applaudissant au zèle de M. Blanpain , et partageant avec lui des regrets dont elle
souhaite ardemment le terme , le remercie de son
intéressante communication , et fait de sincères
vœux pour qu'il se retrouve dans une position qui
lui permette d'en faire de plus fréquentes.

Dix exemplaires de l'atlas de la *Statistique du
département des Bouches-du-Rhône* vinrent , sur
ces entrefaites , enrichir et compléter un nombre
égal d'exemplaires du texte de ce grand ouvrage ,
d'autant plus cher à la compagnie, que M. le comte
de Villeneuve , préfet, qui en était l'auteur, et
MM. Négrel-Féraud et Toulouzan, ses principaux

1832. collaborateurs, lui appartenaient et soutenaient, par leurs travaux , la gloire de son nom.

Il arriva, durant le cours de cette session , l'un de ces actes qui indiquent une rare singularité d'esprit : une personne assez connue , et très-estimable d'ailleurs , mais tout-à-fait étrangère aux usages académiques , demanda, par écrit et sans autre précédent , de faire partie de la compagnie, persuadée qu'elle était qu'on ne repousserait pas sa demande , et considérant, avec raison, l'Académie comme une réunion d'hommes polis qui s'empresseraient de faire les honneurs de chez eux. La réponse se faisant attendre , cet étrange candidat s'en indignait et prenait de l'humeur contre les auteurs de cette incivilité ; l'erreur était jusque-là pardonnable , son excuse était tout entière dans l'ignorance absolue des conditions d'admission aux sociétés littéraires. Mais ce qu'il y a de plus remarquable encore, c'est qu'il écrivit une seconde fois en termes peu ménagés, pour obtenir une explication sur ce manque de politesse à son égard ; il ne se doutait nullement de ce qu'était une académie, ce qui peut fort bien se concilier avec l'idée d'un homme très-honorable, mais qui a vécu hors des plus simples rapports avec des associations savantes. Mieux instruit des formes régulières qu'il devait adopter pour atteindre son but, il contint son dépit et refusa de s'abaisser à de nouvelles sollicitations.

Cet incident fit naître d'excellentes réflexions sur la composition des corps littéraires, et sur ce qu'il y avait d'enseignement et de sérieux dans les idées de la personne dont on vient de parler.

La compagnie recevait alors la notice des travaux de la Société philotechnique de Paris, par M. le baron de La Doucette, son associé; le programme des prix proposés par la Société des sciences, des arts et des lettres du département du Var; les *Trois épisodes de la ville des expiations*, par M. Ballanche; la description d'une machine à battre le grain, extraite du dépôt du conservatoire des arts, par M. Quentin–Durand; un mémoire de M. le docteur Quenin, maire d'Orgon, sur un appareil fumigatoire propre à combattre l'un des effets les plus meurtriers du choléra asiatique pestilentiel.

L'Académie se conformait ainsi à son ordre du jour et continuait de s'occuper de sa correspondance, lorsque la nouvelle de l'arrivée de S. A. R. Mgr le duc d'Orléans se répandit dans la ville avec une rapidité électrique. Les règlements de la compagnie portent qu'à l'arrivée d'un prince du sang, elle doit se présenter en corps pour le complimenter, et qu'elle ne sera représentée que par une députation si le prince n'est que l'allié de la couronne. Elle fut admise auprès du jeune prince, qui l'accueillit avec bonté, et qui daigna s'informer de l'époque de sa fondation, et de la nature de ses

1832.

travaux ; il voulut bien l'assurer de sa haute protection, et ne cessa de lui prodiguer de ces paroles bienveillantes qui restent toujours gravées dans le cœur de ceux à qui elles sont adressées.

Après avoir offert ses respectueux hommages au prince héréditaire du trône, l'Académie ne tarda pas à être instruite de la présence du prince des poètes à Marseille. M. de Lamartine , arrivé dans cette ville, s'occupait activement des préparatifs de son voyage en Orient. Affréter un navire , pourvoir aux besoins de ce grand déplacement , se prémunir contre les inconvénients d'une longue navigation , sont des objets sérieux ; mais il plaçait avant tout le besoin de visiter les amis des lettres , et de leur témoigner sa reconnaissance pour l'empressement affectueux qu'ils avaient mis à le devancer dans les procédés de convenance et d'urbanité que les hommes bien nés se doivent réciproquement , dans toutes les circonstances de la vie.

Durant le séjour que M. de Lamartine fit à Marseille, il eut de fréquents entretiens avec plusieurs membres de l'Académie , et prenait beaucoup de plaisir à parler de la réunion dont ils faisaient partie et des avantages qu'elle avait dû procurer aux lettres, dans une province aussi éloignée de la capitale, sur les limites d'une nation étrangère, dans une ville où se parlent confusément toutes les langues , et qui se faisait une sorte de gloire de certain

priviléges qui lui créaient une condition exception-
nelle, en lui laissant quelque chose de cette existence
autonome qu'elle s'était réservée dès les temps antiques ; il leur faisait observer, enfin, qu'à l'époque
où cette compagnie se forma, les lettres passionnément cultivées depuis longtemps dans la capitale,
ne l'étaient pas également dans toutes les provinces.
Il désira connaître le nom des savants et des littérateurs qui avaient répandu le plus d'éclat sur une
société qui eut un héros pour fondateur et des hommes illustres dignes de ce bienfait.

Il fut un instant question, dans l'Académie,
d'annoncer une séance publique pour célébrer l'arrivée de M. de Lamartine à Marseille ; mais cette
idée ne fut point acceptée. On convint seulement
d'inviter l'illustre poète à présider une réunion
particulière, et de permettre à quelques personnes
de venir prendre part au plaisir de l'entendre et de
l'applaudir ; car on savait, dans le public, qu'il lirait
des vers ; et les vers tels que les fait l'auteur des
Méditations et des *Harmonies poétiques*, ont un
attrait si puissant qu'ils trouvent partout de nombreux auditeurs ; aussi l'affluence fut telle, que la
salle ne put contenir tous ceux qui, jaloux de voir
et d'entendre le grand poète, désiraient se presser
autour de sa personne, pour ne rien perdre de ses
nobles inspirations.

Avant d'ouvrir la séance, M. de Lamartine rap-

1832. pela le souvenir du privilége qu'obtint jadis l'Académie de Marseille d'assister aux séances publiques
de l'Académie française , qui l'avait adoptée , et
cita les paroles de l'illustre Fontenelle qui le consacrait ; il venait , disait-il , jouir lui-même de cet
avantage, en demandant à s'asseoir au milieu de
ses nouveaux confrères ; et dans une aimable allocution , se félicitant ensuite du bienveillant accueil
qu'il en avait reçu , il leur adressa les paroles les
plus flatteuses , dans des termes où respirait ce tact
sobre de louanges et vide d'affectation, qui distingue
son immense talent.

M. de Lamartine lut alors ces vers pleins de
charmes, qu'il appela ses adieux à la France , et
que celle-ci reçut avec un touchant regret ; car elle
s'intéressait trop vivement à cette Muse sublime
et pensive pour ne pas manifester des craintes sur
les vicissitudes auxquelles elle allait se livrer. L'A-
cadémie professait hautement les mêmes sentiments, et ne manqua ni de zèle, ni d'expressions
sincères pour les lui faire partager. M. Hippolyte
de Villeneuve, prenant la parole, lut un discours
brillant de style et d'idées , dans lequel, après avoir
félicité la compagnie de posséder quelques instants
M. de Lamartine, il jette un coup d'œil rapide sur
son talent poétique et religieux ; il annonce, pour
l'avenir, à l'Europe civilisée, des progrès de plus en
plus croissants dans les sciences et les arts , et le

règne de la religion chrétienne établie dans toutes les régions de l'univers. Il engage ensuite, dans sa péroraison, M. de Lamartine à ne pas s'absenter trop longtemps de notre belle France, et à venir la consoler encore par les trésors de sa sublime poésie.

M. Négrel lut un hymne sur la prise d'Alger, dans lequel, après avoir célébré la valeur des armées françaises, et formé leur trophée de l'abolition de l'esclavage et de la liberté du commerce de la Méditerranée, il se livre à de touchantes réflexions sur le sort des vainqueurs et des vaincus, dont le temps présent lui fournissait d'illustres modèles et des faits consommés palpitants d'actualité.

M. Audiffret lut une pièce de vers sous le titre du *Repas libre*. L'Assemblée, rendant hommage à la belle versification et aux nobles pensées de l'auteur, reconnut que M. de Lamartine en avait goûté le prix.

M. Toulouzan traita *de l'origine de la religion des Indous ;* sujet rendu moins obscur de nos jours, grâce aux efforts des philologues ; et qui, dans le xviiie siècle, servit trop souvent de prétexte à la grossière ignorance de certains philosophes pour insulter à la religion de nos pères (1). L'orateur prouva combien étaient erronées les conséquences déduites de certaines analogies tirées du culte re—

(1) Voir le fragment du poëme indous, traduit par M. Garcin de Tassy, de l'Institut, *Légende de Krischna.*

ligieux des Indous, et montra combien l'érudition, la saine critique et les idées qui se rattachent à la croyance chrétienne, ont été, dans tous les temps, appréciées à leur juste valeur.

M. Durand-Durange lut une *Méditation poétique* qui se fit remarquer par les sentiments religieux les plus élevés, et la poésie la plus digne d'un tel sujet. Ses vers majestueux et sa diction parfaite firent une impression profonde sur l'esprit des auditeurs.

Telle fut la séance de l'Académie présidée par M. de Lamartine, dont la pièce des *Adieux à la France*, qu'on reproduit ici, fut immédiatement répandue, comme le sont, dans le monde, le mérite et la renommée de l'auteur.

Si j'abandonne aux plis de la voile rapide
Ce que m'a fait le Ciel de paix et de bonheur ;
Si je confie aux flots de l'élément perfide
Une femme, une enfant, ces deux parts de mon cœur ;
Si je jette à la mer, aux sables, aux nuages,
Tant de doux souvenirs, tant de cœurs palpitants,
D'un retour incertain sans avoir d'autres gages
   Qu'un mât plié par les autans ;

Ce n'est pas que de l'or l'ardente soif s'allume
Dans un cœur qui s'est fait un plus noble trésor,
Ni que de son flambeau la gloire me consume
De la soif d'un vain nom plus fugitif encor ;
Ce n'est pas qu'en nos jours la fortune du Dante
Me fasse de l'exil amer manger le sel,
Ni que des factions la colère inconstante
   Me brise le seuil paternel.

Non, je laisse en pleurant aux flancs d'une vallée,
Des arbres chargés d'ombre, un champ, une maison
De tièdes souvenirs encor toute peuplée,
Que maint regard ami salue à l'horizon.
J'ai sous l'abri des bois de paisibles asiles
Où ne retentit pas le bruit des factions,
Où je n'entends, au loin des tempêtes civiles,
          Que joie et bénédictions.

Un vieux père entouré de nos douces images
Y tressaille au bruit sourd du vent dans les créneaux,
Et prie en se levant le maître des orages
De mesurer la brise à l'aile des vaisseaux.
De pieux laboureurs, des serviteurs sans maître,
Cherchent du pied nos pas absents sur le gazon ;
Et mes chiens au soleil, couchés sous ma fenêtre ;
          Hurlent de tendresse à mon nom.

J'ai des sœurs qu'allaita le même sein de femme,
Rameaux qu'au même tronc le vent devait bercer ;
J'ai des amis dont l'âme est du sang de mon âme,
Qui lisent dans mon œil et m'entendent penser ;
J'ai des cœurs inconnus, où la Muse m'écoute,
Mystérieux amis à qui parlent mes vers,
Invisibles échos répandus sur ma route
          Pour me renvoyer des concerts !

Mais l'âme a des instincts qu'ignore la nature,
Semblables à l'instinct de ces hardis oiseaux
Qui leur fait, pour chercher une autre nourriture,
Traverser d'un seul vol l'abîme aux grandes eaux.
Que vont-ils demander aux climats de l'aurore ?
N'ont-ils pas sur nos toits de la mousse et des nids ?
Et des gerbes du champ que notre soleil dore,
          L'épi tombé pour leurs petits ?

Moi, j'ai comme eux le pain que chaque jour demande,
J'ai comme eux la colline et le fleuve écumeux.
De mes humbles désirs la soif n'est pas plus grande,
Et cependant je pars et je reviens comme eux !
Mais comme eux vers l'aurore une force m'attire,
Mais je n'ai pas touché de l'œil et de la main,
Cette terre de Cham, notre premier empire,
      Dont Dieu pétrit le cœur humain.

Je n'ai pas navigué sur l'océan de sable,
Au branle assoupissant du vaisseau du désert ;
Je n'ai pas étanché ma soif intarissable,
Le soir, au puits d'Hébron de trois palmiers couvert ;
Je n'ai pas étendu mon manteau sous les tentes,
Dormi dans la poussière où Dieu retournait Job,
Ni la nuit, au doux bruit des toiles palpitantes,
      Rêvé les rêves de Jacob.

Des sept pages du monde une me reste à lire.
Je ne sais pas comment l'étoile y tremble aux cieux :
Sous quel poids de néant la poitrine y respire,
Comment le cœur palpite en approchant des Dieux !
Je ne sais pas comment, au pied d'une colonne
D'où l'ombre des vieux jours sur le Barde descend,
L'herbe parle à l'oreille, ou la terre bourdonne,
      Ou la brise pleure en passant.

Je n'ai pas entendu dans les cèdres antiques
Les cris des nations monter et retentir,
Ni vu du haut Liban les aigles prophétiques
S'abattre au doigt de Dieu sur les palais de Tyr ;
Je n'ai pas reposé ma tête sur la terre
Où Palmire n'a plus que l'écho de son nom,
Ni fait sonner au loin, sous mon pied solitaire
      L'empire vide de Memnon.

1832.

Je n'ai pas entendu du fond de ses abîmes
Le Jourdain lamentable élever ses sanglots,
Pleurant avec des pleurs et des cris plus sublimes
Que ceux dont Jérémie épouvanta ses flots ;
Je n'ai pas écouté chanter en moi mon âme
Dans la grotte sonore où le Barde des rois
Sentait au sein des nuits l'hymne à la main de flamme
  Arracher la harpe à ses doigts.

Et je n'ai pas marché sur des traces divines
Dans ce champ où le Christ pleura sous l'olivier ;
Et je n'ai pas cherché ses pleurs sur les racines
D'où les Anges jaloux n'ont pû les essuyer !
Et je n'ai pas veillé pendant des nuits sublimes
Au jardin où, suant sa sanglante sueur,
L'écho de nos douleurs et l'écho de nos crimes
  Retentirent dans un seul cœur.

Et je n'ai pas couché mon front dans la poussière
Où le pied du Sauveur en partant s'imprima ;
Et je n'ai pas usé sous mes lèvres la pierre
Où, de pleurs embaumé, sa mère l'enferma ;
Et je n'ai pas frappé ma poitrine profonde
Aux lieux où, par sa mort conquérant l'avenir,
Il ouvrit ses deux bras pour embrasser le monde
  Et se pencha pour le bénir.

Voilà pourquoi je pars, voilà pourquoi je joue
Quelque reste de jours inutile ici-bas.
Qu'importe sur quel bord le vent d'hiver secoue
L'arbre stérile et sec et qui n'ombrage pas !
L'insensé ! dit la foule. — Elle-même insensée !
Nous ne trouvons pas tous notre pain en tout lieu :
Du Barde voyageur le pain c'est la pensée,
  Son cœur vit des œuvres de Dieu !

Adieu donc, mon vieux père, adieu mes sœurs chéries,
Adieu ma maison blanche à l'ombre du noyer,
Adieu mes beaux coursiers oisifs dans mes prairies,
Adieu mon chien fidèle, hélas! seul au foyer!!
Votre image me trouble, et me suit comme l'ombre
De mon bonheur passé qui veut me retenir;
Ah! puisse se lever moins douteuse et moins sombre
　　　L'heure qui doit nous réunir!

Et toi, terre, livrée à plus de vents et d'onde
Que le frêle navire où flotte mon destin!
Terre qui porte en toi la fortune du monde!
Adieu, ton bord échappe à mon œil incertain!
Puisse un rayon du ciel déchirer le nuage
Qui couvre trône et temple et peuple et liberté,
Et rallumer plus pur sur ton sacré rivage
　　　Ton phare d'immortalité!

Et toi, Marseille, assise aux portes de la France,
Comme pour accueillir ses hôtes dans tes eaux,
Dont le port sur ces mers rayonnant d'espérance
S'ouvre comme un nid d'aigle aux ailes des vaisseaux,
Où ma main presse encor plus d'une main chérie,
Où mon pied suspendu s'attache avec amour,
Reçois mes derniers vœux en quittant la patrie,
　　　Mon premier salut au retour!

A peine les joies de cette fête, spontanémont donnée au talent poétique de M. de Lamartine, furent-elles épuisées, que la compagnie eut des remerciments à exprimer à M. Cousinéry, de Marseille, son associé, ancien consul-général du commerce à Salonique, pour l'envoi de son *Voyage dans la Macédoine*, contenant les recherches les plus exactes et les plus intéressantes sur l'histoire, la géographie et les monuments de cette contrée si célèbre dans les temps anciens. Ce savant antiquaire, l'un des plus remarquables archéologues de notre époque, avait épuisé, pour ainsi dire, l'étude de la numismatique de cette terre classique. Il jouissait paisiblement du fruit de ses longs travaux, lorsqu'il fut appelé dans le sein de l'Institut qui l'avait jugé digne de cette honorable récompense. Cette royale institution, qui ne laisse à l'écart aucun véritable talent, avait marqué sa place dans le sanctuaire même de la science. M. Cousinéry l'occupait avec distinction ; rien ne manquait à sa gloire, mais elle fut de courte durée ; il s'éteignit inopinément, au milieu de nouveaux efforts destinés à l'augmenter.

M. Nicolas Caciatore, directeur de l'observatoire de Palerme, de l'Académie de la même ville, adressait à la compagnie des *Tables astronomiques* dressées avec un soin extrême, sur lesquelles notre savant confrère, M. Blanpain, juge compétent en pareille matière, et toujours animé d'un nouveau zèle pour l'avancement d'une science qui fut, dans tous les temps, l'objet de sa prédilection, donnait des explications à la portée de toutes les intelligences, et qui laissèrent dans l'esprit de ses confrères la plus haute opinion des talents de l'auteur et de la sagacité du commentateur.

Mais l'ouvrage de M. le marquis de Fortia d'Urban, membre de l'Institut (sections des sciences et des inscriptions et belles-lettres), associé de l'Académie, intitulé : *Homère et ses écrits*, enleva tous les suffrages, et prouva, de nouveau, que ce savant, vraiment digne de ce nom, n'était étranger à aucune des branches du savoir humain ; que l'histoire des siècles et des peuples anciens, les chroniques inconnues, les faits enveloppés, de tout temps, de voiles impénétrables, comme la succession des races et des empires modernes, étaient profondément gravés dans sa mémoire, et se déroulaient, sous sa plume, sans faste et sans confusion. Cet ouvrage, tout d'érudition et de bon goût, fournit à M. Durand les éléments d'une analyse, qui seule lui eût mérité la réputation d'un esprit supérieur et digne de traiter, avec talent, un si noble sujet.

L'illustre astronome palermitain dont on vient de faire mention, fit passer à la compagnie, en reconnaissance de son adoption en qualité d'associé correspondant, une série d'observations météorologiques, faites avec une rare habileté, dans toute l'étendue de la Sicile, et comparées avec celles qu'on recueillait, en même temps, à Naples ; l'Académie fut frappée de leur contraste, étant dressées sur des points si rapprochés les uns des autres ; mais M. de Villeneuve, dans un lumineux exposé des faits, expliqua facilement ce phénomène par la différente position topographique des lieux.

1832.

Le rapport sur les grandes routes de France, par M. le baron Charles Dupin, associé de l'Académie, fut, sans contredit, un des tributs les plus importants que celle-ci eût reçus depuis l'ouverture de la session. Ce sujet, au premier aperçu, ne paraît pas offrir toutes les vues qu'il embrasse; mais en y réfléchissant un peu, on a de la peine à se défendre de l'intérêt qu'il inspire, et des charmes dont l'éloquence de l'auteur a le talent de l'embellir; indépendamment de l'économie du temps, de la facilité et de la promptitude des communications, les grandes routes, pour ne citer qu'un seul trait de cet excellent travail, ne sont-elles pas l'un des plus puissants agents de la civilisation? ne distinguent-elles pas les peuples qui sortent de l'état grossier dans lequel se perpétuent ceux qui n'en conçoivent pas l'exécution? Si les nations ne savent améliorer leur sort que par les relations qui les unissent, tout ce qui brise les entraves et renverse les obstacles qui les séparent est un bienfait pour l'humanité.

M. le secrétaire de la classe des sciences, chargé d'analyser ce rapport, n'eut qu'à citer quelques lignes du texte et le nom de l'auteur, pour attirer à celui-ci les applaudissements de l'assemblée.

Une sorte d'émoi préside toujours aux élections des corps savants; celles que les statuts de la compagnie fixent vers la fin du mois de juillet, appelaient, en ce moment, les candidats à l'épreuve du scrutin. Deux places étaient vacantes dans la section des beaux-arts, et divers concurrents s'attendaient à des préférences appuyées sur de vagues promesses, et peut-être sur les illusions de l'amitié; mais M. Albrand fils, avocat distingué, dont la modestie égale le talent, et M. Pellicot, peintre d'un mérite incontesté, enlevèrent tous les suffrages, et furent proclamés membres titulaires de l'Académie, aux applaudissements même de leurs rivaux. Le second de ces deux lauréats témoigna sa reconnaissance à la compagnie, en lui offrant le portrait de M. de Lamartine et de M. le secrétaire de la classe des sciences.

M. Réguis, président élu pour la session prochaine, remerciait l'Académie de lui avoir de nouveau décerné cet honneur, et lui annonçait qu'il redoublerait d'efforts, malgré les nombreuses occupations de sa charge qui absorbaient tout son temps, pour remplir avec exactitude les fonctions que cette nomination lui imposait. Président du tribunal de la ville de Marseille, M. Réguis montrait du dévouement, sans doute, en se rendant à l'invitation de la compagnie; mais la déférence qu'il avait pour elle prenait évidemment sa source dans son amour pour les lettres, qu'il a toujours cultivées avec autant de zèle que de succès.

L'Académie se félicitait, à juste titre, de compter parmi ses collaborateurs, et de voir à la tête de ses

délibérations un magistrat honoré de l'estime pu—
blique, consacrant ses moments de loisir au culte
des lettres et des arts, qui servent de délassement
aux professions sérieuses, et qui rendent leur ressort aux esprits trop occupés de graves sujets. Elle
s'applaudissait d'un tel choix, lorsque M. le marquis
de Montgrand, membre de la classe des belles—
lettres, lui offrit son élégante traduction française
de l'intéressante histoire milanaise du XVIIᵉ siècle,
connue sous le nom de *I Promessi Sposi (Les Pré—
tendus* ou *Les Fiancés)*, histoire découverte et refaite
par l'illustre Alexandre Manzoni.

Ce fut une véritable satisfaction pour l'Académie
de féliciter l'un de ses membres, déjà distingué par
d'honorables fonctions, par le respect et la recon—
naissance de ses concitoyens, et par des écrits pleins
de savoir et de goût, d'avoir rendu avec autant de
fidélité que de délicatesse, les belles pensées et les
nobles sentiments de l'un des hommes les plus esti—
mables et les plus instruits de l'Italie, et d'avoir
découvert aux lecteurs français, les trésors d'une
conception aussi éminemment morale, aussi pleine
de hauts enseignements, mais revêtue d'un langage
qui ne la rendait, pour ainsi dire, propre qu'à la
nation qui le parle et qui seule pouvait en admirer
le génie.

Traduire simplement ce bel ouvrage, n'eût été
qu'une œuvre de patience et de temps; mais faire

1832.

passer dans notre capricieuse langue, tout ce qu'il renferme de sentiments délicats, de connaissance du cœur humain, de ce qu'on sent et qu'on ne peut bien exprimer, et qui tend évidemment à rendre l'homme plus sensible et meilleur, cela ne pouvait être que le partage d'un écrivain au cœur droit, d'une âme pleine de chaleur et d'élévation, et capable de sentir et d'apprécier ce que Manzoni a écrit de plus digne de notre admiration. Ici le talent du traducteur eût échoué, sans doute, s'il n'eût possédé les qualités de son modèle.

L'illustre Cuvier venait d'être enlevé à la science et aux applaudissements des corps savants ; son nom immortalisé, par ses écrits, est désormais du domaine de l'histoire, et trouve de l'écho parmi toutes les nations éclairées. Toutes ont déjà célébré son immense talent, et se sont empressées d'élever à cette gloire contemporaine, un monument digne d'elle. Celui qui découvrit, dans les entrailles de la terre, ces mystérieuses transformations séculaires, qui fixa l'époque de leur origine et qui rajeunit ainsi notre globe, par le témoignage même des productions amassées dans son sein ; celui qui dans l'examen des divers corps organisés, le rap—prochement de leurs différentes parties et de leurs innombrables fonctions, n'a reconnu qu'une seule intelligence, un but unique atteint par des moyens infiniment variés, mais soumis à la même loi,

celui-là méritait, sans contredit, un souvenir per-
manent qui pût rappeler aux âges futurs son génie
transcendant, et qui leur apprit, surtout, que
le plus savant des admirateurs de la nature fut
aussi celui qui rendit le plus éclatant hommage à
son auteur. Toutes les sociétés savantes, adoptant
cette heureuse pensée, désirèrent concourir à son
accomplissement.

Un mémoire de M. de Villeneuve sur la conden-
sation des vapeurs hydro-chloriques émanées des
fabriques de soude factice, au moment de la dissolution de muriate de soude, à l'aide de l'acide sulfurique, appela l'attention de l'Académie sur un
sujet qui touchait de près aux intérêts des Marseillais : leurs campagnes, bientôt stérilisées par les vapeurs, eussent été désertes, si des mesures n'eussent enfin été prises, pour faire cesser un désordre
que les lois existantes paraissaient impuissantes à
réprimer, sous le spécieux prétexte d'encourager
cette nouvelle industrie ; entre celle-ci et l'agriculture, la collision était flagrante ; mais les campagnes
étaient impunément dévastées ; ce qui faisait les
affaires du fabricant, consommait la ruine de l'agriculteur.

Les vapeurs meurtrières échappées des fabriques de soude, n'étant point contenues, et la fabrication ne pouvant continuer sans en produire
de nouvelles, il devenait urgent de mettre un terme

1832.
à cet incessant conflit : les condensateurs furent donc forcément acceptés, par les fabricants; et si malgré leur adoption, il s'échappe encore des émanations nuisibles à la végétation, c'est qu'il est des gaz incoërcibles que la main de l'homme, dans la pratique ordinaire, ne peut jamais complétement captiver. Ce sujet, habilement traité par M. de Villeneuve, est aujourd'hui, ce qu'il y a, dans la science, de plus clairement démontré.

L'Académie s'était empressée de communiquer à l'administration locale, les observations de ceux de ses membres qui s'étaient occupés de cet objet, et, comme on devait s'y attendre, la science et la bonne foi triomphèrent des embarras suscités contre elles par la cupidité, et permirent au cultivateur de respirer paisiblement sous l'arbre que sa main avait planté.

Mais un mal, plus à craindre, commençait à sévir contre les habitants du Midi; le choléra asiatique avait envahi la capitale, et déjà Marseille avait en secret compté quelques victimes. L'Académie était inondée de traités, de recueils d'observations, d'histoires particulières de cette peste noire, connue en Europe dès le xvᵉ siècle. L'on eût dit que les livres destinés à la guérir se multipliaient avec les maux qu'ils ne pouvaient soulager. Partout, néanmoins, on a pensé qu'il ne serait pas arrivé moins de catastrophes, quand même MM. les docteurs se

fussent condamnés au silence; mais renvoyons au
loin ces sombres idées; la tempéte s'est apaisée,
n'en rappelons plus le douloureux souvenir.

Le père Garabed, prêtre arménien, consultait,
alors, l'Académie sur le projet qu'il avait conçu
d'établir à Marseille, un cours de langue turque.
Ce savant polyglote connaissait parfaitement les
langues orientales; l'arabe, le turc et l'arménien
lui étaient naturellement familiers, et il parlait cou-
ramment le grec moderne, l'italien, et le français.
Il était recommandé à la compagnie par M. le marquis de Fortia d'Urban, et d'une manière toute
particulière, par M. Jouanin, son secrétaire et son
interprète pour les langues et les divers idiômes
du Levant.

L'Académie fit l'accueil le plus gracieux à ce savant étranger, et lui promit de le seconder dans ses
vues; mais, en dépit de ces offres obligeantes et des
titres qui devaient l'accréditer à Marseille, après
avoir épuisé tout ce que les annonces des journaux
ont de séduisant, celui qui possédait à un si haut
degré le don des langues, ne put trouver un seul
écolier, dans une ville qui a des rapports si fréquents
avec les sujets de l'empire ottoman et les peuples
du Levant. Il partit pour Trieste, où, plus heureux
qu'en France, il a formé une école de diverses langues, hautement protégée par le gouvernement
autrichien, qui, dans le temps présent, où les na-

1832. tions ont entre elles de si fréquents rapports, a su reconnaître les avantages d'un tel établissement.

La traduction, en vers, des odes d'Horace, par M. le lieutenant-général baron Delort, commandant la huitième division militaire, fut d'autant plus agréablement reçue par l'Académie, qu'elle portait l'empreinte d'un talent mûri par l'étude, et qu'elle était offerte par un guerrier distingué, qui, déposant les armes, à une certaine époque, avait embelli sa retraite par la lecture des auteurs du beau siècle de la littérature romaine, dont il avait une connaissance parfaite. Sa traduction, pleine de traits hardis, est toujours au niveau de son modèle ; on la dirait écrite entre Auguste et Mécène. L'Académie applaudit aux efforts du traducteur, et proclama son associé correspondant, le littérateur habile qui avait eu le courage, et le talent de vaincre tant de difficultés.

M. Chavanon, membre correspondant de la compagnie, déjà cité dans cette histoire, entretint ses confrères du voyage qu'il venait de faire dans le Sénégal, en 1831 et 1832. Les sables de ces contrées brûlantes, les eaux jaunâtres et bourbeuses du fleuve, un soleil perpendiculaire qui brûle la végétation, sont des objets plus faciles à décrire qu'à supporter ; et si, de loin, ils ont quelque chose de poétique, leur présence est tout autant pénible pour le poète que pour l'orateur. M. Chabanon fournit, cependant, sur cette terre de feu, des renseigne-

ments d'un très-grand intérêt ; et l'on peut ajouter 1832.
que ces récits ne se ressentaient en rien de ce que
l'on reproche ordinairement aux voyageurs qui
viennent de loin.

Mais rapprochons-nous de notre belle patrie. On
n'aura pas oublié que M. le baron Félix de Beaujour,
ancien consul-général de France aux États-Unis, député des Bouches-du-Rhône, associé de l'Académie,
avait récemment fondé un prix quinquennal, en
faveur de l'auteur du mémoire sur le commerce de
Marseille, qui serait jugé le plus digne d'être couronné. Le terme des cinq années allait expirer. La
commission composant le jury d'examen devait,
d'après la volonté du donateur, être composée de
cinq membres, séparément nommés : le premier,
par le Conseil municipal ; le second, par la Chambre
de commerce ; le troisième, par le Tribunal de commerce ; le quatrième, par l'Académie de Marseille ;
le cinquième, par toute autre Société scientifique ou
littéraire désignée, à cet effet, par le Conseil municipal. M. le maire invita donc l'Académie à faire le
choix qui la concernait, et à lui en donner avis pour
organiser définitivement le jury qui devait prononcer sur le mérite des concurrents. L'Académie
nomma M. Paul Autran, à l'unanimité des suffrages,
et ne tarda pas à être félicitée d'un choix également
agréable aux autres électeurs et à leurs élus.

Protidas, tel était le titre d'un ouvrage fort bien

1832. écrit, dont M. Baldy, professeur de réthorique au collége de Beauvais, fit hommage à l'Académie. L'auteur retrace le tableau de la fondation de Marseille, racontée d'une manière presque fabuleuse par quelques auteurs anciens. Les témoignages dont il appuie sa narration sont exacts et bien connus; mais l'écrivain qui les emprunte n'est pas responsable de leur véracité; il a le droit de les combattre et d'en faire raison à ses lecteurs; et qui ne sait, enfin, que l'histoire de la fondation des villes, si elles sont anciennes, est toujours entourée d'impénétrables obscurités? Ce n'est guère qu'un roman; si ce roman plaît aux lecteurs, on dispense l'auteur d'être vrai; ce n'est qu'un recueil de contes, s'il ennuie : tel fut l'avis de M. Albrand fils, que l'Académie chargea d'analyser cet intéressant travail.

La *Monographie des substances gommeuses*, écrite en langue italienne, par M. Paoli, de Pezzaro, souleva dans l'Académie d'anciennes discussions d'histoire naturelle et de chimie, auxquelles on ne s'attendait pas ; les sels, les résines, les gommes et toutes les substances solubles en général, furent autant de sujets d'entretiens d'un haut intérêt pour la section des sciences physiques, chimiques et d'histoire naturelle. Le rapport que fit sur cet ouvrage M. le secrétaire de la classe des sciences confirma la compagnie dans la haute idée qu'elle s'était formée du talent de l'auteur.

La traduction de l'*Octavius*, de Minutius Felix, et l'*Essai sur la vie et les œuvres de Du Cerceau*, par M. Péricaud, bibliothécaire de la ville de Lyon, de l'Académie de la même ville, associé de celle de Marseille, l'un des collaborateurs de la biographie universelle de MM. Chaudon et Delandine, engagèrent M. Jossaud, membre de la classe de littérature et d'histoire, chargé de l'examen de ces deux ouvrages, à faire connaître à la compagnie ce qu'il y avait de difficultés, d'abord, dans la traduction de l'*Octavius*, qui n'est que le titre d'un dialogue élégamment écrit par Minutius Felix, l'un des plus grands orateurs de Rome au troisième siècle de notre ère. Dans ce dialogue, l'auteur, qui connaissait quelque chose de la religion chrétienne, mais qui ne la professait pas, introduit un chrétien et un païen se disputant sur la question de savoir laquelle des deux croyances méritait la préférence : cet écrit n'est point sérieux ; il paraît que Minutius ne croyait ni à l'une ni à l'autre des deux religions, car il cherche moins à faire triompher le christianisme qu'à couvrir de ridicule l'athlète païen qui le combat. Cette dispute n'est qu'un sujet de distraction pour l'orateur, mais elle est pleine de traits délicats, d'expressions fines, d'antithèses à plus d'un sens, dont les nuances échappent souvent aux traducteurs.

Quant aux œuvres de Du Cerceau, composées

d'une grande quantité de poésies latines , d'un nombre considérable de pièces de théâtre, de celles qu'on représente dans les colléges, d'histoires diverses inachevées, d'écrits de circonstance rapidement écrits, elles n'exigeaient pas moins de temps et de travail que de sagacité de la part du rapporteur, vu la variété des matières qui n'ont entre elles aucune sorte de rapport. On ne devrait pas ajouter peut-être qu'un examen approfondi des œuvres d'un écrivain qui choisit trop de sujets à la fois, ou qui n'en a pas de bien déterminés dans sa composition , suppose dans l'examinateur un mérite au moins égal, sinon supérieur à celui de leur auteur.

M. Guys, dont le nom fut toujours cher à la compagnie, vint la surprendre agréablement au retour d'un voyage dans les îles et plusieurs contrées du continent de la Méditerranée : observateur exact et doué d'une rare perspicacité, ses réflexions annoncent un esprit juste et grave, pour qui les voyages ne sont jamais des romans. Les mœurs, les lois, la forme des gouvernements des pays qu'il avait visités, rien n'avait échappé à son coup d'œil exercé. Il lut un notice pleine d'intérêt et de piquantes observations, sur la première partie de sa pérégrination, avec promesse de la continuer aux prochaines réunions. L'Académie, désirant lui donner un témoignage de la satisfaction que cette communication lui avait fait éprouver, l'inscrivit, à l'unanimité des voix, au nombre de ses associés correspondants.

Une Orgie sous Néron, dithyrambe brillant de verve et d'énergiques pensées, rappelait, avec éclat, à la compagnie, que la Muse toujours noble et mélodieuse de M. Durand, son vice-président, déjà si honorablement mentionné dans cet écrit, était riche de bon goût et d'harmonie sur quelque sujet et quelque ton qu'elle s'exerçât : il est juste de dire, pourtant, que son aimable talent apparaît avec plus de charmes dans les riants tableaux de la nature ou dans le langage du sentiment.

M. Blanpain annonçait à l'Académie la découverte qu'il avait faite, dans la matinée du 31 octobre dernier au premier novembre courant, de la comète périodique de six ans 34, qui doit retourner à son périhélie vers la fin de ce même mois ; découverte dont il eut soin de faire part dès la matinée suivante, à plusieurs de ses confrères présents à la séance du jour. Il fait ensuite observer à la compagnie que malgré l'extrême défectuosité de la lunette qu'il a été obligé d'employer, et la grande faiblesse de la lumière de cet astre, il est certain qu'il aurait pu le voir beaucoup plus tôt, si des obstacles majeurs, nés de sa situation toujours plus pénible, ne l'eussent absolument forcé d'en différer l'intéressante recherche.

1832.　　Cette comète est la même dont M. Blanpain, dès le mois de décembre 1825, annonça à plusieurs membres de l'Académie, le retour, comme très-probable, dans les premiers mois de l'année suivante, 1826, ainsi que cela a été constaté par tous les astronomes; et cette prédiction, fruit du zèle et des vastes connaissances, dans cette partie, de notre savant confrère, fut, comme on le sait, pleinement justifiée par l'événement. L'observation qu'il fit bientôt du nouveau retour de cet astre, achève de confirmer les résultats théoriques auxquels il était dès-lors parvenu.

Les *Mélanges de biographie et d'histoire naturelle*, de M. Bregnot de Lut, conseiller à la cour royale de Lyon, secrétaire perpétuel de l'Académie de la même ville, embellis par un rapport de M. Jauffret, ramenant la compagnie des hauteurs des corps célestes, vers des objets plus conformes au goût, comme aux besoins du plus grand nombre, obtinrent des manifestations du plus heureux augure; et par le choix et la variété des sujets dont ils sont enrichis, autant que par les grâces du style, parurent délasser l'attention des auditeurs, et disposer les esprits à de plus sérieux travaux.

La compagnie avait reçu, depuis quelque temps, les *Storie di Cheri*, lib. IV, ensemble avec la *Lettera sull' origine de' cognomi, con altre operete*, de M. Louis Cibrario; et *I due libri della fortuna delle*

parole, et *libri due dei vici de' letterati*, de M. le chevalier Joseph Manno, membre, ainsi que l'auteur ci-
dessus nommé, de l'Académie royale des sciences de
Turin. Chargé de présenter une analyse de ces quatre ouvrages remarquables par le talent de leurs
auteurs, M. le secrétaire de la classe des sciences se félicitait de l'avantage de rendre à ces illustres étrangers l'hommage qui leur était dû, et pour
qu'il fût plus authentique, l'Académie leur décerna
spontanément le titre d'associés correspondants.

M. Polydore Roux, conservateur du Cabinet d'histoire naturelle de la ville de Marseille, absent par
congé, avait entrepris, avec M. le baron Huget, un
voyage scientifique en Égypte, et dans plusieurs
régions de l'Asie. Ce jeune savant, d'une prodi-
gieuse activité, d'un esprit très-orné et d'un zèle
incomparable pour le précieux dépôt qui lui était
confié, écrivit à la compagnie, de Thèbes d'Égypte,
et fit un envoi d'objets d'antiquité destinés au cabinet de la ville, parmi lesquels se trouvaient une
momie de crocodile, et une tête de chien de l'hy-
pogée de *Samoun*. L'Académie prit beaucoup de
part aux dangers qu'il courut, lui et son illustre
compagnon de voyage, dans le séjour qu'il fit et
qu'il prolongea trop longtemps, dans ce souterrain,
dont il donne une curieuse description; mais là
même, du fond de ce dédale, il s'occupe du cabinet
de Marseille et des trésors qu'il lui a destinés.

1832. La salle des réunions de l'Académie n'avait reçu, depuis trente-deux ans, aucune espèce d'appropriation ni de décors; les nombreux ouvrages dont on l'enrichissait n'étaient ni dans un lieu convenable, ni disposés dans l'ordre qu'ils exigeaient : tout était dans un état de confusion peu digne d'un corps littéraire et par conséquent le local ne répondait en aucune manière à sa destination. Les livres entassés dans des armoires poudreuses, les registres livrés aux vers et relégués dans l'obscurité, n'offraient qu'un amas informe de papiers mis au rebut et prochainement destinés aux francœurs de Marseille. De longues discussions s'ouvrirent, alors, sur la nature des embellissements qu'on devait adopter et sur la manière de les exécuter. L'indécision des esprits était flagrante, lorsqu'on vit, tout à coup, mettre la main à l'œuvre, des ouvriers munis, on ne sait de quelle part, d'instructions particulières, et termi—ner l'ouvrage comme par enchantement; la surprise fut grande; mais les réclamations vinrent trop tard : heureux résultats des décisions prises en l'absence des votants!

1833. Point de réception; pas de séance publique; de courtes séances privées; suppression d'allocation de la part du Conseil général du département; refus de celle légitimement due par le Conseil municipal; perte de deux membres résidants; admission d'un petit nombre d'associés; tels étaient les fâcheux auspices sous lesquels s'ouvrait la session de 1833; mais de nombreux mémoires, des discours éloquents, de la belle poésie, d'intéressantes discussions, des séances utiles et bien remplies, d'importantes communications, de la réciprocité dans la bienveillance, du zèle et de l'espérance soutenaient la compagnie, au milieu de ces graves tribulations. Elle reçut d'abord le programme du prix proposé par M. Bonnafous, de l'Académie de Turin, lequel prix devait être décerné à l'auteur qui présenterait :

Une bonne traduction faite ou choisie par lui (le concurrent), et enrichie des meilleures notes et des commentaires les mieux rédigés sur la science agronomique, de manière à fournir aux jeunes gens qui étudient la langue latine, les moyens d'acquérir des notions justes sur cette science si utile et pourtant si négligée dans l'éducation.

Cette question, incontestablement d'un haut intérêt, offrait pourtant quelque chose à la critique, en ce qu'elle n'admettait d'abord qu'un très-petit nombre de concurrents; car les agriculteurs, généralement pris, capables de bien comprendre et d'accompagner de bons commentaires des traités d'agronomie écrits en latin, ont toujours été rares; ensuite on peut s'apercevoir que les jeunes gens qui apprennent le latin, n'osent s'approcher des livres d'agriculture, et que ceux qui s'adonnent à celle-ci

s'éloignent bien vite des auteurs latins ; il est mal—
heureusement peu de latinistes qui deviennent
agriculteurs ; et moins encore de ceux-ci qui comprennent le latin.

L'agriculture comptant aujourd'hui tant d'excellents ouvrages écrits dans les langues vivantes, et
cette science ayant fait de si rapides progrès ; depuis
qu'on en a si bien reconnu l'importance, qu'on ne
voit guère recourir aux auteurs latins, que les savants agronomes de cabinet, qui désirent fixer les
époques de la science et comparer celle des temps
anciens à celle de nos jours.

Les livres élémentaires sur l'agriculture écrits en
latin, peuvent être commentés sans doute pour assigner la différence des époques ; mais on doute
qu'on puisse en offrir de plus fidèles traductions ;
mais c'est toujours de l'agriculture, et le goût de
cette science n'est que très-rarement le partage de
la jeunesse. Cette science est toute d'expérience et
de pratique : on voit trop souvent le principe fléchir
sous le poids de nécessités imprévues. Ce serait
mettre des barrières à ses progrès que d'obliger les
jeunes gens à puiser sa pratique dans le pays latin :
on ne dit rien du nombre imperceptible des personnes en état de lire des traités écrits dans cette
dernière langue, quoiqu'elles aient longtemps fré-
quenté les collèges où elle est enseignée. L'étude du
grec et des langues vivantes contribue, peut-être

en ce moment, à les faire toutes négliger. On ne connaît réellement pas le grec et on oublie le latin.

L'Académie se livrait naturellement à la discussion qui naissait de cet intéressant sujet, et ne pouvait y méconnaître l'empreinte d'un esprit bienveillant, qui tourna constamment ses vues et dirigea ses travaux vers des objets d'utilité publique, et qui dans toutes ses recherches, dédaignant un éclat qui, dans tel autre genre de savoir, eût pu lui sourire, n'aspira qu'au bonheur de consacrer ses talents aux progrès de l'industrie agricole, et, partant, à l'augmentation de la richesse nationale.

A ces observations succédèrent, bientôt, des communications pleines d'intérêt, de la part de M. Guys, dont il a déjà été fait mention, sur les cèdres du Liban qu'il avait plusieurs fois visité dans ses voyages en Syrie, et sur d'anciens restes de constructions dignes de fixer l'attention des voyageurs, notamment l'*acqueduc des croisés* dont les arches brisées couvrent le sol, à un mille de Tripoli de Syrie, en face du mont Liban. Des dessins d'une habile main reproduisent ces vénérables monuments du moyen âge, ainsi que les costumes anciens et modernes des habitants de ces contrées jadis célèbres et aujourd'hui désolées.

Un autre Marseillais, également passionné pour les sciences et les arts, M. César Famin, ancien agent consulaire, voyageant dans le royaume de

1833. Naples, fit remettre à l'Académie une foule de précieux documents qui devaient naturellement l'intéresser, sous le rapport de l'agriculture, des sciences
et des monuments de ce beau royaume connu dans
l'antiquité sous le nom de Grande-Grèce. Ce fut,
pour l'Académie, une brillante occasion d'entendre
ceux de ses membres, que cet appel engageait à
prendre la parole, donner des explications relatives
à ces divers objets, et rendre plus sensible ce qu'ils
offraient de plus digne d'admiration. S'il était indispensable de citer ceux qui se firent le plus remarquer par leurs souvenirs ou leur savoir, on pourrait,
sans blesser la vérité, citer, presque en entier, les
trois classes dont la compagnie se compose.

Ce fut au milieu de ces renseignements scientifiques et artistiques, que l'Académie reçut, de Bey-
routh, des nouvelles de M. de Lamartine, qui disait
entre autres choses aimables, *que c'était elle dont le*
souvenir était le dernier qu'il eût emporté de France,
et qui l'y rappelait par une juste reconnaissance.
Jalouse et flattée d'entretenir avec le grand poète
des rapports de mutuelle bienveillance, la compagnie chargea M. le secrétaire de la classe des
sciences, de l'honorable mission de lui exprimer
combien elle avait été sensible aux sentiments qu'au
milieu des fatigues de son lointain voyage, il avait
bien voulu lui conserver.

A cette même époque, M. Giuliano Fazio, ins-

pecteur des Ponts-et-chaussées à Naples, faisait part
à l'Académie de ses recherches sur les anciens ports
de la Méditerranée ; et, dans ce travail, il faisait une
mention particulière des trois piliers contruits à
l'entrée de celui de Marseille. Tout le monde sait
que deux d'entre eux ont été, depuis longtemps,
submergés, et que celui qui est encore debout a été
plusieurs fois reconstruit, en attendant qu'on ait arraché le roc sur lequel il repose, et qui rétrécit ainsi
considérablement l'entrée du port. M. Mallet, ingénieur, inspecteur divisionnaire des Ponts-et-chaussées, de résidence à Avignon, vint, dans ces derniers
temps, s'assurer de ces vieilles constructions. On ex-
plique de diverses manières, l'inclinaison du pilier
qui reste ; la pente du rocher qui le supporte, le
mouvement rapide des eaux, sa reconstruction sur
des maçonneries inclinées sont, tour à tour, invo-
qués, suivant l'opinion qu'on a adoptée ; quoiqu'il
en soit de cette masse et de l'écueil qu'elle signale,
il n'en est pas moins vrai que leur présence est une
injure faite à notre époque, et que Marseille, dont
le port fait la splendeur et la richesse, ne peut tar-
der à la réparer.

   M. le secrétaire de la classe des sciences soumit
à l'Académie un mémoire historique sur les rochers
qui concourent à la formation de l'entrée du port,
sur les changements que celle-ci a successivement
éprouvés, et sur la protection que lui assure cette

élévation connue sous le nom de *Tête de Maure*, qu'on a l'imprévoyance de démolir. L'auteur prouvait, par des témoignages irrécusables, qu'au IVe siècle, l'entrée du port était tournée vers l'Ourse, ce qui n'est plus aujourd'hui : la saillie que faisait alors la *Tête de Maure*, vers le nord, ayant été enlevée, moins par les vagues incessantes de la mer que par l'imprudente main de l'homme.

C'est non loin de cette entrée, mais abrité par l'énorme rocher sur lequel est construit le fort Saint-Nicolas, qu'a été creusé, en 1832, le bassin de carénage dont on regrettera toujours l'exiguité ; là furent trouvés quelques fragments de vases anciens de peu de valeur, des débris d'urnes en terre, dont la forme et le travail n'ont rien de remarquable, peu d'ossements, soit humains, soit d'animaux ; mais des médailles de cuivre, en assez grand nombre, de petit module, en mauvais état, et presque toutes indéchiffrables, les unes grecques, les autres romaines, et quelques unes du moyen âge. L'Académie prit une connaissance exacte de ces découvertes, et M. Jauffret, conservateur du Cabinet des médailles, fit un savant rapport qui, sans flatterie, avait plus de prix que tous les objets ensemble qu'on vient de signaler.

Deux jolies fables de M. le général Pascalis; *Le Dante exilé*, de M. de Flotte; une épître en vers adressée par M. Pellicot, membre de la classe des beaux-arts, à M. le baron Gérard, firent une agréable diversion aux entretiens de la compagnie, sur ces restes obscurs de l'antiquité.

La communication de la *Flore* des îles Canaries, récemment rédigée par M. Berthelot, nouvel associé de l'Académie, offrait de trop nombreux rapprochements avec la flore provençale, pour n'être pas agréée avec un vif empressement; né à Marseille, l'auteur éprouvait une grande joie, lorsqu'il trouvait, sous ses pas, disait-il, au pied du pic de Ténériffe l'une de ces plantes qu'il appelait ses compatriotes, pour les avoir vues croître aux environs de sa patrie; ainsi les Bougainville, les Cook éprouvaient une sorte de saisissement, lorsque dans leurs lointains voyages, ils reconnaissaient quelqu'un de ces végétaux qui leur rappelait le souvenir du sol natal : d'après leur aveu, le plus petit insecte retrouvé dans ces lieux, éveillait dans leur âme d'attendrissants souvenirs, et les transportait, avec la pensée, vers ce premier théâtre des joies de l'enfance, dont l'image réjouit le cœur de l'homme jusque dans ses vieux jours

Un mémoire de M. le secrétaire de la classe des sciences sur le siége supposé de l'instinct de la reproduction, chez l'homme et chez les animaux, offrait à l'auteur l'occasion d'exposer à la compagnie qu'il était plus aisé de détruire le mensonge que d'établir la vérité; qu'il était des secrets cachés au

1833.   fond de la lumière éternelle, que la sagacité humaine ne pouvait pénétrer, et qu'en s'efforçant de
descendre dans les profondeurs de la sagesse infinie,
l'homme ne rapportait avec lui, que l'erreur et la
confusion.

Mais les recherches économiques de M. Herpin,
correspondant de l'Académie, offraient un intérêt
plus positif et plus général, en appelant l'attention
publique sur l'écorce du froment et sur le son;
M. Herpin fait observer qu'il s'est occupé, dans son
ouvrage, à prévenir des abus qu'entraînent les cou-
pables manœuvres de ces avides spéculateurs qui,
dépouillant le son de tout principe nutritif, le livrent pour servir de nourriture aux animaux, et
prouve que, par cette indigne manœuvre, ceux-ci,
trompés dans leurs besoins, succombent aux hor-
reurs de la faim, ne pouvant la satisfaire; il prévient
ensuite les propriétaires, en fondant ses conseils sur
de nombreuses expériences, que c'est à la face in-
terne de l'écorce du froment que se trouve inhérent
le principe nutritif, et le plus essentiel à la panifi-
cation; qu'ils éprouvent une perte réelle, en livrant
le son tel qu'il est au sortir du moulin, et qu'en lui
enlevant ce qu'il a de propre à faire le pain, les animaux domestiques, ces compagnons des travaux
de l'homme, n'ont plus, pour se soutenir, qu'une
substance illusoire et vide de tout aliment. M. le
secrétaire de la classe des sciences, qui présenta cet

aperçu, montra, dans tout son jour, ce que les recherches de M. Herpin avaient d'avantageux au bien
public.

Cette question d'agriculture, d'un intérêt pratique, fut suivie de la réception d'une lettre de M. de
Fellemberg, dont toute l'Europe connaît le nom,
sur sa vaste école normale d'agriculture, aux environs de Berne : la compagnie ne pouvait se lasser
d'applaudir aux succès obtenus par ce philanthrope
et savant professeur ; elle remarquait, dans la description de cet établissement, que son auteur recueillait déjà le fruit de ses généreux efforts, et
qu'il était plus que satisfait des améliorations qu'il
avait introduites dans diverses contrées, par les soins
des élèves qu'il avait formés. M. de Fellemberg
était content de lui, ce qui console de la destinée ;
car peu d'hommes en disent autant.

Son école, fondée, comme on le sait, pour l'enseignement théorico-pratique de l'agriculture, est
particulièrement fréquentée par des jeunes gens
appartenant aux familles les plus distinguées des
pays allemands, voisins de la Suisse. Ces élèves suivent les mêmes leçons et vivent en commun ; ils
voient pratiquer et pratiquent eux-mêmes les leçons
qu'on leur donne ; ils se livrent aux travaux des
champs, pour apprendre à les connaître dans leurs
détails, et savoir, un jour, les ordonner. Le défri-
chement, la culture et l'entretien d'une immense

1833. étendue de terrain, confiée, par le gouvernement, à M. de Fellemberg, sont l'ouvrage de leurs mains, et fournissent, en partie, à leurs besoins ; ces apprentis agriculteurs font ainsi, par une pratique journalière des travaux des champs, l'application des principes dont les entretient leur habile maître, soit à certaines heures du jour, ou pendant les longues soirées d'hiver.

Pour mieux faire comprendre la pensée mise journellement en pratique par cet illustre agriculteur, dans toute la rigueur de cette expression, on se contentera de citer le fait suivant.

Une certaine étendue de terrain vague et assez fournie de bois, fut remise à deux jeunes gens, assez robustes pour se livrer aux travaux qu'ils allaient entreprendre : on leur accorda la nourriture et le logement, en attendant les premiers résultats de leur industrie ; des pommes de terre obtenues, après six mois de travail, donnèrent lieu à une petite diminution de secours ; la récolte d'un peu de froment, neuf mois après la prise de possession du local, fit retrancher une autre portion des subsides ; mais il avait fallu labourer, préparer le terrain, semer et faire soi-même la récolte, sans aide ni secours étranger. Du bois coupé sur place, du sable découvert, par hasard, dans un vallon, de la chaux cuite dans un four de petite dimension, donnèrent l'espérance d'un logement indépendant de la commu-

nauté ; une grange fut construite pour ces deux
nobles paysans, qui purent serrer ainsi les fruits de
leur verger et les grains de leur champ. Après trois
années de labeur, cette terre inculte et sans produit
a offert aux visiteurs, dont l'établissement ne dés-
emplit jamais, l'agréable spectacle d'une jolie petite
ferme, fournie suffisamment de bestiaux et d'instruments aratoires pour son exploitation, des champs
bien cultivés, et d'un produit suffisant pour la
nourriture et l'entretien des deux robustes jeunes
gens qui font valoir ce domaine; c'est ainsi que
M. de Fellemberg enseigne le premier des arts, en
obligeant ceux qui s'y livrent à vivre de ses produits.
Il est inutile de faire observer que, dans le présent
récit, on a supprimé les embarras des débuts, et
bien des détails sur la progression successive des
embellissements et des revenus de la ferme, ainsi
que de la concession et du refus des subsides, à mesure que les revenus du sol augmentaient. On a
passé sous silence le surcroît d'efforts exigé pour
l'achat du mobilier et des animaux domestiques. Il
suffira de dire que tout a été pris sur les lieux ; la
grange, entre autre, construite en bois, presque en
entier, a exigé peu d'autres matériaux. La conclusion est qu'au bout d'un petit nombre d'années, les
produits ont permis de solder toutes les avances,
et que ce terrain, naguère couvert de ronces, peut
nourrir aujourd'hui plusieurs individus, et les faire

1833. même jouir de quelque superflu, chose si nécessaire dans toutes les conditions de la vie.

L'Académie félicitait M. de Fellemberg sur le
succès de ses méthodes, et sur la haute renommée
de son magnifique établissement, lorsque la mort
inopinée de M. le général Pascalis, l'un des membres les plus recommandables de la classe de littérature et d'histoire, vint la plonger dans un vif
chagrin. Né poète, M. le général Pascalis s'était livré,
dès sa jeunesse, à la poésie légère, avec un grand
succès; la poésie lyrique lui sourit un peu plus tard,
et il s'y distingua; il travailla ensuite pour le théâtre et y fut applaudi; mais, parvenu à la maturité
du talent, il éprouva d'autres inspirations : l'ode et
des chants épiques parurent être le genre pour lequel il était né. Il revint au théâtre; mais, cette fois,
ce fut pour chausser le cothurne. Sa tragédie de
Dion, que Talma lut, en entier, en présence de plusieurs membres de l'Académie, et qu'il goûta beaucoup, fut faite sous l'empire; elle eût été jouée,
sans doute, sur le premier théâtre de la capitale, où
elle avait été annoncée, si elle n'eût renfermé de
trop énergiques expressions contre un pouvoir fier
et jaloux de son omnipotence, et si elle n'eût été
capable, plus tard, de réveiller des souvenirs qu'il
était urgent de faire oublier. Cette œuvre, marquée
au coin d'un beau talent, renfermait une foule de
ces vers solennels de nos grands poètes tragiques,

qui ont élevé si haut les sentiments et la gloire de la nation française. C'était, pour employer l'expression d'un grand homme, une tragédie d'avant-garde; mais dangereuse même dans les camps, et brûlante durant la paix.

Après avoir payé le juste tribut de regrets dus à la mémoire de cet illustre confrère, l'Académie entendait la lecture de notices biographiques de quelques fabulistes provençaux dont M. Jauffret avait souvent le bonheur d'exhumer le nom et les travaux, et prenait un plaisir particulier aux remarques bibliographiques et biographiques de M. Pontier, d'Aix, son associé, sur *Antonius de Arena*, de Soliers, près Toulon, si connu par ses poésies macaroniques.

La géologie des îles Canaries par M. Parker-Webb, compagnon de voyage de M. Berthelot, méritait une attention plus sérieuse que l'examen de quelques chétives médailles de familles romaines, trouvées dans un champ, à Gémenos, aux environs de Marseille, sur lesquelles on sollicitait l'avis de la compagnie.

M. Parker-Webb, offrait un ouvrage parfait en son genre, et digne de figurer parmi ceux de cette science nouvelle, qui se distinguent le plus par l'ordre et la clarté des faits variés de la nature; aussi la compagnie lui en témoigna-t-elle sa reconnaissance dans les termes les plus flatteurs

1833. et le mieux justifiés par son zèle et par ses talents.

Les expressions de gratitude et de satisfaction ne furent ni moins vives ni moins sincères envers M. Poutet, membre de la classe des sciences, si fréquemment nommé dans cet écrit, pour la découverte qu'il avait récemment faite d'un nouveau procédé d'embaumement, qui ne laisse rien à désirer, autant sous le rapport de la parfaite conservation des objets soumis à cette opération, que sous celui de la propreté, et de l'odeur agréable qu'ils exhalent, après l'avoir subie. De la chair de bœuf, des oiseaux, des poissons, des insectes, ainsi embaumés, furent présentés à la compagnie, qui ne put s'empêcher de reconnaître qu'aucun de leurs tissus n'était altéré, et qu'en effet, leur forme et leur couleur étaient absolument comme dans leur état normal : ainsi, cet habile chimiste pouvait dire à bon droit qu'il promettait à nos corps périssables une sorte d'immortalité.

Ce qui méritait encore des actions de grâces de la part de l'Académie, fut l'empressement et la bienveillance que mit M. le lieutenant-général baron Delort, son associé, à lui faire obtenir, de la munificence royale, un exemplaire de la *Galerie du Palais-Royal* dont les premières livraisons venaient de paraître, et le soin qu'il apporta, surtout, à faire annoncer cette agréable nouvelle, par M. l'intendant général de la liste civile, qui voulut bien ajouter à cette faveur, les paroles les plus aimables pour la compagnie. Celle-ci répondit immédiatement à M. le général Delort, et le pria de vouloir faire agréer à M. le ministre de l'intérieur, la respectueuse assurance de sa gratitude.

Les *Légendes rouges* de M. César Famin, et les manuscrits de l'abbé Rive, érudit aussi distingué par ses vaniteuses prétentions que par ses fougueuses opinions démagogiques, offrirent un vaste champ aux philologues de tous les genres. M. le préfet du Var engagea vainement la ville de Marseille à faire l'acquisition de ces manuscrits, de cet amas indigeste de cinquante années de rêveries, et dont on peut dire qu'il n'est rien, sous la voûte du ciel, de plus aride, ni de plus vide de saine érudition, où, surtout, le bizarre choix des pensées et des auteurs, ne laisse dans l'esprit des rares lecteurs, qui ont le courage de les parcourir, que la fâcheuse idée de la plus inconcevable confusion.

Ce qui était plus intelligible et beaucoup plus pénible en même temps, c'est ce qu'offrait le budget du département que l'Académie venait de recevoir, et dans lequel celle-ci voyait que l'allocation qui lui était accordée depuis la création des préfectures, était supprimée; on ne pouvait se rendre raison de cette mesure, dans un moment où l'Académie venait de couronner l'un des ouvrages sur l'agriculture les plus utiles à la Provence, et précisément à

1833. la veille d'un concours dont le sujet était d'un très-haut intérêt. Supprimer sans motif une allocation accordée depuis plus de trente ans, était chose trop grave pour être acceptée sans demander quelques explications.

M. le secrétaire de la classe des sciences fut chargé de porter à M. le préfet les doléances de la compagnie, et de lui exposer combien les lettres devaient être humiliées d'une pareille rigueur, et de subir un refus qu'elles n'avaient point mérité ; il ajoutait que les droits de l'Académie à l'allocation accordée par le Conseil général du département, étaient fondés sur le goût que les membres même de ce Conseil, avaient toujours manifesté pour elles, et que, dans cette circonstance, ils agissaient évidemment contre leur conviction, en les privant des moyens d'étendre leurs bienfaits, et ce qui est encore plus fâcheux, en frappant de stérilité les associations dont les efforts réunis tendent à les faire prospérer.

M. le préfet, l'un des membres les plus assidus et les plus actifs de l'Académie, légitima, dans sa réponse, les justes plaintes de la compagnie, et ne dissimula point le sentiment pénible qu'il en éprouvait ; il regrettait sincèrement de n'avoir pu maintenir à ses confrères, un encouragement dont trente ans de possession devait assurer la propriété ; mais il assurait, en même temps, que sous l'empire des

circonstances impérieuses où se trouvait l'état fi-
nancier du département, il n'avait pas été possible
de toucher, par de nouvelles faveurs, à l'équilibre
de sa comptabilité; mais que cette mesure n'étant
que provisoire, il s'empressait d'annoncer à l'Aca—
démie qu'elle aurait infailliblement part au pro—
chain budget; cette promesse consola la compagnie;
mais l'année paraissait d'une excessive durée; et
depuis 1830 l'arriéré ne faisait que s'aggraver; on
proposa et on adopta même des moyens économiques. Un agent, plein de zèle, fut à regret remercié,
mais appréciant la nécessité du motif qui lui attirait
ce contre-temps, il eut la délicatesse d'offrir géné—
reusement la continuation de ses services, et ne
voulut point quitter son poste, dans la crainte d'a—
voir été considéré comme un simple mercenaire;
on accepta l'offre de son dévouement, et son zèle
désintéressé vécut du même espoir que l'Académie.

L'effet moral de la détermination du Conseil
général du département pesa plus sur lui que sur
l'Académie; comment pouvait-il en être autrement?
L'allocation accordée jadis, ensuite amoindrie, était
trop modique pour mériter le nom pompeux de
générosité, et l'acte qui la supprimait ne pouvait
être une pensée d'économie : ainsi le Conseil n'était
ni économe, ni généreux.

L'Académie, cependant, reprit bientôt le cours
de ses travaux; et le culte qu'elle rendait aux lettres

ne souffrit aucune interruption de l'incident qui venait de les alarmer : elle recevait, en même temps, le xxxvi⁰ volume des mémoires de l'académie royale de Turin, sur lequel M. le secrétaire de la classe des sciences fit un rapport analytique de quelque étendue; la traduction française de l'ouvrage de M. Ignace Lomeny, de Milan, sur le résultat d'une expérience comparative entre l'emploi des feuilles du mûrier blanc et celui des feuilles du mûrier des Philippines, pour la nourriture des vers-à-soie, par M. Bonnafous; l'*Essai sur la charrue de Grangé*, par l'Académie de Nancy; le rapport fait à l'Académie des sciences de Paris, sur la statistique morale de la France, par N. Gueny; les *Considérations*, de M. Cyprien Roumieu, *sur l'abolition de la peine de mort*; les annales de la Société d'agriculture du département de l'Hérault, et la lettre de l'abbé Follard sur la vie du père carme Pierre de Saint-Louis, auteur du poëme de la Magdelaine, composé au couvent d'Aigalades, près Marseille, vers le milieu du xvii⁰ siècle.

Une lettre d'un style séduisant, de la part de M. le comte de Montlosier, engageait alors la compagnie à souscrire au riche ouvrage géodésique sur l'Auvergne, imprimé par les soins de l'Académie de Clermont-Ferrand, dont lui, M. de Montlosier était président. L'Auvergne dont le flanc des montagnes fut jadis déchiré par un grand nombre de volcans,

ouvre, sans contredit, un vaste champ à la science
qui décrit les divers gisements du sol, et montre,
pour ainsi dire, à découvert, les diverses couches
des rochers que les feux n'ont pas dévorées; cet ouvrage, réuni à celui de M. Faujas de Saint-Fond, sur
les volcans éteints du Vivarais et du Velay, com-
plètera l'histoire géodésique d'une vaste contrée
riche en ce genre de merveilles de la nature, et qui,
dans tous les temps, attira l'attention des savants
et des voyageurs.

Ce qui frappait davantage les esprits, c'était l'ap-
proche de ce fléau asiatique qui avait envahi le nord
de l'Europe, et dont Paris ressentait les premières
atteintes; l'effrayante relation des maux dont il
accablait la Russie, la Pologne et l'Allemagne,
ajoutait à l'horreur de ses ravages; et semblables à
des torrents impétueux, les descriptions exagérées
qui en multipliaient les formes, colportaient en tous
lieux le trouble et la confusion, comme les avant-
coureurs de la prochaine arrivée de l'ennemi:
l'Académie reçut une formidabe provision de ces
écrits.

Mais elle agréait, en même temps, de M. Etienne
Audin, libraire à Florence :

1° Le *Catalogue des éditions Aldines*, faisant partie
de sa librairie, éditions anciennement si recherchées et presque toutes transportées dans les pays
étrangers;

1833.   2° Le *Catalogue des livres de la bibliothèque* de son excellence M. le comte de Boutourlin ;

3° *Osservazioni bibliographico—letterarie, intorno ad una edizione sconosciuta del Morgante Maggiore;*

4° La traduction de l'*Histoire des deux vieillards*, par M. Audin ;

5° Une édition aldine du *Marci Julii Ciceronis, Orpheus, sive de adolescente studioso, ad Marcum filium, Athenes.*

MM. de Flotte et Van-Gawer enrichissaient cet envoi de deux aimables pièces de vers dont la compagnie entendit la lecture avec un vif intérêt.

Les opuscules de M. Joseph Bard, de la Côte-d'Or ; celui de Mme Constance de Salm, connu sous le nom de *Mes soixante ans ou mes souvenirs politiques et littéraires;* le *Walter Scott* de M. Bertovin, furent autant de sujets d'agréables rapports de la part de MM. Audiffret, Négrel-Féraud et Jossaud, membres les uns et les autres de la classe de littérature et d'histoire.

Mais, entourée qu'elle était de ces richesses de l'intelligence, l'Académie perdait l'un des plus laborieux correspondants qu'elle eût acquis dans ces dernières années; M. le baron Marchant, auteur des *Mélanges de numismatique et d'histoire*, était récemment descendu dans la tombe, et laissait, dans la science qu'il cultivait avec un rare succès, une place difficile à remplir. Cette perte fut d'au-

tant plus vivement sentie qu'à des connaissances
variées et profondes, il réunissait les qualités les
plus aimables, l'esprit le plus conciliant, et qu'il
avait singulièrement à cœur la gloire de l'Académie;
aussi la consultait-il souvent, et lui faisait parvenir
avec exactitude ceux de ses ouvrages auxquels il
attachait le plus d'importance. Les justes regrets de
sa famille et de ses amis, furent sincèrement parta-
gés par la compagnie, qui se plaît à consigner dans
ces pages, l'expression des sentiments affectueux
qu'il avait su lui inspirer.

Après ce solennel adieu, M. le secrétaire de la
classe des sciences rendit un compte sommaire de
l'ouvrage de M. Etienne Audin, intitulé : *Les Deux
Vieillards*. Tout, dans cette œuvre remarquable,
respire l'amour de la vertu, tout y rappelle des
sentiments religieux. Comme dans le livre de Job,
deux vieillards s'y communiquent leurs idées sur
la destination de l'homme; l'un d'eux professe sur
l'existence d'une autre vie, des opinions dont tout
au plus un jeune homme pourrait étourdiment se
vanter, mais qui n'est que ridicule dans une tête à
cheveux blancs : l'imminence d'une fin prochaine
ne peut intimider ce philosophe; son interlocuteur
paraît, d'abord, abonder dans son sens, pour le
combattre, mais on reconnaît bientôt qu'il est son
antagoniste plutôt que son complice. Ce dialogue
est d'une admirable simplicité, les deux vieillards

1833. habitent l'un et l'autre une chaumière, ce qui donne à leur entretien une physionomie grave et pastorale qui en augmente l'intérêt; enfin, comme dans Job, ces deux personnages confessent que la gloire et le bonheur de l'homme de bien, sont dans le témoignage d'une conscience sans reproche, dans l'accomplissement des devoirs religieux et dans l'entier abandon à la volonté de celui qui connaît la ruse du méchant et la bonne foi du juste.

A ce rapport analytique succédait un sujet non moins digne d'attention; une pierre tumulaire découverte dans les fouilles du bassin de carénage, fixait l'attention de la compagnie; elle présentait une crosse épiscopale, une croix et des noms de femme. Les hommes versés dans la connaissance de l'histoire de Marseille, ne sauraient ignorer que, dès le IVe siècle de notre ère, les religieuses cassianites habitaient sur le versant de la montagne de la Garde, au-dessus du monastère Saint-Victor, et que les fréquentes irruptions des Sarrasins, les obligèrent à fuir un lieu sans défense et à se réfugier de l'autre côté du port, pour se mettre à l'abri de la fureur de ces forbans qui, des bouches de l'Huveaune, les avaient déjà forcées à chercher un asile plus rapproché des lieux habités. Elles se fixèrent vers la place de Lynche, où elles demeurèrent jusqu'à l'époque de la suppression de l'ordre. Il n'était donc pas surprenant qu'on découvrit, un

jour, dans les lieux qu'elles avaient anciennement
habités, des traces de leur séjour; aussi, c'est en
creusant dans l'emplacement qu'on vient de désigner, qu'on découvrit ce monument. Il porte le
nom d'une ancienne abbesse cassianite, morte au
ve siècle, en odeur de sainteté; c'est dans ce sarco-
phage que furent déposés, par les soins de la communauté, les restes périssables de cette servante du
Seigneur; c'est là qu'ils devaient reposer jusqu'au
jour du jugement. Les caractères de l'écriture de
cette épitaphe sont fort défigurés, non par la main
du temps, mais par le goût de ceux qui les ont
tracés; c'était, sans doute, d'habiles calligraphes
de cette époque. L'inscription est en langue latine,
M. Jauffret expliqua, d'une manière plausible, ce
souvenir des morts.

Mais revenant incessamment à notre époque, et
désirant contribuer, dans la sphère de ses attributions, à l'exécution du canal d'irrigation de la Durance à Marseille, si longtemps et si vivement sol-
licité par les besoins du premier et du second
arrondissement du département, l'Académie proposa une médaille d'or de la valeur de 500 francs,
pour être décernée à l'auteur du meilleur mémoire
sur les *avantages qui résulteraient de ce canal, pour les*
communes qu'il aurait à traverser, sous le double rap-
port de l'agriculture et de l'industrie.

Pour encourager les lettres, en même temps, la

1833. compagnie proposa pour prix de concours, la question suivante : *Quelle fut l'influence des troubadours sur la littérature du Midi et de l'Europe?* Une médaille de la valeur de trois cents francs devait être le prix du vainqueur.

Le même programme annonça que le poète qui produirait la meilleure pièce de 100 à 200 vers, sur un sujet du choix de l'auteur, recevrait une médaille de la valeur de deux cents francs.

Dans l'attente des travaux destinés, par les concurrents, à répondre à l'appel de l'Académie, celle-ci reçut, avec distinction, un savant mémoire de M. le docteur d'Auvergne, son associé, sur la topographie des bains de Gréoulx, sur lesquels MM. le docteur Robert et Laurens, l'un et l'autre, membres de la classe des sciences de l'Académie, avaient publié, dans d'autres temps, ce que l'histoire de ces lieux, anciennement connus, et ce que la chimie moderne ont pu connaître des faits relatifs au site où régnaient les nymphes de Gréoulx, comme à l'effet salutaire de leurs eaux sur la santé de l'homme.

Une nouvelle théorie sur le dégel et la végétation, formulée par un auteur anonyme, vint, tout à coup, surprendre l'Académie; mais elle ne vit bientôt, dans cette mystérieuse communication, que l'intention de heurter les idées et les doctrines sanctionnées par la science; et le vain désir d'aspi—

rer, par la contradiction, à cette sorte de célébrité qui n'est le fruit ni du savoir, ni de la raison.

La suppression imméritée des allocations du Conseil du département et de la commune, avait jeté quelque refroidissement dans le zèle dont furent toujours animés les membres de l'Académie : quelques affections contrariées, à cette époque, des intérêts froissés, semblaient, pour ainsi dire, relâcher les liens de cette confraternité, qui doit toujours régner parmi les amis des lettres ; les esprits, d'ailleurs, éprouvaient une sorte d'inquiétude peu propre à maintenir le calme qu'exige le culte des Muses ; et par un mouvement spontané, se confiant aux nobles sentiments dont elle n'avait jamais cessé de donner des preuves, la compagnie arrêta que la séance publique du mois d'août n'aurait pas lieu. Cette détermination, amenée par les circonstances qu'elle regrettait, ne porta cependant aucune atteinte à l'abondance des tributs littéraires dont elle était journellement enrichie ; car elle applaudissait, presque en même temps, au rapport sur l'*Enseignement industriel*, par M. Payen, directeur des travaux de la Société industrielle de Paris ; au savant mémoire sur l'*Encaissement de la Durance*, par M. de Villeneuve, membre de la classe des sciences ; au *Précis analytique des travaux de l'Académie royale des sciences, lettres et arts de Rouen* ; à l'*Aperçu de l'astronomie des anciens Égyptiens*, par

1833.

M. Gustave Seyffarth ; aux *Questions sur l'astronomie, suivies de la proposition d'un nouveau système*, par M. J.-P. Anquetil ; aux annonces des *Mémoires de la Société industrielle, agricole et commerciale de Paris*, par M. César Moreau ; à la *Statistique des lettres et des sciences en France* ; au prospectus de la *Bibliothèque universelle de Genève* ; au poëme élégiaque de M. Bard, intitulé *Le Pèlerin* ; au *Procès-verbal de la séance publique de l'Académie des sciences, agriculture, arts et belles-lettres d'Aix* ; aux *Mémoires des Sociétés d'agriculture de Lyon, de Montpellier et des départements de la Loire, de la Charente, de l'Aube et du Gard*. Les rapports et les observations sur ces divers ouvrages étaient immédiatement suivis de nouveaux hommages, de telle manière qu'il restait peu de loisirs à l'Académie pour vaquer à d'autres travaux.

Elle entendit, cependant, avec un plaisir extrême, les savantes réflexions de M. Albrand, son vice-président, sur l'incertitude des principes sur les sciences, en général, et sur la science des sons, en particulier, et l'art musical. Ce travail fondamental, plus facile à comprendre qu'à être analysé, n'était que l'avant-coureur d'un ouvrage important sur cette matière, que le public, et notamment l'Académie, attendaient avec une vive impatience, la réputation méritée de l'auteur ne permettant pas de douter de la faveur qui lui est réservée dans le monde musical ; car l'épreuve décisive de la discus-

sion qu'on venait d'entendre, justifiait complètement l'opinion flatteuse qu'on s'en était formée ; on
y trouve, en effet, autre chose que ces lieux communs embellis d'expressions plus ou moins sonores
et harmonieuses, dont on est convenu de se con-
tenter, aujourd'hui, faute de fond et de pensées
neuves et solides sur un art que M. Albrand a cultivé avec un rare talent.

A peine l'Académie avait-elle cessé d'applaudir
à cette lecture, qu'elle reçut :

L'*Essai sur le caractère moral des aveugles*, et la
Statistique du royaume de Naples, par M. Salvator
de Renzi ;

L'annonce des *Dessins des mollusques terrestres et
fluviatiles*, observés par MM. Berthelot et Philippe
Parker-Webb, dans leurs divers voyages aux îles
Canaries ;

La *Notice sur une inscription tumulaire*, découverte par MM. Bosq frères, aux environs du village
de Puyloubier, sur le champ de bataille même où
Marius défit les Cimbres et les Teutons ;

La *Notice biographique et bibliographique*, de
M. Jauffret, *sur le fabuliste Fumai, de Marseille*,
mort en Danemarck ;

L'*Épître*, en vers, de M. Théophile Bosq, d'Auriol, *à M. de Lamartine*, lors du passage de ce
célèbre poète et orateur, à Marseille, en 1832.

Mais tout est, dit-on, compensé dans ce bas

1833. monde; tout se balance, a dit un ancien : la mort inattendue de M. Pontier l'un des associés le plus cordialement dévoués à l'Académie, dont il venait quelquefois embellir les séances par des communications bibliographiques et littéraires les plus piquantes et les moins connues, et celle de M. Penchaud, membre de la classe des beaux—arts, architecte de la ville, et dont l'arc de triomphe de Marseille perpétuera le souvenir, attristèrent la compagnie, au milieu des dons scientifiques qui l'entouraient; ses joies, comme on le pense bien, étaient moins vives et de peu de durée, lorsqu'elle avait la douleur de voir diminuer le nombre de ceux qui devaient y prendre part.

Elle éprouva, cependant, quelque allégement à ses justes regrets, par la lecture que fit M. de Villeneuve, ingénieur des mines, d'un important mémoire dont il était l'auteur, sur le chemin de fer de Paris à Marseille, et sur la direction que devait suivre l'extrémité méridionale de ce chemin.

Ce mémoire, aussi séduisant par la forme qu'imposant par le talent de l'auteur, peut se résumer de la manière suivante :

1° Sous le rapport de l'art, aucune difficulté sérieuse ne s'oppose à ce que la grande voie de fer de Paris à Marseille, par Lyon, passe par Aix, par Fuveau, Aubagne, etc., et se prolonge jusqu'à l'anse des Catalans.

2° L'anse des Catalans est le point du littoral le plus convenable pour faire un port succursale, destiné à suivre le mouvement du chemin de fer.

3° Le passage du chemin de fer dans le quartier des fabriques de savon, serait lui-même un bienfait.

4° Le chemin de fer, en suivant la direction assignée, et jetant une branche sur Auriol et Trets, donnerait une nouvelle vie à deux des arrondissements des Bouches-du-Rhône.

5° Il élèverait à toute la prospérité dont elle est susceptible, l'industrie minérale du département.

6° Les départements de Vaucluse, des Hautes et Basses-Alpes, et celui du Var, seraient également intéressés à ce que cette direction fût adoptée; le Bas-Languedoc y gagnerait autant que Marseille.

M. de Villeneuve exposa, ensuite, à la compagnie, une belle carte lithographiée, du chemin qu'il proposait, et de ses embranchements. Les ambitions, depuis cette époque, se sont multipliées et croisées, comme les intérêts, au sujet de la ligne de fer tracée, avec tant de talent, par notre savant confrère; et si les circonstances s'opposèrent à son exécution, c'est que les temps n'étaient pas accomplis, et que l'auteur n'avait pour lui que la science et ses convictions. Son plan avait été profondément étudié; il est tracé comme il l'avait conçu; il a payé son glorieux tribut à son pays.

La session académique fut close par une notice nécrologique, fournie par M le secrétaire de la classe des sciences, sur M. Bérenger de Labaume, dont le mérite et la biographie seront exposés à la fin de la présente histoire.

1834.   Depuis deux années, l'Académie n'avait réuni les amis des Muses, dans ces tournois littéraires où les applaudissements publics et les critiques individuelles se font simultanément remarquer. L'année qui commençait s'écoula lentement au milieu de travaux intérieurs ; et le public, occupé de sujets plus bruyants, pouvait se donner des spectacles conformes à ses goûts. La compagnie put augmenter le nombre de ses associés, mais aucun nouveau titulaire ne vint embellir ses rangs ; fidèle à sa mission, elle régularisait ses statuts, pour mettre plus d'ordre et de suite à ses travaux.

L'un de ses plus honorables correspondants lui faisait agréer l'hommage des siens ; et, comme on le sait, ils sont si nombreux et si dignes d'éloges, qu'ils tiennent constamment en haleine les corps savants de l'Europe ; membre de deux classes de l'Institut royal de France, le Nestor de la science n'est étranger à aucune des parties des connaissances humaines, et ses bienfaits et les hautes qualités de son cœur sont encore au-dessus de son savoir : on croit avoir suffisamment désigné M. le marquis de Fortia d'Urban, dont la Providence ranime l'hi-

ver de l'âge par une activité sans exemple et les
inspirations d'un sage. Cet infatigable et brillant
écrivain correspondait, depuis longtemps, avec la
compagnie, dont il suivait les travaux avec intérêt,
et lui adressait son *Essai sur l'origine de l'écriture*,
sujet digne des recherches d'un savant tel que celui
que nous venons de nommer. On sait, du reste, que
l'origine des découvertes les plus utiles se perd souvent dans l'obscurité des temps, et que les efforts
tentés, par de médiocres écrivains, pour dissiper
les nuages qui la couvrent, contribuent, quelquefois, à l'obscurcir davantage; il n'en est pas ainsi,
depuis M. de Fortia, de celle de l'écriture, de son
introduction dans la Grèce, et de son usage jusqu'au
temps d'Homère, c'est-à-dire, jusqu'en l'an 1000
avant notre ère. Il serait difficile d'accumuler plus
de science et de tact, dans un cadre aussi resserré
que celui dans lequel l'auteur a réuni les faits historiques les moins contestés, pour porter jusqu'à l'évidence la preuve de ses assertions : son opinion ne repose que sur l'histoire, et celle-ci ne saurait l'égarer.

L'esprit de l'homme, trop borné pour retenir
dans la mémoire un trop grand nombre de faits,
dut concevoir la nécessité d'en conserver le souvenir par des signes permanents, qui pussent les retracer aux yeux des races futures. La tradition fut,
sans doute, le premier moyen qu'il employa pour
atteindre ce but : des rochers, des monceaux de

pierres, des colonnes, des poteaux, furent ensuite les premières bibliothèques connues; on établit des fêtes; on composa des chants; les lieux rappelaient, par leurs noms, les événements dont ils avaient été le théâtre; des nœuds à de certains cordons, des hiéroglyphes, et l'écriture, enfin, se succédèrent lentement dans l'histoire des progrès de l'esprit humain. Combien de siècles, en effet, durent s'écouler, avant que cette dernière invention, qui en fit oublier tant d'autres, et qui donnait de la couleur et du corps à la pensée, vint apprendre à nos aïeux l'art de communiquer les plus simples idées, à leurs semblables, et à des distances illimitées!

Mais, quel est le nom de l'inventeur? A quelle époque en a-t-on fait usage? On croit que l'écriture remonte jusqu'à Job, contemporain de Jacob, et que Moïse l'avait apprise dans ces contrées où il avait habité avant sa mission. Elle fut connue dans la vallée de Chanaan. Job parle d'écrire un livre; ce terme, inconnu jusqu'alors, pourrait servir à mesurer les progrès de l'esprit humain, depuis des grossiers monuments de la Phénicie, dont parle Sanchoniaton, jusqu'au moment où l'écriture fut universellement répandue. Homère parle de l'écriture; on croit que Sémiramis recevait des lettres d'un roi des Indes; les Babyloniens écrivaient leur astronomie sur des briques, et les Chinois conservaient, comme le peuple juif, leurs lois sur des ta-

bles de pierre; les vers d'Hésiode étaient gravés sur
des lames de plomb; c'étaient les feuillets des livres
de cette époque.

Mais combien de faits ignorés ou peu connus,
d'analogies et d'ingénieux rapprochements, ne ré-
vèle pas l'ouvrage de M. de Fortia? Ce qu'ont ha-
sardé, à cet égard, Diodore de Sicile, Lomeyer,
Polidore, Virgile, reste bien loin des preuves historiques qu'il a soigneusement recueillies, et dont
l'ensemble repousse le doute et porte la conviction
dans les esprits; peu susceptible d'analyse, ce travail forme une chaîne dont on ne peut, sans l'a-
néantir, séparer les anneaux.

La compagnie ne vit pas, sans en être charmée,
qu'au moment où la ville de Marseille allait payer
son tribut à l'exposition des produits de l'industrie
nationale, elle était appelée à faire partie du jury
chargé de désigner les objets que celui-ci trouverait
dignes d'occuper une place honorable dans ce vaste
bazar; elle fit preuve de science et de bon goût
dans le choix de ceux qui obtinrent son suffrage; et
l'approbation publique ne tarda pas à confirmer
son jugement. Si, depuis quelque temps, l'autorité
locale ne s'adresse plus aussi fréquemment à elle,
qu'à d'autres époques, ce n'est pas, sans doute, par
un manque de déférence pour ses lumières; c'est
qu'on reconnaît, peut-être, qu'il est plus commode
et plus court de s'en passer.

Mais la compagnie fut saisie, tout à coup, d'une
question d'un tout autre intérêt; il s'agissait d'amener, dans la ville, à l'aide de quelques travaux hydrauliques, les eaux de la rivière de l'Huveaune,
du point où elles vont se perdre dans la mer. Ce
projet, publié en 1789, fut enseveli, avec tant
d'autres, dans les nombreux événements de cette
époque; le souvenir même s'en était perdu, lorsqu'on le vit renaître avec des développements capables de le faire adopter; mais, après avoir longtemps balancé, la ville sursit à toute délibération
définitive, et renvoya l'affaire à plus ample informé.
Comme on le pense bien, on n'informa plus, et rien
ne fut délibéré. L'Académie s'empressa de fournir
de précieux renseignements sur la topographie de
la côte; sur la quantité d'eau qu'il était facile d'obtenir; sur la distance qu'elle avait à parcourir; elle
reproduisait le devis qui en fut dressé en 1789, et
enfin, l'aperçu de la dépense présumée pour l'accomplissement de ce projet; mais cette question
fut indéfiniment ajournée, et le tout repose dans les
cartons administratifs, pour ne plus revoir proba-
blement le jour. Il est vrai que les grandes conceptions de travaux publics n'avaient point encore
pénétré dans les Conseils municipaux, et qu'on
n'avait pas osé s'y occuper de ces idées gigantesques
qui s'harmonisent si bien avec nos formes gouver-
mentales. Ainsi, les eaux de l'Huveaune ne furent

plus troublées dans leur cours, et se mêlent lim-
pides à celles de la mer.

1834.

Mais, bientôt, l'autorité locale consulta la compagnie sur un sujet d'un intérêt également général et
propre à fixer l'attention du public. Le ciel, depuis
plusieurs mois, était avare d'eau, d'une manière
désolante; la terre, brûlée par les feux de la canicule,
n'offrait plus qu'une végétation desséchée, les jeunes plantes se mouraient, et les grands arbres même
dépérissaient à vue d'œil. C'était le moment propice
de s'enquérir des lieux qui recélaient de l'eau. L'A-
cadémie organisa, sur-le-champ, dans son sein, une
commission nombreuse, qu'elle chargea de fournir
des documents précis sur les eaux jaillissantes, les
sources, les fontaines et les eaux souterraines de la
ville et du territoire de Marseille; MM. de Villeneuve, Négrel-Féraud, Toulouzan et le secrétaire
de la classe des sciences, remplirent dignement la
mission qui leur était confiée. Plusieurs mémoires
furent incessamment offerts aux premiers magistrats, qui reconnurent, dans l'empressement de
l'Académie à correspondre à leur confiance, combien celle-ci mettait de prix à la mériter. Toutes
les eaux connues de la contrée furent immédiatement signalées, ce qui rassura beaucoup les esprits;
car on commençait à craindre le retour de cette fatale époque où les habitants de Marseille n'avaient
à boire que de l'eau de la Durance ou du Rhône,

qu'on vendait, sur les places publiques, aussi cher que le vin ; mais ce qui fut plus agréable aux Marseillais, c'est que la commission de l'Académie indiqua une grande quantité de puits condamnés jadis, et presque tous ignorés, qui, vidés en peu de jours, fournirent une très-grande quantité d'eau d'une excellente qualité. Ces diverses indications confirmèrent la croyance, depuis longtemps populaire, que le sol où repose Marseille gît sur une mer souterraine dont on peut s'approprier les eaux ; l'immense quantité de puits dont il est percé met ce fait trop en évidence pour en douter. Les archives de la ville et celles de l'Académie renfermaient de précieux matériaux sur ce sujet, ce qui mit à même la commission de le traiter avec succès. Les mémoires de MM. de Villeneuve, ingénieur des mines, et Croze-Magnan, ancien secrétaire perpétuel de la classe de littérature et d'histoire de l'Académie, offrent, sur cette matière, un travail si parfait que, dans le besoin, l'autorité ne pourra se dispenser de les consulter.

Dans les recherches qui, dans cette occasion, furent faites par l'Académie, on découvrit qu'en 1727, six ans après la dernière peste de Marseille, la sécheresse de la terre et celle de la côte, surtout fut telle, que la mer devint d'une désolante stérilité ; les poissons avaient gagné la haute mer et les pêcheurs désespéraient de les atteindre ; les eaux s'é-

loignaient du rivage où se trouvaient entassés les
cadavres de cette multitude d'animaux qui les habitaient. M. de Belzunce, alarmé avec la population,
d'un état de choses dont la famine devait être le
résultat, ordonna des prières publiques pour obtenir du ciel la cessation de ce fléau : le mandement
publié par le saint prélat est une pièce historique
que les journaux du temps s'empressèrent de
publier.

Il arrive dans les sociétés littéraires, ce qu'on
observe assez fréquemment, dans les entretiens des
sociétés ordinaires; à savoir, que certains sujets
de réflexions ou d'études s'y lient comme par séries,
de manière à croire qu'il existe entre eux une sorte
de connexion qui ne leur permet pas de se détacher du faisceau qu'ils paraissent former entre
eux. On vient d'en avoir la preuve dans la question
des eaux, à laquelle on pourrait ajouter les longues
et importantes discussions qui s'élevèrent au sein
de la compagnie, sur les eaux pluviales, les bar-
rages, l'évaporation moyenne des eaux douces ou
salées; sur les rosées; dans les provinces méridionales, comparées avec celles du nord; enfin sur
l'absorption des végétaux et des animaux; questions, comme on le sent assez, d'un très-haut intérêt, et qui occupèrent un grand nombre d'académiciens, dans plusieurs de leurs réunions.

A ces graves discussions sur la physique géné-

rale, succédèrent de savantes explications de numismatique, qui ne méritaient pas un moindre
intérêt. L'un des plus remarquables archéologues
du Nord, M. le comte de Palin, présentait à la compagnie son magnifique ouvrage sur les médailles
grecques et égyptiennes, où le talent des artistes
le dispute aux vastes connaissances du savant ;
mais ce qui se rencontre rarement, dans ces sortes
de travaux, c'est la clarté des faits historiques qui
s'y rattachent, l'abondance des documents qui les
confirment et les témoignages consciencieux qui dé-
tournent la méfiance de tout soupçon d'altération ;
ces qualités précieuses, recherchées dans tous les
genres d'écrire, brillent à un très-haut degré dans
les œuvres de M. le comte de Palin qui, cédant aux
vœux de l'Académie, voulut bien, durant plusieurs
séances, l'entretenir de ce que ses recherches renferment de plus utile et de plus important pour la
connaissance de l'antiquité. Ce respectable savant
dont la réputation est répandue parmi tous les
peuples civilisés, traita plus particulièrement des
antiquités égyptiennes, et nommément des hiéroglyphes : tout un monde d'idées nouvelles semblait
s'ouvrir dans l'esprit des hommes instruits qui prê-
taient une oreille attentive au développement de
ses méthodes, d'ailleurs, d'une grande simplicité
pour l'intelligence de ces caractères symboliques,
dont les Égyptiens faisaient un si fréquent usage

dans les objets relatifs à leur religion, aux sciences
et aux arts. En suivant les explications données par
Champollion, on croirait lire, dans cette écriture
allégorique, comme dans nos livres ; et l'on croirait
également connaître à fond ces lettres mystérieuses, lorsqu'on entend les leçons de M. le comte de
Palin ; leurs méthodes, quoique différentes, condui-
sent au même résultat ; le temps, ce juge souverain
des disputes humaines, nous apprendra peut-être,
un jour, dans lequel de ces deux illustres paléogra-
phes, se trouve la vérité.

M. le comte de Palin ne pouvait se consoler de
la perte qu'il avait faite, dans ses voyages et son
séjour sur le théâtre de ses recherches, d'un immense recueil de papyrus, de médailles, d'inscriptions égyptiennes et d'autres objets précieux qu'il
avait soigneusement recueillis depuis un grand
nombre d'années ; mais ses souvenirs l'ont heureusement secondé dans ses travaux, et l'on espère
que, grâce à son génie, rien ne sera perdu pour la
science : heureux les savants dont la parole peut
suppléer à l'absence d'autres témoignages, et qui
sont eux-mêmes la garantie de leurs écrits !

L'arrivée de l'obélisque de Luqsor, fut encore un
sujet de joie pour les amateurs de la haute antiquité, et de ceux, en particulier, qui ne se plaisent
que dans l'obscurité dont ces objets de leur culte
sont environnés, pour jouir, enfin, du bonheur d'a-

1834.

voir trouvé le mot de l'énigme des diverses phases
de leur création et de leur durée.

On connaît peu d'antiquaires en réputation, qui
n'eût formulé une opinion sur cet antique monument; l'Académie entendit quelques-uns de ses
membres émettre, à cet égard, des idées entièrement conformes à celles des savants de la capitale,
dont le plus grand nombre se tint dans une certaine réserve, qui honore la science autant que le
talent. M. Albrand, vice-président de la compagnie,
dans un éloquent rapport, donna sur l'obélisque
les détails les plus riches en ingénieuses observations, et les plus dignes d'un esprit aussi sage
qu'éclairé, qui ne cherche que le vrai, laissant à
l'écart cette forfanterie d'érudition qui manque
moins de surface que de profondeur. Suivant, pas
à pas, les Savary, les Volney, les Shaw, les Nie-
buhr, il cita les faits historiques les moins contestés,
et s'exprima sur cette œuvre des temps antiques,
avec tant de lucidité, qu'il captiva les suffrages et
les applaudissements de ses confrères les plus versés
dans l'archéologie.

Un autre ouvrage qui rapportait également des
esprits vers des époques éloignées de la nôtre, et
qui maintenait à l'ordre du jour des sujets historiques effacés en partie de la mémoire des contemporains, apparut à l'Académie accompagné de tous les
ornements qui promettent du succès. C'était celui

de M. le baron de la Doucette, sur la *Topographie*,
les antiquités, usages et dialectes des Basses-Alpes,
depuis Jules-César jusqu'à nous : nourri de l'étude
des historiens de cette contrée, qu'il avait adminis-
trée comme préfet, l'auteur avait su mettre à profit
les documents spéciaux recueillis sur les lieux, et
réunissait ainsi aux enseignements de l'histoire générale de la Provence, les détails de mœurs et de vie
intérieure, propres aux anciens habitants de cette
section de la province romaine proprement dite,
qui, dans la nouvelle circonscription territoriale, a
pris le nom qu'on lui connaît. Rien ne fut plus intéressant à entendre, pour l'Académie, que l'exposé
analytique de cet écrit, présenté par M. Négrel-
Féraud, dont la plume élégante et judicieuse fit
agréablement ressortir les charmantes descriptions ;
ainsi par les grâces du style, l'éloquent rapporteur
sut encore embellir l'ouvrage, lorsqu'il ne put rien
ajouter à celle de l'auteur.

La *Description des médailles inédites de Massilia,
de Glanum, des Cœnicenses et des Ausci*, etc., de M. le
marquis de Lagoy, ancien député des Bouches-du-
Rhône, associé correspondant de l'Académie, ne
contribua pas médiocrement, par son apparition,
dans le courant de cette année, à ranimer les discussions académiques, sur des sujets d'antiquité
locale, vers lesquels la compagnie se sentait invo-
lontairement entraînée, par une sympathie qu'on

1834.

ne saurait lui reprocher. M. le secrétaire de la classe des sciences, qui présenta cet ouvrage, au nom de l'auteur, en signala bientôt le mérite; il fut seulement observé que la médaille de *Glanum* (Saint-Remi) avait été publiée dans un article inséré, en 1820, dans la *Ruche Provençale*, environ quatre ans avant que les éditeurs de la *Statistique des Bouches-du-Rhône*, en eussent fait mention en 1824. Mais, il est juste d'ajouter, qu'à part le silence gardé sur cette particularité, que M. de Lagoy pouvait fort bien ignorer, la description de ses médailles doit être considérée, comme l'ouvrage le plus remarquable publié, depuis longtemps, sur la numismatique.

Pour faire suite à ces sortes de travaux, M. Jauffret, l'un des secrétaires perpétuels de l'Académie, et conservateur du cabinet des médailles, en traduisit un certain nombre qu'on venait de découvrir aux environs de la ville d'Aups, dans le département du Var. Les plus dignes d'attention étaient celles de Maximilien Hercule et de Trajan; elles sont d'un module ordinaire, en bronze et de la plus parfaite conservation; mais la plus digne d'être signalée aux amateurs de la belle antiquité, est un grand bronze de *Julia Domna*, avec la légende *Mater Castrorum*.

Ces précieux souvenirs de l'ancienne maîtresse du monde, étaient un hommage au cabinet des médailles de Marseille, de la part de M. Gassier, fils de l'illustre jurisconsulte près le parlement d'Aix, ancien conseil et associé de l'Académie, auteur de la traduction de l'ouvrage italien de Mengoti, sur le commerce des anciens.

Vivant pendant nos mauvais jours dans une retraite profonde, l'auteur de cette traduction oubliait, dans le culte des lettres, les maux qui désolaient sa patrie, et trouvait quelque soulagement aux siens, en consacrant ce qui lui restait de vie à l'instruction de ceux qui l'entouraient.

Les *Recherches sur la nature et les causes du paupérisme, en France et en Europe, et sur les moyens de le soulager et de le prévenir*, de M. le vicomte de Villeneuve, arrivèrent fort à propos à l'Académie, pour faire trève un moment aux études des temps antiques, et sortir des catacombes de l'histoire et des fouilles modernes; la question des pauvres embrasse le monde entier, et quoiqu'elle soit depuis longtemps agitée, elle n'a pu trouver encore une solution acceptable: cette plaie sociale a rencontré jusqu'à ce jour plus d'orateurs que de médecins: la philantropie n'a eu de réel que de vains soupirs exhalés dans le désert; il paraît même certain, que la nation qui s'en est le plus préoccupée est bien près d'en être la victime, et qu'en dépit de l'opinion de l'auteur de l'*Esprit des Lois*, il faut chercher la cause du paupérisme ailleurs que dans le manque

1834.
de travail! Peut-être, est-il vrai que les efforts de
l'intelligence humaine n'arrivent pas à combattre
victorieusement cette cause; s'il est prouvé qu'elle
soit réellement connue; car ce mal existe dans toute
sa laideur, aux lieux mêmes où il ne se montre pas,
parce que la loi le proscrit. Quoiqu'il en soit, l'ouvrage de M. le vicomte de Villeneuve n'en est pas
moins digne de l'estime générale; chacun pourra
reconnaître, en le lisant, que l'auteur s'est peint
lui-même sous les traits de la bienfaisance, et que,
d'ailleurs, tous les écrits publiés par son illustre
famille, comme celui dont nous parlons ici, mar-
qués du sceau du talent, se recommandent toujours
par leur incontestable utilité.

Il n'est, peut-être, qu'un pas des révolutions au
paupérisme; toujours est-il qu'après s'être entre-
tenue de celui-ci, l'Académie s'engagea immédiatement dans un soigneux examen de l'écrit de
M. Dulçat, de Perpignan, sur *Les Révolutions dans
leurs rapports avec l'époque actuelle*; champ vaste
d'ingénieuses et sévères applications : dans un rapport sagement pensé, M. le chevalier du Demaine,
membre de la classe des belles-lettres de l'Académie, fit ressortir, avec sa verve ordinaire, la frap-
pante ressemblance qu'offrent, en général, entre
elles, les révolutions consignées dans l'histoire des
nations, et les points de contact qu'elles affectent
avec celles dont nous avons été et sommes encore

les témoins. Les lieux et les individus exceptés, elles
sont partout identiques : mêmes déclassements in-
dividuels, mêmes ambitions, même confusion;
puisant uniquement des dissemblances de forme,
dans l'action du climat sur les mœurs des peuples
qui les subissent.

Dans ce rapide coup d'œil, M. le rapporteur parlait de conviction, et surtout, en homme que les
révolutions n'avaient pas épargné; et s'il accordait à
l'auteur de l'ouvrage des éloges mérités, il en était
digne lui-même, par le tact et la délicatesse dont il
les accompagnait.

Un rêve d'un autre genre de révolutions se mani-
festait avec plus de vivacité que dans les temps ordinaires; des hommes de lettres, respectables sous
tous les rapports, se prirent tout à coup, du projet
de décentraliser la capitale du monopole du savoir
et du goût, et de faire participer les provinces aux
nobles avantages de cette glorieuse domination:
M. de Puycousin adressait à ce sujet, aux savants et
aux littérateurs des départements, un éloquent
Manifeste, pour les engager à secouer le joug de
cette suprématie ouvertement usurpée, et former
une coalition dans le but de prouver à la France entière, que les écrivains de la province ne manquant
ni de goût ni de talent, devaient enfin s'affranchir
pour toujours de ce ridicule vasselage dont Paris
affecte la prétention. Serait-ce la localité de la capi-

tale qui justifie cette usurpation? Le soleil qui l'éclaire est-il plus brillant, plus vivifiant que celui des autres villes? Est-ce la réunion des écrivains de ce centre ambitieux qui constitue ce privilége? Mais ceux qui se bercent de cette illusion, ne sont-ils pas, eux-mêmes, dans une immense proportion, sortis de la province? Est-ce enfin l'aspect de leurs chefs-d'œuvre? Les départements les possèdent également. D'où peut donc naître cette hallucination qui les égare? Par quel magique procédé raniment-ils ces rêves injurieux à la province? Ce *Manifeste* eût réussi, sans doute, si le succès des entreprises était toujours à côté de la raison; mais on finit par mettre bas les armes; les savants et les littérateurs de province, jaloux de donner plus d'éclat à leurs travaux aimèrent toujours à passer dans le camp ennemi, et la capitale continua de triompher des murmures dont elle était assaillie.

Suspendant un moment le cours de ses délibérations, l'Académie voulut bien entendre la lecture d'un mémoire de M. le secrétaire de la classe des sciences, sur la situation actuelle de la compagnie. La suppresion des séances publiques et des allocations locales; la suspension de l'impression des *Mémoires* et des *Comptes-rendus*; l'absence d'un certain nombre de ses membres, furent des objets successivement passés en revue, et jugés avec une sévère impartialité. A ces considérations d'un intérêt

réel pour l'Académie, M. le secrétaire ajouta l'expression des regrets qu'éprouva celle-ci, de ne
plus voir dans son sein, les premiers magistrats de
la ville et du département; c'était, disait-il, la première fois, depuis sa fondation, que la compagnie
se voyait privée de cet appui, et par conséquent du
précieux avantage d'avoir pour témoins de son zèle
et de ses efforts pour la gloire des sciences, des
lettres et des arts, ceux des magistrats de la localité
qui pouvaient le mieux en connaître le prix et l'encourager à ne pas se ralentir dans l'accomplissement des devoirs attachés à la noble mission qu'elle
avait acceptée; car on ne peut disconvenir que ce
ne soit une situation fâcheuse pour un corps littéraire, de reconnaître que les sommités administra-
tives des lieux où il réside, restent étrangères à
ses travaux. Il existe, on le sait, une sorte de fra-
ternisation entre les amis des lettres, formée par
une conformité de goûts, et l'on ne saurait concevoir que ce sentiment puisse être plus avantageusement continué que par l'intimité qui résulte de la
communauté des travaux intellectuels. Dans ce
Mémoire, l'auteur insistait d'abord sur la nécessité
que devait éprouver l'Académie, de donner un
nouveau lustre à la considération qui lui était due,
par un surcroît de sentiment de sa propre dignité,
et sur la conviction, qui ne l'avait jamais abandon-
née, que les lettres cultivées par des hommes de

bien, finissaient par attirer vers elles, les hommages qu'on ne leur refuse qu'aux jours de courte durée.

Une perte vivement sentie venait s'ajouter à ces regrets; M. le chevalier Gouffé de Lacour, directeur du jardin botanique, membre de la classe des sciences, doyen de l'Académie, descendait dans la tombe, plein d'années, après avoir parcouru une carrière remplie de traits honorables et d'utiles travaux. Passionné, dès sa jeunesse, pour l'étude de la botanique, il ne tarda pas à s'y distinguer; les arides nomenclatures de cette science, ne lui en firent point oublier la philosophie; il la rendait aimable, d'ailleurs, dans ses entretiens, par cette politesse de langage qui lui était naturelle, et qui fait le charme des sociétés. Son âme était calme comme la nature dont il étudiait les lois; la simplicité de ses goûts et de ses mœurs était devenue la parfaite image de la vie de ces jeunes plantes pour lesquelles il éprouvait une véritable affection, et qui le ramenaient sans cesse vers les objets de son culte et de ses études de prédilection. Son esprit vif et cultivé semblait avoir emprunté quelque chose de la merveilleuse régularité des phénomènes dont il était le sincère admirateur; homme de cœur, de science et de société, M. le chevalier Gouffé de Lacour eut une âme bonne, sensible et reconnaissante; rien ne manquait à ce noble caractère, si ce n'est plus de hardiesse et de confiance en ses propres forces; mais, dès-lors, il n'eût pas eu le mérite de son extrême modestie.

Celle de l'Académie parut être, un instant, à l'épreuve, à l'occasion d'une lettre de M. le ministre de l'instruction publique, adressée, en forme de circulaire, à quelques compagnies littéraires et à celle de Marseille en particulier : cette pièce officielle renfermait un grand nombre de questions exigeant une prompte réponse ; M. le ministre annonçait le projet de donner un nouveau lustre à ces sociétés, et il désirait, en conséquence, connaître l'époque de leur création, le genre de leurs travaux ordinaires, leurs moyens matériels d'existence, et le genre de secours qu'elles seraient en droit de demander au gouvernement. Quoique de pareilles demandes ministérielles eussent été faites déjà plusieurs fois, et que les réponses eussent toujours été sans résultat, cette fois néanmoins, l'Académie crut, on ne sait pourquoi, aux améliorations qu'on lui promettait ; elle se flattait déjà de plus d'indépendance et de l'espoir de donner désormais plus d'extention à ses travaux intellectuels ; elle se persuadait, enfin, qu'étant spécialement encouragée par le gouvernement, elle reposerait sur des bases que nulle éventualité ne pourrait ébranler.

M. le ministre reçut les réponses qu'il avait demandées ; mais bientôt, éloigné du pouvoir ; car rien n'est plus mobile en France qu'un ministre, ses promesses et les renseignements fournis par l'Académie s'envolèrent avec le portefeuille : ainsi se dissipa ce rêve d'un moment.

Mais une promesse généreuse et plus sûre fit bientôt oublier à l'Académie le contre-temps qu'elle venait d'éprouver. M. Félix de Beaujour, ancien consul-général de France aux États-Unis d'Amérique, ancien tribun, inspecteur-général des consulats du Levant, ex-député des Bouches-du-Rhône, associé de l'Académie, faisait annoncer à celle-ci, par l'organe de M. le secrétaire de la classe des sciences, qu'il avait l'intention de la doter d'une somme de douze mille francs, en cinq pour cent, pour l'intérêt annuel être employé à la distribution d'un prix proposé par elle toutes les années, à l'époque et de la manière qu'elle l'entendrait, sans que personne, dans aucun cas, pût intervenir et s'immiscer dans ce qui regarde le choix des sujets du prix, le mode de juger les ouvrages et de couronner le vainqueur.

L'Académie acceptant avec reconnaissance cette offre généreuse de la part de l'un de ses plus recommandables collaborateurs, arrêta qu'une nombreuse députation se rendrait immédiatement chez lui, pour lui témoigner combien elle était sensible à la preuve d'estime et de confiance qu'il venait de lui donner; et dans l'effusion des sentiments de gratitude qu'elle lui exprima, elle lui laissa pressentir que son nom, désormais inscrit à côté de celui de ses premiers protecteurs, lui serait toujours cher; que les annales de la compagnie lui assuraient un rang distingué parmi ses plus honorables souvenirs, et que les lettres enfin, répandraient sur lui plus d'é—clat, que les honneurs passagers dont il pourrait être comblé. La députation engagea vivement ensuite M. Félix de Beaujour à venir animer de sa présence les réunions de l'Académie; mais obligé de se rendre incessamment à la capitale, il exprima le regret de ne pouvoir prendre part aux travaux de la compagnie, l'assurant qu'il ne cesserait de s'intéresser aux succès d'une société qui avait daigné l'accueillir avec une bienveillance dont il ne perdrait jamais le souvenir.

L'Académie apprit bientôt, qu'il s'éleva des difficultés sans nombre, pour que M. de Beaujour pût la rendre apte à recevoir le don qu'il lui faisait, et que pour valider l'acte exigé par la loi, il dut obtenir l'autorisation du conseil d'État; ce qui s'accomplit heureusement par l'entremise de M. le duc de Bassano, ancien ami de M. de Beaujour.

Ainsi, la généreuse pensée d'un ami des lettres vint consoler l'Académie des sévères refus dont elle s'affligeait pour elles, et jeta les fondements de cette émancipation intellectuelle, objet constant de ses vœux, que des besoins, sans cesse renaissants, et

1824.

1834.   rarement satisfaits; laissent toujours à la merci d'incertaines décisions.

L'Académie remercia M. le secrétaire de la classe des sciences, de la part active qu'il avait prise dans la négociation de la donation dont on vient de parler, et de l'empressement qu'il avait mis à lui en communiquer l'accomplissement.

L'année académique fut ainsi close par d'unanimes applaudissements que firent éclater l'*Épître à mon ami*, pleine de goût, de verve et d'amabilité, de M. Nicot, secrétaire perpétuel de l'Académie des sciences, lettres et arts de Nîmes, et recteur de l'académie de l'université dans la même ville; par l'élégie de M. Garcin, de Toulon, remarquable par ces touchants accents qui invitent le lecteur à rêver dans la solitude; par les chants majestueux de M. Durand-Durange; les poésies pleines de fraîcheur de M. Théophile Bosq; les apologues toujours nouveaux et toujours applaudis de notre fabuliste Jauffret, et l'arrivée du don de M. de Beaujour.

1835.   Ce fléau qui, lentement sorti des fanges des marais du Bengale, vint brusquement, du haut du Caucase, souiller notre belle France, atteignait Marseille; la terreur l'avait devancé; des cartes géographiques spéciales avaient, depuis longtemps, signalé sa marche meurtrière et ses diverses stations; ainsi, chacun rêvait, par avance, à sa propre conservation; les uns, en bravant ses fureurs, les

autres, en s'efforçant de les prévenir. Incapables de
prévoyance, libres de toute sollicitude, d'autres,
plus courageux que judicieux, se jetaient, en effet,
étourdiment, au devant de ses coups; tandis que le
plus grand nombre, n'osant déserter leurs pénates,
opposèrent à cette homicide invasion, tout ce que
la prudence humaine peut inventer de ressources
pour résister à ses violents assauts; d'autres, enfin,
n'entrevoyaient de salut que dans une prompte
émigration : les campagnes voisines offrirent heureusement un asile où ce fléau sévissait avec moins
de rigueur, et des miliers de victimes furent ainsi
soustraites au funeste sort qui les menaçait.

Que dire du culte des Muses, dans cet état de
désolation? Elles fuient le trouble, et les chants fu-
nèbres glacent leurs timides accents. Cet orage fut
long et douloureux. L'Académie, dans le cours entier de cette session, ne tint que quinze séances, et
ce fut la quatrième année qui s'écoula sans réunion
publique; elle n'adopta que cinq associés, et comme
elle n'eut point d'assemblée solennelle, elle n'admit
de membres titulaires dans aucune des trois classes
dont elle se compose. Plusieurs de ses membres
furent sévèrement frappés de cette cruelle et mystérieuse influence, qui n'accordait de répit ni aux
masses, ni aux individus; et, cependant, sous le
règne de cette universelle prostration morale, l'A-
cadémie, quoique peu nombreuse, ne laissa pas de

consacrer dignement le peu de loisirs dont elle put disposer, à poursuivre la tâche que l'amour des lettres lui imposait.

Dans la première réunion de cette désastreuse année, elle agréa la précieuse collection des mémoires publiés, jusqu'à cette époque, par la Société de statistique universelle et par l'Académie d'industrie commerciale et agricole, dont M. César Moreau, son associé correspondant, lui faisait hommage. Entièrement voué à cette étude universelle de tout ce qui se meut dans le monde, ce savant analyste s'est, pour ainsi dire, constitué comme le centre de tous les rapports sociaux des temps modernes; l'on voit, avec satisfaction, jaillir de ses calculs, des aperçus nouveaux, et ses efforts réunir sur un seul point, au profit des intelligences, les éléments épars de tous les faits qui peuvent les éclairer.

Un autre associé, d'une réputation européenne, M. le marquis de Fortia d'Urban, membre de la classe des sciences et de celle des inscriptions et belles-lettres de l'Institut, déjà mentionné dans cet écrit, mit le comble aux vœux de l'Académie, en la faisant participer aux précieuses recherches qu'il avait à peine terminées, au sujet d'un *Diplôme attribué à Louis-le-Bègue, roi de France*, et d'un *Traité sur Saint-Denis, premier évêque de Paris*. Fouillant dans la poussière des vieux âges, cet infatigable scrutateur de nos anciennes chroniques, a toujours fait entrer dans ses habitudes de science, de ne reculer, dans l'examen des faits historiques, que lorsque les traces qui le guident se perdent dans les siècles lointains, dont il ne reste aucun souvenir, ou qu'il a la conscience, lorsqu'il s'arrête et qu'il n'est plus renseigné, qu'on ne peut reculer la barrière qu'il a signalée : s'il ne sait pas, alors, il sait du moins qu'il doit ignorer ; c'est là la dernière borne du savoir humain.

L'aimable recueil des poésies de M. Joseph Autran, de Marseille, annonçait à la compagnie un jeune poète plein de grâce et d'avenir, et promettait aux Muses un chantre digne de la patrie des troubadours ; ainsi l'heureuse Provence voit, tous les jours, son ciel poétique se réfléchir sur les descendants de ces amis des chastes sœurs, qui, dans les combats portaient la lance, et dans la paix chantaient les amours ; comme eux bouillant de verve et noblement inspiré, M. Joseph Autran, dans ses débuts poétiques, atteignait à cette élévation de la pensée, à cette politesse de langage, si rares de nos jours, et qui n'appartiennent qu'à des esprits jaloux d'une solide gloire, et mûris par l'étude des meilleurs modèles.

Des études sur l'éloquence de la chaire, et des traductions de quelques opuscules de Schiller, par M. Ricard, secrétaire de la Société des sciences du département du Var, professeur de philosophie au

1835.

collége de Toulon, furent, pour M. le chevalier du
Demaine, un noble motif de faire une excursion
dans le domaine de l'éloquence sacrée, et de jeter
un coup d'œil rapide sur les orateurs chrétiens des
XVII⁰ et XVIII⁰ siècles : les Bossuet, les Massillon,
les Bourdaloue, les Fléchier, lui fournirent, tour à
tour, le précepte et l'exemple de cet art si élevé par
les considérations dont il s'entoure, ou, pour mieux
dire, de ce don qui descend et emprunte d'en haut
sa puissance; mais dont le triomphe est si pur,
lorsque la science et la vertu l'inspirent et l'accompagnent.

Peu de paroles, mais pleines d'enseignements et
de mesure furent prononcées sur les traductions
du poète allemand, dont les compatriotes jaloux
revendiquent la gloire et le génie.

Le *Traité des semis*, de M. Lardier, associé de
l'Académie, et le beau *Mémoire sur les oliviers*, de
M. Aubin, maire de la ville de Grasse, enrichirent
la section d'agriculture de la compagnie, de nouvelles observations et de faits remarquables, sur
deux sujets d'étude également importants, dont
l'un est certainement d'une utilité générale, et
l'autre, plus particulier aux départements méridionaux, intéresse essentiellement la culture de
cet arbre précieux à la Provence, qui succombe au
premier froid un peu rigoureux; mais qui renaissant toujours par une sorte d'immortalité, semble,

pour ainsi dire, consoler le propriétaire des soins assidus qu'il lui a prodigués.

Jamais les sociétés d'agriculture n'avaient été, plus que cette année, fertiles en mémoires, en ouvrages spéciaux, sur le perfectionnement des charrues, les assolements propres aux diverses qualités de terrains, à la culture des céréales, des plantes légumineuses, de la vigne, du mûrier; en travaux sur le déboisement des forêts, sur leur emménagement suivant la qualité des arbres dont elles sont peuplées; sur les désastres occasionnés par le trop ou le trop peu d'eau du ciel, etc. On eût dit qu'à cette époque de néfaste mémoire, toutes ces sociétés s'étaient transportées dans les champs, pour garantir les végétaux des influences pernicieuses qui les menaçaient, ne pouvant se défendre elles-mêmes de celle qui sévissait alors avec tant de persistance contre l'humanité.

On vit succomber, à cette époque, l'un des membres de la classe des beaux-arts, dont le talent remarquable avait, depuis longtemps, fixé l'attention de l'Académie : M. Bailly, peintre d'inspiration dès ses jeunes ans, mais bientôt élève d'une école célèbre, prouva par ses études et ses œuvres, que la nature ne lui avait pas en vain largement départi ses faveurs; d'une mobilité de sens excessive, mais peu propre aux travaux de longue haleine, il ne pouvait se faire aux lenteurs des détails; les délais

1835.

refroidissaient son pinceau : son premier coup d'œil
était prompt et sûr, et les objets se peignaient si
rapidement dans son esprit, qu'ils se reprodui-
saient sur-le-champ, avec vérité, dans ses tableaux.
De telles dispositions devaient naturellement l'appeler à saisir la ressemblance des physionomies,
qui posaient devant lui; aussi excella-t-il dans ce
genre; et ses portraits, quoique fortement exprimés, quelquefois, ne laissaient pas d'être recherchés, à cause de ce trait particulier, qui donnait
comme l'adresse des personnes dont il rappelait le
souvenir. Une douteuse atteinte de choléra, vint
surprendre M. Bailly dans son atelier, ayant la
palette à la main; au moment même où son pinceau déjà vacillant marquait sur la toile, les premiers traits de la figure d'un ami qui le suivit de
près dans le cercueil. M. le secrétaire de la classe
des beaux-arts, dans un discours improvisé sur la
tombe, exprima, d'une manière touchante, les
sincères regrets de la compagnie.

Tout en rendant un juste hommage à la mémoire
des grands hommes que la France révère, l'Académie ne manquait pas d'observer que, durant le
cours de cette année, de nombreuses souscriptions
lui étaient soumises, pour élever des statues et
d'autres monuments à la gloire de contemporains
distingués dans tous les genres d'illustrations; mais
que sa position financière lui imposait souvent d'in-

volontaires refus dont elle était profondément affli-
gée; car ses nobles intentions étaient au-dessus de
sa fortune; et qu'en conséquence, ne pouvant aider
que de ses vœux ces généreuses manifestations,
elle se voyait forcée de rendre individuelles, des
invitations propres à la flatter, sans doute, mais
qu'elle désirait être ainsi plus profitables aux
objets divers pour lesquels elles lui étaient
adressées.

Mais si l'Académie ne pouvait se livrer au généreux élan que lui inspira toujours le souvenir des
hommes illustres, elle consacrait, du moins, avec
empressement, les ressources matérielles dont elle
disposait, à faire fleurir les lettres, les sciences et
les arts, pour continuer cette haute illustration que
l'Athènes des Gaules avait acquise dès les temps les
plus reculés : Marseille et tout ce qui se rapporte à
son histoire ancienne et moderne, à sa navigation,
à son commerce, fut l'objet constant des sollicitudes de l'Académie; celle-ci ne négligea, dans aucun
temps, de propager le goût de l'étude, d'éclairer
l'agriculture et les professions industrielles; et les
mémoires publiés par elle, prouvent de reste,
que jamais elle ne fut étrangère à rien de ce qui
peut jeter du lustre sur le berceau d'une ville,
qui ne dut son éclat et ses richesses qu'à l'amour
des arts, enfants de la science et des besoins de
l'homme.

1835. La dotation de douze mille francs promise à l'Académie, par M. le baron Félix de Beaujour, venait de recevoir son entier accomplissement; et le donateur ayant désiré que la compagnie voulût bien proposer, cette année, pour sujet de prix, une question relative à l'ancienne Marseille, il fut unanimement résolu qu'elle annoncerait immédiatement qu'une médaille d'or, de la valeur de six cents francs serait accordée à l'auteur du meilleur mémoire sur *La topographie, la population, le commerce et les arts cultivés à Marseille, à l'époque où cette ville fut assiégée par Jules-César.*

Le champ, comme on le voit, était vaste et fécond pour des esprits laborieux et jaloux de se distinguer; les nuages qui couvrent encore une foule de traditions populaires et de faits contestés, pouvaient être dissipés; l'étendue de Marseille, dont parle Strabon, devait être déterminée; l'état des sciences et de l'industrie de ses habitants, si bien signalé par les anciens écrivains, et par Jules-César lui-même, était un sujet de haut intérêt? N'était-il pas également important, malgré les envahissements de la mer, les changements éprouvés par le sol qu'elle occupait, et le gisement de la côte et des terrains accidentés qui l'entourent et qui peuvent nous guider dans les recherches, n'était-il pas important d'indiquer, d'une manière précise, cette topographie de Marseille, éternel sujet de discus-

sions oiseuses et de fabuleuses assertions? Les observations astronomiques de Pythéas, refaites et
vérifiées, avec tant de soins, dans ces derniers
temps, devaient-elles être négligées, pour fixer
irrévocablement le lieu précis où la fille de Phocée
jeta les fondements de sa nouvelle demeure? Cette
question resta pourtant sans réponse : tant il est
vrai que les études sérieuses plaisent bien moins de
nos jours que les descriptions légères et fantastiques, les peintures d'objets frivoles, les romans de
l'histoire, et qu'à des lecteurs ennuyés ou distraits,
on ne peut guère offrir que des rêves parfumés.

Le riche don, fait à l'Académie, par MM. Pan-
koûke père et fils, ses associés, était loin de continuer le goût de ces futiles lectures; ces honorables
typographes, dont les immenses entreprises sont
avantageusement connues de l'Europe entière, se
sont également rendus recommandables par leur
goût épuré pour les belles-lettres, qu'ils ont cultivées avec de rares succès; riches de fortes études,
pleins de vénération pour les grands écrivains de
toutes les époques; cultivant les langues anciennes
et modernes, dans les chefs-d'œuvre qu'ils ont
publiés, avec tant de soin; amis dévoués de la
science et des savants, MM. Pankouke, rappelant
le souvenir des Etienne, dont ils ont égalé ou sur-
passé peut-être les grands travaux, laissent indécise
la question de savoir, si la hardiesse et la réussite

1835. de leurs immenses opérations typographiques, l'emportent sur leur mérite personnel, leur inaltérable probité et les talents divers dont ils embellissent l'un et l'autre. On pourrait dire, peut-être, que les lettres leur ont rendu ce qu'ils ont fait pour elles; mais on devrait ajouter que, dans cette honorable lutte, MM. Pankouke n'ont jamais été vaincus.

Ils adressèrent à la compagnie une lettre où respirent les sentiments les plus honorables pour elle, revêtus de ces expressions touchantes, et de ce goût exquis de style, qui semblent en rehausser le le charme, et leur donner un nouveau prix. Cette lettre accompagnait les ouvrages suivants, sortis des presses des hommes recommandables qui l'avaient signée.

Un Tacite in-8°, les 4 volumes publiés.

Une *Germanie* et son atlas.

Un Phèdre.

Une *Germania*, in-folio.

Un Agricola, in-folio.

Un Franklin, in-folio.

Une traduction du Tasse.

Un catalogue de la belle collection de vases étrusques, appartenant à MM. Pankouke.

M. le marquis de Lagoy désirant, à son tour, faire agréer à la compagnie, un souvenir de l'attachement qu'il avait pour elle, lui faisait remettre une collection d'empreintes de médailles d'argent;

d'une rare exactitude, prises sur des médailles antiques et modernes de son riche cabinet, d'après
un ingénieux procédé dont M. Gustave d'Isoard
était l'inventeur.

Le procédé paraît, en effet, réunir toutes les qualités qu'on peut désirer; la reproduction des originaux, jusque dans les plus petits détails, se joignant
à la couleur de l'argent, qui peut prendre toutes les
teintes que la vétusté communique à ce métal, rend
cette imitation la plus parfaite que l'on connaisse;
ce qui est très-avantageux pour les connaisseurs
qui n'ont pas assez de fortune, pour dédaigner de
belles copies.

A ces généreux envois, toujours agréables pour
les sociétés littéraires dont le budget commande
l'économie, succédait celui de deux ouvrages remarquables de M. le baron de Tielland, de la Haye,
associé de l'Académie; c'étaient 1° Les *Recherches* de
ce savant, sur l'ancien *forum Adriani et ses vestiges*,
près de la Haye; 2° le *Rapport sur les recherches relatives à l'invention première, et à l'usage le plus ancien
de l'imprimerie stéréotype*, fait à la demande du gouvernement néerlandais. M. le secrétaire de la classe
des sciences rendit un compte analytique de ces deux
savantes productions, et fit naître dans l'esprit de ses
confrères, le désir bien prononcé de lire dans l'original, la série de ces consciencieuses perquisitions
qu'aucune difficulté n'arrête, et qui, par de con-

1835. stantes études, font jaillir la plus vive lumière des monuments et des faits les plus obscurs.

Deux odes de M. Benque, de l'Académie de Besançon, dont l'une a pour titre *La Présomption de la jeunesse*, et l'autre *La Gloire* ; une *Épître à Boileau sur ses détracteurs*, par M. Jossaud, membre de la classe de littérature ; trois fables nouvelles de M. Jauffret, une élégie pleine d'intérêt, de M. Dulçat, de Perpignan ; des vers dignes de M. Durand, de la classe des belles-lettres, adressés à M. David, d'Angers, alors à Marseille, étaient d'aimables tributs dont la compagnie goûtait les charmes, avec d'autant plus de plaisir qu'au milieu du deuil public, les Muses affligées, avaient cessé, depuis quelque temps, de faire entendre leurs chants.

On vient de nommer M. David, d'Angers ; ce célèbre statuaire, auteur d'une partie des riches ornements qui parent l'arc de triomphe de Marseille, fut accueilli avec cette effusion de sentiments qu'un aussi haut mérite inspire aux amis des lettres et des arts ; et dans le court séjour qu'il fit dans cette ville, il vint embelllir de sa présence les réunions de l'Académie. La proposition de l'admettre au nombre de ses membres associés, fut adoptée par acclamation. Cet artiste, dont le ciseau rappelait un illustre compatriote, sensible à ce procédé, tout d'inspiration, exprima avec émotion, la reconnaissance dont il était pénétré : il fit un tableau plein de chaleur, du bel avenir de Marseille (ses discours ressemblent à ses sculptures), il finit par se féliciter de la bienveillance avec laquelle il était reçu dans la patrie du grand Puget.

Un banquet dont il fit les délices, lui fut offert par ses confrères ; et des toast en l'honneur de la France, des beaux-arts, de M. David et de l'Académie, cimentèrent ces expressions de réciproque amitié, que le temps et la communauté de goûts, ne manquent jamais de confirmer.

Les discours de M. le baron de Stassart, prononcés par lui à la Chambre des députés du royaume Belge, adressés à l'Académie comme tribut annuel de l'un de ses correspondants ; la notice d'une médaille de Valentinien III, découverte aux environs de la commune de Cassis, près de Marseille, et des observations faites sur les lieux où elle a été découverte, par M. Hautement ; les mélanges scientifiques et littéraires, ainsi que les expériences hydrauliques de M. le colonel Beaufoy ; les mémoires de l'Académie de Rouen, de Metz du Gard, du Var, de Lille, de Besançon, de l'industrie agricole, manufacturière et commerciale de Paris ; la continuation des travaux de la Société de statistique universelle ; le recueil des rapports de la Société royale d'agriculture et de commerce de Caen, sur l'exposition des produits des arts du Calvados, année 1834, le procès-verbal de la séance publique de l'Académie royale des sciences, belles-lettres et arts de Bordeaux, 1834; les annales de la Société d'agriculture du département de l'Ain; les observations diverses sur les animaux à coquilles des environs de Paris, par M. Baume, avocat à la cour royale de la même ville; les délassements poétiques de M. Monier, homme de lettres à Grenoble; la traduction de la vie d'Agricola et des mœurs des Germains, par M. Panckouke; furent autant de communications qui méritèrent à juste titre des mentions honorables; d'importantes observations, des rapports multipliés de la part de divers membres de l'Académie, chargés successivement de leur examen, et d'en présenter, en temps opportun, des analyses raisonnées, dans le but, suivant les usages des compagnies savantes, de mettre à même les personnes dont elles se composent, de juger en connaissance de cause de leur mérite réel; tous les académiciens n'ayant pas le loisir, vu le nombre de ces productions scientifiques et littéraires, de les examiner avec soin et de s'en former une juste idée, ce serait une sorte d'offense d'en négliger l'aperçu et d'en parler autrement qu'avec le respect dont elles sont dignes; enfin, ces divers hommages qu'on doit regarder comme le seul moyen de correspondance entre les corps littéraires, forment une sorte d'alliance entre elles, qui, les rendant tributaires les uns envers les autres, réunissent, pour ainsi dire, en

une seule compagnie, toutes celles qui sont disséminées parmi les États civilisés ; ajoutons que ces
mutuelles relations les rendent solidaires les unes
à l'égard des autres, et qu'elles entretiennent par
ce moyen cette vie académique qui contribue si
puissamment à leur existence, qui les garantit
d'un mortel isolement, et communique à chacune
d'elles une portion de cette gloire que toutes ont
le droit de revendiquer.

Du 2 du mois de juillet jusqu'au 5 novembre,
l'Académie dispersée ne tint point de séance ; le
fléau qui avait provoqué cette désertion redoublait
de fureur, et les feux de la canicule en assuraient
la durée. En se revoyant, quoiqu'en petit nombre
dans le lieu de leurs réunions, MM. les académiciens,
un peu rassurés, se félicitaient mutuellement de
pouvoir reprendre la suite de leurs communs travaux. La compagnie n'avait pu, jusqu'alors, s'occuper du renouvellement annuel de son bureau.
M. Albrand, qui la présidait, heureux des témoignages d'estime que lui prodiguaient ses confrères, et dont il fut toujours digne, profita
de cette première réunion pour leur rappeler
les circonstances qui avaient suspendu pendant si
longtemps les séances de l'Académie. Il leur fit
remarquer que la seconde invasion du choléra avait
fait à Marseille un plus grand nombre de victimes
que la première ; qu'elle avait enlevé quelques-uns

de ses membres, qu'elle en avait dispersé ou frappé plusieurs autres; que M. le secrétaire de la classe des sciences en avait éprouvé une violente atteinte, et qu'il n'avait dû son salut qu'à la promptitude des secours qu'il reçut de ses confrères, et à la vigueur de son organisation; il ajouta que tous les serviteurs de la compagnie avaient péri, et que depuis 1720, Marseille n'avait plus offert un aussi déchirant tableau. Cette éloquente allocution fit la plus vive impression sur l'esprit de l'auditoire qui, partageant l'émotion de l'orateur, ne sut y mettre un terme que par les applaudissements dont il le couvrit. Les affaires intérieures de l'Académie ayant été longtemps interrompues, il était urgent d'en reprendre la suite et de les mettre à jour.

M. le conseiller d'État, préfet du département, transmit à la compagnie l'ampliation d'une ordonnance royale, en date du 31 du mois d'août, par laquelle elle était autorisée à accepter le don de M. le baron Félix de Beaujour, récemment nommé pair; c'était la dernière formalité qu'on devait remplir pour valider cette donation. La compagnie remercia de nouveau M. de Beaujour de sa générosité, dans une circonstance où elle voyait avec regret que les faibles allocations qui lui étaient difficilement accordées, s'amoindrissaient de jour en jour.

M. le lieutenant-général, commandant la 8ᵉ division militaire, comte Damrémont, remettait en même temps à M. le président, au nom de M. le duc de Montmorency, président de la Société de statistique universelle, une médaille d'honneur que la même Société avait récemment décernée à l'Académie. L'extrait du procès-verbal constatant cette honorable distinction, fut déposé dans les archives de la compagnie, ainsi que l'ordonnance royale dont on vient de faire mention, pour être reproduites au besoin.

M. Négrel-Féraud, dont les poésies furent toujours agréables au public, et dont le zèle pour la gloire et les intérêts de l'Académie, ne s'est jamais ralenti, communiquait à celle-ci une lettre de M. le ministre de l'instruction publique adressée récemment à M. le secrétaire de la classe des belles-lettres, en sa qualité de correspondant historique du ministère, relative aux anciens manuscrits inédits sur les sciences, la philosophie, la littérature et les arts qui pourraient être découverts dans les bibliothèques publiques ou chez des particuliers, et dont M. le ministre était jaloux de faire l'acquisition ou de prendre des copies. Cette circulaire, pleine d'indications sur les manuscrits du moyen âge, et de savantes recherches sur les travaux littéraires de cette époque, procura bientôt au gouvernement une abondante moisson de richesses de ce genre, échappées aux curieuses investigations des siècles passés, et fournit à quelques membres de l'Aca-

démie l'occasion de faire d'importantes observations
sur les lieux où des recherches ne seraient pas sans
résultats, déclarant d'ailleurs posséder eux-mêmes
des restes de la littérature, de la philosophie et des
arts de cet âge dont on exhumait alors les débris.
Les remerciements de M. le ministre ne se firent pas
longtemps attendre; il fut satisfait de l'empressement que mirent quelques académiciens à le seconder dans les vues qu'il venait de manisfester.

C'était l'année, sinon de la bienveillance de l'autorité locale, du moins de celle de ses correspondants, et la compagnie eut le droit de s'en féliciter.
MM. Pankouke, ses associés, lui offraient un magnifique exemplaire des lettres de Voltaire et de
J. J. Rousseau, à peine sorties de leurs presses, et
dont l'édition fut promptement épuisée. L'Académie royale des sciences de Turin lui adressait le
XXXVII° volume de ses mémoires, sur lequel M. le secrétaire de la classe des sciences fit deux rapports
sur la partie concernant la physique et la chimie.
La Société des sciences de Gottingue lui faisait parvenir ses nouveaux mémoires pleins de solides études et de hautes instructions; l'Académie du Gard,
le résultat du concours proposé par elle en 1835;
la Société de la morale chrétienne, la continuation
de ses annales; la Société libre des beaux-arts de
Paris, l'extrait de ses plus importantes délibérations; la Revue germanique, le recueil des poésies

hollandaises depuis le xiiie jusqu'au xviie siècle. Les Sociétés d'agriculture du Puy, des départements du Nord, de la Marne, de la Charente-Inférieure, du Calvados, du Jura, de l'Hérault, de Maine-et-Loire, de la Seine-Inférieure, de l'Ain, du Rhône, du Haut-Rhin, de Vaucluse, leurs remarquables publications; M. Péricaud, bibliothécaire de la ville de Lyon, son intéressante notice sur l'ancien autel d'*Avenas*, en Beaujolais; M. Dumas, secrétaire perpétuel de l'Académie royale des sciences, lettres et arts de Lyon, l'éloge historique de M. J.-B. Dugas-Montbel, membre de la même Académie; M. Lacène, son beau travail sur les courtillières, et sur les moyens de détruire cet incommode orthoptère, le fléau des jardins; M. Xavier Richard, l'un des plus honorables négociants de Marseille, son mémoire en concession des bas-fonds envahis par la mer, sur l'emplacement de l'ancienne ville, pour y construire des établissements utiles à l'État, au commerce et à la cité; M. Barthélemy, conservateur du cabinet d'histoire naturelle, la notice nécrologique de M. Polydore Roux, son prédécesseur; M. Dulçat, son essai sur la puissance des voyages sur le génie et l'imagination de l'écrivain.

M. Félix, propriétaire des environs de Marseille, annonçait à l'Académie, avec cette profonde conviction qui exclut toute prétention, qu'il avait introduit, dans la culture de l'olivier, une méthode dont il se rendait garant, laquelle assure au propriétaire une demi-récolte tous les ans. Il invitait en conséquence l'Académie à déléguer quelques-uns de ses membres, à l'effet de constater l'état de ses oliviers, et prendre connaissance de ses nouveaux procédés. Cette annonce était trop importante pour la négliger; l'auteur préparait, d'ailleurs, un mémoire dans lequel il exposerait sa méthode et les heureux effets qui en avaient été le résultat; il fondait ses espérances sur la manière dont il pratiquait la cerne, opération depuis longtemps connue, mais qu'il avait, disait-il, sensiblement améliorée.

MM. Négrel-Féraud et Toulouzan offraient volontairement de se rendre sur les lieux, mais la cueillette des olives étant déjà terminée, ces honorables académiciens firent observer qu'ils ne retireraient aucun fruit de leur excursion; l'Académie partagea leur opinion et décida qu'on attendrait le mémoire de M. Félix pour s'expliquer sur son procédé. Le mémoire n'ayant pas paru, les choses sont restées en l'état, et les oliviers produisent comme par le passé.

M. Moreau de Jonès, dont les écrits portent toujours le cachet d'une sorte de magistrature, et se rendent recommandables autant par les sujets dont ils traitent que par l'utilité publique à laquelle ils sont consacrés, faisait agréer à l'Académie des documents de statistique relatifs à la France, rédigés par luì, et publiés par l'ordre de M. le ministre du commerce.

Deux mémoires d'histoire naturelle, fort intéressants, furent présentés en même temps à la compagnie, l'un par M. Barthélemy, conservateur du cabinet d'histoire naturelle, traitant de deux *cicindèles*, formant deux espèces nouvelles, dont l'une était dédiée par l'auteur à M. Audoin, et l'autre à feu Polydore Roux. Ce genre d'insectes, de l'ordre des coléoptères, dont on compte un grand nombre d'espèces, est remarquable par la forte organisation des mandibules dont l'a pourvu la nature; mais plus encore par la ruse qu'il emploie à saisir les insectes dont il se nourrit, l'art avec lequel il tend ses piéges, et la rapide manœuvre à l'aide de laquelle il précipite sa victime au fond du sable où il se cache pour la dévorer; la vie et les habitudes de cet insecte perfide sont si curieuses, qu'elles n'ont pas encore épuisé l'étonnement des amateurs. L'autre mémoire était de M. Germon, de Marseille, il renfermait la description d'une nouvelle *euryde*, distinguée des autres chéloniens par l'extrême petitesse de sa taille, par la conformation particulière de certaines parties de son corps, et par une plus grande agilité; les dimensions de cette espèce de tortue sont moindres que celles de plusieurs insectes, elle grimpe sur les arbres, elle est amphibie et omnivore.

M. Toulouzan, après avoir présenté ce travail, entretenait l'Académie d'une collection d'objets de toute espèce de la Chine et du Japon, qu'un honorable armateur de Marseille avait recueillis à grands frais durant un long séjour à Canton et à Java, et dont il avait récemment formé un musée aussi riche que curieux. Plus de dix mille objets divers entraient dans cet immense bazar ; cinq vastes salles suffisaient à peine pour les contenir ; armes offensives et défensives, meubles de salon, ustensiles de cuisine, lits complets de bambous et autres, modèles d'architecture, maisons fixes et portatives, instruments de musique, chefs-d'œuvre de tour et de menuiserie, d'orfèvrerie, costumes, vêtements, bijoux, livres chinois, etc. ; rien, enfin, de ce qu'on trouve dans le Céleste-Empire et le Japon ne manquait à cette importante collection. D'énormes mandarins de carton, inclinant leur tête mobile, semblaient être placés à l'entrée des salons pour en faire les honneurs ; de manière que les visiteurs se trouvaient tout à coup transportés dans un appartement chinois, dont M. Toulouzan avait inventorié les meubles aussi exactement qu'il avait pu le faire, pour ceux dont l'aspect, la matière ou la forme désignaient l'usage ; car il en existait dans ces magasins dont il était difficile de connaître l'emploi. Une députation de l'Académie fut admise à visiter cette étrange collection, dont elle fut émer-

veillée; le propriétaire voulut bien entrer avec ces
membres dans de curieux détails sur les lieux, les
circonstances et la valeur de si nombreuses acquisitions, ce qui leur donnait un nouveau prix. L'autorité locale fut priée, à diverses reprises, de créer
à Marseille un cabinet pour y placer tout ce que la
Chine et le Japon fournissent de plus propre à pi-
quer la curiosité des Européens; mais ces insinua-
tions ne servirent qu'à augmenter le nombre des
refus; et cette collection, la seule en Europe de ce
genre, suivit bientôt celle de notre compatriote,
M. Briffault, si riche en monuments égyptiens,
dont la capitale se félicite, à juste titre, d'avoir acquis la propriété, sur le refus des Marseillais.

Une œuvre, dans l'accomplissement de laquelle
l'Académie fut plus heureuse, fut celle, où grâce
aux soins charitables de ses membres, des orphe-
lines en bas-âge, dont les parents venaient d'être
emportés par l'épidémie régnante, étant au service
de la compagnie, furent accueillies dans les asiles,
ouverts, à cette époque, par la charité marseillaise,
aux malheureux enfants privés du secours de leurs
familles; ainsi, la présente histoire et la session
académique furent terminées par une action honorable, et profitable à l'humanité.

1835.

DÉNOMBREMENT

DES

MEMBRES

TITULAIRES, ASSOCIÉS CORRESPONDANTS,

HONORAIRES, ETC.,

Admis dans l'Académie depuis 1826 jusqu'en 1836,
et décédés dans cet intervalle ;

SUIVI DU

CATALOGUE

DES

OUVRAGES REÇUS PAR LA COMPAGNIE,

DANS LA MÊME PÉRIODE DE TEMPS ;

DE SIX NOTICES NÉCROLOGIQUES:

DE LA

Liste Générale

DES ACADÉMICIENS EXISTANT EN 1843,

DIVISÉE PAR CLASSES ;

ET DES

RÈGLEMENTS ACTUELLEMENT EN VIGUEUR,

Rédigés en 1829.

MOUVEMENT

DU PERSONNEL PARMI LES MEMBRES DE L'ACADÉMIE,

EN 1826.

Membres résidants admis.

MM. l'abbé BOYER, de l'ordre de Malte.
BAZIN, chef de bureau à la préfecture.

Associés correspondants admis.

MM. DELCROIX, secrétaire perpétuel de la Société
d'émulation de Cambray.
PAOLI, de Pezzaro.
CAMBERLIN D'AMOUGIÈS, de Gand.
BONAFOUS, de l'Académie royale des sciences
de Turin.
GRAEBERG DE HEMSO, de Stockolm, ancien
consul de Suède, à Tanger.
CREUZÉ DE LESSERT, anc. préfet de l'Hérault.
Bosc frères, d'Auriol, mécaniciens.
DURAND-MODURANGE, littérateur.
Zénon PONS, professeur au collége de Toulon.
Joseph BARD, littérateur.

Membres résidants morts.

MM. le chevalier DE LANTIER.

Antoine D'ANTHOINE, baron de SAINT-JOSEPH, officier de la légion d'honneur, ancien maire de Marseille.

BLANCARD, capitaine au long-cours.

GRANGE, notaire royal, à Marseille.

Associé correspondant mort.

M. VASSALI-EANDI, de l'Académie royale des sciences de Turin.

OUVRAGES REÇUS PAR L'ACADÉMIE,

EN 1826.

Rapport fait à la Société royale centrale d'agriculture du département de la Seine, sur le concours relatif à la médecine vétérinaire.

Mémoires de la Société royale des sciences, lettres et arts d'Arras.

Annales de l'agriculture des départements de l'Ain, de l'Eure, de l'Aube, du Mans, de la Charente-Inférieure, du Calvados, de l'Hérault, de Lille, du Gard, des agriculteurs du Piémont; le Journal des propriétaires ruraux.

Les Journaux de la Société des sciences, lettres et arts de Metz, de la Société académique de la Loire-Inférieure, de Toulouse, du Gard, de Toulon.

Le Producteur; les Programmes des prix proposés par diverses Académies, et par la Société d'éducation de Paris, pour la composition des livres élémentaires.

Mémoires de l'Académie royale des sciences de Turin, de Rouen, de Lille, de la Société asiatique de Calcuta, de Lyon.

Le Programme des prix proposés par la Société d'encouragement pour l'industrie nationale, celui des prix annoncés par la Société géographique de Paris.

Rapport de la Société linnéenne de Paris, d'après la demande de M. le ministre de l'intérieur.

Travaux de la Société des amis des sciences, des lettres, de l'agriculture et des arts, d'Aix.

Annales d'agriculture du département du Var.

Comptes-rendus des travaux des Académies de Lyon, Rouen, Bordeaux, Mâcon.

Journal de l'homme de bien.... Une foule de journaux qui n'existent plus aujourd'hui.

Mémoire sur les avantages d'une assurance générale contre l'incendie, étendue à tous les immeubles.

Notice des travaux de l'Académie de médecine de Marseille.

Éloge historique de Vassali–Eandi, secrétaire perpétuel de l'Académie royale des sciences de Turin, par M. Carena, secrétaire de la classe des mathématiques de la même Académie.

Mémoire sur les améliorations à introduire dans la fabrication des huiles d'olive, par M. de Sinéty, membre non–résidant de l'Académie.

MOUVEMENT DU PERSONNEL EN 1827.

Membres résidants admis.

MM. MACARRY, professeur de musique.
VINCENS, négociant.
BAILLY, peintre.
AUDIFFRET, avocat.

Membre honoraire reçu.

M. le marquis BARTHÉLEMY, pair de France.

Associés correspondants admis.

MM. GEOFFROI SAINT-HILAIRE, de l'Institut, etc.
CASSADO-GIRALDÈS, consul-général de Portugal, au Havre.
JAUFFRET, maître des requêtes au conssil d'État.

MM. Moreau de Jonès.
    Cailliaud, de Nantes.
    César Moreau.

————————— ⋙ ❀ ⋘ —————————

OUVRAGES REÇUS EN 1827.

———

La traduction française de l'oraison de Cicéron pour le poète Archias, de M. Delcroix.

Épître en vers à M. Vandermat, ancien ministre de la république Batave.

Coup d'œil sur les progrès des sciences, des lettres et des arts en 1826, par M. Julien, de Paris.

Deux volumes de nouvelles comédies, en italien, de M. Albert Nota.

Un fragment du poëme de M. le docteur Pierquin, sur le livre saint.

L'ode de M. Durand sur le détachement des choses humaines.

Le poëme sur l'affranchissement des Grecs, couronné par l'Académie française, par M. Auguste Lemaire.

Le Néant de l'homme, par M. Charles Malo.

L'épître en vers à Mathon de Lacour, de Lyon, par M. Boucharlat.

Mathilde ou la Fiancée, poëme de M. Delcroix.

Le Programme des honneurs accordés et que l'on

doit encore accorder à l'abbé Barthélemy, par M. le comte Barthélemy, pair de France.

Lettres sur les fabulistes anciens et modernes, par M. Jauffret, secrétaire perpétuel de l'Académie de Marseille, section des belles-lettres, d'histoire et des beaux-arts.

La Carte géographique du Voyage à Meroë et au fleuve Blanc, par M. Cailliaud, de Nantes.

La nomenclature générale des vaisseaux marchands sortis des ports d'Angleterre, depuis 1789 jusqu'en 1827, et rentrés dans les mêmes ports aux mêmes époques, par M. César Moreau.

Le Petit Producteur français, par M. le baron Charles Dupin, associé de l'Académie.

La Description des nouveaux instruments d'agriculture les plus utiles, par M. Thaër, traduite de l'allemand, par M. Mathieu de Domballe.

Système d'agriculture de Coke, traduit de l'anglais, par M. Molard.

Mémoire géologique sur quelques terrains de la Normandie, par M. de Caumont, secrétaire de la Société linnéenne du Calvados.

Mémoire de M. Hauteroche sur une médaille inédite de Polémon I, roi de Pont.

Thèse sur la vision, par M. le docteur Peyron, de Marseille.

Dissertation de M. Terneaux-Rousseau sur la république de Marseille, depuis la fondation de cette ville jusqu'à Néron. Cet ouvrage est écrit en latin et présenté à l'université de Gottingue, comme un tribut de l'auteur.

Mémoire historique sur les anciens ducs de Lorraine et sur la chapelle ducale de Nancy, par M. le vicomte de Villeneuve, de Trans, associé de l'Académie.

Le poëme latin sur la peinture à l'huile, par Jean Volwick, de M. Camberlin d'Amougiès, de Gand.

Mémoire sur le raisin de Corinthe, par M. Sauvaire, négociant français à Zante; sur les moyens d'en propager la culture en France, principalement dans les pays méridionnaux.

Prix proposés par la Société d'encouragement pour 1827, 28, 29 et 30.

Essais médical sur l'origine des idées, par M. Fortunet, d'Avignon.

Description de la Germanie et des mœurs de ses habitants, par M. Regnault.

Essai d'une machine à mouvement perpétuel, par un officier en retraite.

Manuel du raffineur de sucre. Essai sur la fabrication du vin mousseux, par M. Poutet.

Examen de l'opinion philosophico-médicale qui attribue exclusivement à l'organisation physique du corps humain, les divers phénomènes de la vie, par M. le docteur Pélicot, de Toulon.

Mémoire de M. Geoffroi Saint-Hilaire, sur les

appareils sexuels et urinaires de l'ornithorynque.

La Statistique du Portugal ; le Tableau des colonies anglaises ; le Précis géographique des îles occupées par ces colonies ; le Traité complet de géographie historique ancienne, par M. Collado-Giraldès, consul du Portugal, au Havre.

La Monographie de la famille des hirudinées, de M. Moquin-Tendon.

Un fragment de l'ouvrage sur l'Allemagne, de Mme la princesse de Salm.

Mémoires historiques sur les affaires ecclésiastiques de France pendant les premières années du XIXe siècle, par M. Jauffret, maître des requêtes.

Mémoires de l'Académie royale des sciences, 1826 : partie physique, Cuvier ; partie mathématique, baron Fourrier.

Le Sphérolite, par Charles Dumoulin.

La Géologie de la Jamaïque ; Tableau synoptique du règne minéral ; Carte géologique de la Suisse, par M. Labêche.

MOUVEMENT DU PERSONNEL EN 1828.

—

Associés correspondants admis.

MM. le vicomte DE VALERNES.
    Charles DESMOULINS, à Bordeaux.

MM COCHARD, ancien président de l'Académie de
    Lyon.
    RIFFAUT, voyageur antiquaire, en Orient.
    le chevalier de SCHOENBERG.
    VÉRAN, notaire, à Arles.
    PARISET, sécrétaire perpétuel de l'Académie
    royale de médecine de Paris.

Vétérans morts.

MM. BESSON, pharmacien.
    CAPUS, avocat.

Associé correspondant mort.

M. le comte François DE NEUFCHATEAU, doyen des
    associés, nommé en 1765, à l'âge de 15 ans;
    il présida l'Académie, en 1811, et proposa
    l'éloge d'Adam de Crapone; il mourut le
    9 janvier 1828.

OUVRAGES REÇUS EN 1828.

    M. Véran fait agréer à l'Académie, la traduction
de Tacite, par M. Dureau de Lamalle, embellie par
lui des portraits des empereurs.
    Huit livraisons grand in-4°, texte et gravures de
l'Histoire numismatique de la révolution, depuis

l'ouverture des États–Généraux jusqu'au gouver–
nement consulaire, gravures de Véran.

Une planche en cuivre pour vignettes, et quel–
ques gravures emblématiques, du même.

Relation du séjour d'Henri IV à Lyon, pendant
les années 1564, 1574, 1595 et 1600, accompa–
gnés d'anecdotes fort curieuses, par M. Cochard,
de l'Académie de Lyon.

La Statistique de Saint–Symphorien, du même
auteur.

Les Bulletins de la Société polytechnique des
ponts-et-chaussées.

L'Éloge de Bossuet, présenté à l'Académie fran–
çaise.

Le Glaneur bibliologique ou fragments choisis
des manuscrits de la bibliothèque de Marseille,
ouvrage abandonné aussitôt qu'entrepris, par
M. Jauffret, secrétaire de la classe des belles-lettres
de l'Académie, bibliothécaire de la ville.

L'ouvrage de P. Reis, *De mundo et animalibus*,
vivement combattu par M. le secrétaire de la classe
des sciences de l'Académie.

Recherches sur l'origine de Toulon, par M. Zé–
non Pons.

Les *Cansouns prouvençalos* de M. Truchet, d'Arles.

Nouvelle manière de planter la vigne, par M. de
Sinéty, membre non-résidant.

Lettre sur l'éducation des vers-à-soie et la culture

du mûrier dans le département de l'Aveyron, par M. Carrier, de Rhodez.

De l'emploi du chlorure de chaux, pour assainir les salles à vers-à-soie, par M. Bonafous, publié par la Société agraire de Turin.

Le Calendrier annuel de cette dernière Société.

Le Programme des prix proposés par la Société d'encouragement pour l'industrie nationale.

OEuvres musicales et littéraires, de M. le vicomte de Valernes.

Du degré d'influence des étangs sur l'insalubrité d'une partie de la plaine du Forez, et sur les conséquences qui résulteraient de leur suppression, par un membre de la Société d'agriculture du département de la Loire.

Première éducation de l'enfance, par M. Antonin Ancey.

Notes pour servir à la culture et aux essais de la propagation des mûriers.

Centuries des plantes d'Afrique, recueillies par M. Cailliaud, de Nantes, dans son Voyage à Meroë.

Discours sur l'étude et les progrès de diverses sciences médicales.

Analyse du discours de M. le professeur Delille, extrait des éphémérides de Montpellier, juin 1826.

Nouvelle description du banin, *casa cerifera* de Savy, plante de la famille des cucurbitacées.

Examen de la végétation de l'*isoetis setacea*, et exposition de ses caractères.

Description de la *solifia africana*, type d'un nouveau genre de la famille des cucurbitacées.

Avis sur les dangers de l'usage des champignons sauvages dans la cuisine.

Indications de thérapeutique directe des morsures les plus venimeuses, par M. le professeur Raffeneau de Lille, de Montpellier.

Fables choisies de M. Jauffret, traduites en vers latins, par son fils, avec le texte en regard; suivies de diverses poésies latines du même traducteur.

Les antiquités de la ville de Saintes, par M. Chaudruc-Crazannes.

Dissertation sur l'amphithéâtre de la ville d'Arles, contenant de nouvelles recherches sur les inscriptions découvertes à diverses époques, et notamment après les nouvelles fouilles, par M. Véran, notaire à Arles.

Nouveau syllabaire, par M. Adibert, instituteur aux écoles primaires.

Recherches sur les antiquités de la ville de Vienne, métropole des Allobroges, capitale de l'empire romain dans les Gaules, par M. Chorier, augmentées des inscriptions, par M. Cochard.

Notice de M. Delcros sur le terrain secondaire qui constitue la chaîne de Sainte-Victoire, et les environs de la ville d'Aix.

Dissertation sur le mouvement perpétuel, par M. le chevalier de Schoenberg.

Examen statistique du royaume de France, en 1787, établi sur des monuments officiels, et continuation de ce travail jusqu'en 1827, par M. César Moreau, fondateur de la Société de statistique universelle.

Nouvelles observations sur le grand bas-relief mithriaque de la collection Borghèse, actuellement au Musée royal de Paris, par M. Félix Lajard, membre de l'Institut.

La Statistique du département de l'Aisne, par M. Brayer.

Annales des sciences, de l'agriculture, du commerce et des arts de la Havane, suivies d'un mémoire, pour servir d'introduction à un ouvrage sur l'horticulture de Cuba, par M. Ramon Sugra.

Mémoire sur la marche des Carthaginois du Rhône en Italie.

Description d'un vase antique grec en terre cuite, faisant partie de la collection des objets d'antiquité de M. P.-L. Morchini, capitaine des armées de S. M. Sarde, par M. Bernard Quaranti.

Mémoire sur une médaille unique et inédite des Gaulois Éduens, par M. le baron Marchant.

Le premier volume de l'Histoire de l'Académie de Marseille, par M. J.-B. Lautard, secrétaire perpétuel pour la classe des sciences de la même Académie.

Ode sur la bataille de Navarin, par M. Garnier.

Recherches sur un cas d'utérus double, et de superfétation sur un polype utérin; et sur l'amputation de l'avant-bras droit à la suite d'une plaie par arrachement de ce membre, par M. le docteur Cassan.

Notice sur la cause présumée et le siége de quelques espèces de manies, par M. Lautard, secrétaire perpétuel de l'Académie.

Mémoire sur le broume contenu dans les poissons et l'algue marine, par M. Poutet, membre de la classe des sciences de l'Académie.

Recherches sur la force du cœur aortique, par M. le docteur Poiseuille.

MOUVEMENT DU PERSONNEL EN 1829.

—

Membres résidants admis.

MM. DE VILLENEUVE, ingénieur des mines.

Esprit TOCCHI, métallurgiste de l'Hôtel des monnaies de Marseille.

le marquis D'ARBAUD DE JOUQUES, préfet des Bouches-du-Rhône.

Membre non-résidant admis.

M. DE SINÉTY, agriculteur.

Membre honoraire reçu.

M. le lieutenant-général comte PARTOUNAUX, commandant la huitième division militaire.

Associés correspondants admis.

MM. PARDESSUS, député, avocat à la Cour de cassation.

le baron CHAUDRUC DE CRAZANE, maître des requêtes au Conseil d'État, officier de l'université, sous-préfet dans le département du Lot, chevalier de la légion d'honneur.

le chevalier DUMONT D'URVILLE, de retour de son voyage autour du monde, commandant la corvette l'*Astrolabe*, etc., etc.

Joseph QUOY, médecin de première classe de la marine, correspondant de l'Institut, chevalier de la légion d'honneur, attaché à l'expédition de M. Dumont d'Urville.

Paul GAYMARD, attaché, en qualité de naturaliste, à la même expédition, chevalier de la légion d'honneur.

RAYNAUD, de Lambesc, orientaliste, aujourd'hui membre de l'Institut.

DE MONTMEYAN, président de l'Académie d'Aix.

Membre résidant mort.

M. le comte Christophe DE VILLENEUVE, conseiller d'État, préfet des Bouches-du-Rhône, commandeur de la légion d'honneur, etc., etc.

OUVRAGES REÇUS EN 1829.

—

La Biographie manuscrite du père Feuillée, par M. Jauffret, secrétaire perpétuel de la classe des belles-lettres et de celle des beaux-arts de l'Académie.

Le premier volume de l'Histoire de l'Académie de Marseille, par M. J.-B. Lautard, secrétaire perpétuel de la classe des sciences.

L'Histoire de la ville de Montpellier, par M. Garonne, ancien député.

La collection des mémoires de la Société d'agriculture du Puy.

L'Essai sur les institutions nationales et municipales des Gaules et de la France jusqu'à nos jours, par M. J. Julliany, membre titulaire de l'Académie.

La Description de l'inauguration des tombeaux des comtes de Provence, Ildefonse II et Raymond Béranger IV, dans l'église paroissiale de Saint-Jean d'Aix, par M. le comte de Villeneuve-Bargemont, préfet des Bouches-du-Rhône, membre de l'Académie.

Un Mémoire sur la confection du savon en crème à l'amande amère, par M. Poutet, membre de la classe des sciences de l'Académie.

Le premier volume de la collection des lois maritimes antérieures au XVIII⁰ siècle, par M. Pardessus, député des Bouches-du-Rhône, associé de l'Académie.

L'Essai de statique électrique, d'après un nouveau point de vue sur l'électricité, où l'on ne considère qu'une seule électricité, et de laquelle on déduit l'affinité chimique et la cohésion, par M. Esprit Tocchi, métallurgiste attaché à l'hôtel des monnaies de Marseille, membre de l'Académie.

Fragment d'un Voyage en France, fait par l'archiduc d'Autriche (fils de l'empereur Maximilien d'Autriche, 1ᵉʳ du nom, et de Marie de Bourgogne), venant d'Espagne et retournant en Flandre, rédigé en 1503, par M. Josse-Delalain, chevalier d'honneur, par M. Cochard, associé de l'Académie.

Les Préludes, essais de poésie, par M. Xavier Jauvi.

Mémoire sur les entrepôts de commerce et autres questions commerciales, par M. Rodet, de Paris.

L'histoire du droit municipal en France, sous la domination romaine et sous les trois dynasties, par M. Raynouard, secrétaire perpétuel honoraire de l'Académie française, associé correspondant de l'Académie de Marseille.

Des Observations sur un phénomène fondamental d'optique, par M. Bourgeois.

Les Prospectus du Recueil complet des monuments de Versailles, par M. Vaysse de Villiers.

De la réduction du droit du sel et du moyen de

le remplacer, par M. Milleret, membre du Conseil-général des manufactures, à Paris.

Mémoires sur la culture des mûriers en prairie; sur la culture en général de cet arbre précieux; sur l'éducation des vers-à-soie; sur la fabrication du fromage de Gruyère, par M. Mathieu Bonafous.

Démonstration de la ligne courbe que décrit le chien, en courant vers son maître : ouvrage déjà soumis à l'Académie des sciences, par M. Dubois-Aimé, ancien membre de l'Institut d'Égypte, membre correspondant de l'Institut royal de France et de l'Académie de Marseille.

Les Archives du département du Var, journal philosophique, scientifique et littéraire, par M. Denis, membre correspondant de l'Académie de Marseille, aujourd'hui député.

La Collection des discours de M. le comte de Villeneuve, préfet des Bouches-du-Rhône, membre de l'Académie.

Le Mémoire de M. Guérin, membre de la Société d'histoire naturelle de Paris, sur le nouveau genre thémisto, de la classe des crustacés.

Les Monuments des grands-maîtres de l'ordre de Saint-Jean de Jérusalem, par M. le vicomte de Villeneuve-Trans, membre correspondant de l'Institut (inscriptions et belles-lettres), associé correspondant de l'Académie de Marseille.

Un mémoire de M. Gouffé de Lacour, directeur

du Jardin des Plantes, membre de l'Académie, sur la culture et l'usage de quelques plantes exotiques.

La réclamation des colons français contre toute modification de la surtaxe imposée sur les sucres étrangers, par le tarif de 1822.

Des avantages qu'offrent les annales de la Provence au poëte, au peintre et au romancier, par M. Denis, maire d'Hyères, député, associé correspondant de l'Académie.

La Veillée villageoise, fragment politique, et le poëme de l'Assomption, couronnés par l'Académie des Jeux floraux, par M. Durand, membre de la classe de littérature de l'Académie.

Mémoire sur la solubilité des sels et les doubles décompositions, par M. de Villeneuve, ingénieur des mines.

Voyage fait en France avec le roi d'Espagne, Philippe V, et Messeigneurs les ducs de Bourgogne et de Berry, ses frères, en 1700 et 1701, depuis le départ de Versailles, attribuée à Duché de Vancy.

Notice biographique sur Joseph-François-Marie Martinel, par M. Bonafous, de l'Académie de Turin.

Coup d'œil sur l'agriculture et les institutions agricoles de quelques cantons de la Suisse, par le même auteur.

Lettre de M. le baron Marchant à M. Inslie, lieutenant-général des armées britanniques, sur le

système monétaire introduit par l'empereur Dio-
clétien.

Dissertation sur les puits artésiens, par M. Bru-
noi, du Puy-de-Dôme.

Essai sur l'art d'apprendre à lire, suivi d'une
Nouvelle méthode de lecture, par M. Patot, instituteur à Marseille.

Les Annales d'agronomie pratique et celles d'a-
griculture, sciences et arts du département de la
Dordogne.

Prospectus du monument à élever à Lapérouse,
dans la ville d'Albi, patrie de ce célèbre et infortuné navigateur.

La médaille de don Miguel, gravée par Chardigny
fils, associé de l'Académie de Marseille.

Description des monuments musulmans du cabinet de M. le duc de Blacas, par M. Raynaud, de
l'Institut.

Le Compte-rendu des travaux de l'Académie
d'Aix, année 1829.

L'Album des provinces.

Les poésies latines de M. Camberlin d'Amougiès, de Gand.

Les poésies françaises de M. Delcroix, de Toulon.

L'éloge du docteur Sérène, de Toulon.

Le Manuel des propriétaires d'abeilles, par
M. Canolle, élève de M. Lombard.

Description anatomico-physiologique d'un monstre humain, né à Marseille en 1829, par M. Lautard, secrétaire perpétuel de la classe des sciences de l'Académie.

Remarques de M. Agoub sur le Dictionnaire arabe de Dandjelah.

Notice nécrologique sur M. Louis Valentin, de Nancy, chevalier de l'ordre de Saint-Michel, ancien membre de l'Académie, par M. de Haldat.

Prospectus du Voyage en Égypte, fait par M. Riffaud, membre associé de l'Académie, accompagné de la description de cette contrée, où l'auteur a résidé pendant vingt-deux années consécutives.

Le Prospectus des lettres inédites de Duché de Vancy.

Les poésies de M. Durante, de Nice, sur l'arrivée dans cette ville de Sa Majesté le roi de Sardaigne Charles-Félix, et de son auguste épouse.

Le Recueil des fables, contes, épîtres et autres poésies, en langue provençale, de M. Diouloufet, membre de l'Académie d'Aix, associé de celle de Marseille.

La Dissertation de M. Hyacinthe Carena, l'un des secrétaire perpétuels de l'Académie royale des sciences de Turin, sur les bassins artificiels destinés à recevoir les eaux pluviales, pour servir à l'irrigation des terres qui manquent d'eau, écrite en italien, sous le titre de *Serbatoi artificiali d'aque piovane, ecc.*

L'Exposé des expériences comparatives auxquelles s'est livré M. Bonafous, de l'Académie de Turin, sur l'emploi des feuilles du mûrier greffé et celles du mûrier sauvage.

De M. Charles-Chrétien Raffin, chevalier de l'ordre royal de Danemarck, secrétaire de la Société des antiquaires du Nord, l'Histoire du progrès de l'enseignement mutuel en Danemarck.

Le règlement de la Société des antiquaires du Nord.

Les Annales scientifiques, littéraires et industrielles de l'Auvergne.

Les Mémoires de la Société royale d'agriculture, arts et commerce des Pyrénées-Orientales.

Les Bulletins de la Société royale du département de la Dordogne.

Les Mandements de Charles—Fortuné, évêque de Marseille.

MOUVEMENT DU PERSONNEL EN 1830.

—

Membres résidants admis.

MM. DURAND—MODURANGE.
     Jules JULLIANY.

Membre honoraire reçu.

M. SAUVAIRE-BARTHÉLEMY.

Associés correspondants admis.

MM. CHAMPOLLION jeune.
GEORGE, à Nancy.
BÉGIN, à Metz.

Membre résidant mort.

M. l'abbé BOYER.

OUVRAGES REÇUS EN 1830.

Collection des opuscules de M. Charles-Chrétien Raffin, chevalier de l'ordre royal de Danemarck, secrétaire de la Société des antiquaires du Nord.

Rapport sur le monstre bicéfale de Sasseri (Sardaigne), appelé par ses parents Rita-Christina, mort Paris en 1829.

Lettres inédites de Duché de Vancy.

La Revue de Paris.

Quelques lettres de Louis XVIII, écrites d'Hartwell, en 1814, adressées à M. le comte d'Avaray.

L'Universel, journal quotidien.

Méthode mécanique de lecture, de M. Pascal de Lodève.

Du mouvement des fluides, par M. Lechevalier, de l'Académie de Metz, et du changement de volume des corps, par la caléfaction.

Le Calendrier d'agriculture du Piémont.

L'éloge historique du docteur Belardi, par M. Hyacinthe Carena.

Notice des travaux de la classe des sciences physiques et mathématiques de l'Académie de Turin, par le même.

Annales de la Société d'agriculture de l'Auvergne.

Ode en langue provençale (Réparation à la muse provençale), par M. Topin, d'Aix.

Tableau de l'Égypte, de l'Arabie et des lieux circonvoisins, par M. Riffaud, membre associé de l'Académie.

Cours d'arithmétique théorique et pratique, à l'usage des cours publics, par M. George, de Nancy.

Les mémoires de l'Académie de Nancy, année 1829.

Des effets du froid sur les oliviers, pendant l'hiver de 1829, par une commission formée dans le sein de la compagnie. M. Négrel, rapporteur.

Précis analytique des travaux de l'Académie de Rouen, année 1829.

Le xxx⁴ volume des mémoires de l'Académie royale des sciences de Turin, années 1827 et 1829.

Extraits des historiens arabes relatifs aux guerres des croisades, par M. Raynaud, résidant à Paris, associé de l'Académie de Marseille.

Dix exemplaires de la Statistique des Bouches-du-Rhône, par feu M. le comte de Villeneuve-Bargemont, décédé en 1829.

Prospectus du Voyage de l'*Astrolabe*, autour du monde.

Collection des opuscules de M. de la Bouisse-Rochefort, membre correspondant de l'Académie.

Recommandations aux propriétaires ruraux de ne pas se presser de couper les oliviers maltraités par la froid rigoureux de 1829, par M. Négrel-Féraud, membre de la classe des sciences de l'Académie.

Du concours proposé par la Société d'encouragement pour l'industrie nationale.

Collection des rapports faits à l'Institut, sur les travaux d'histoire naturelle de MM. Quoy et Gaymard, naturalistes attachés à l'*Astrolabe*, dans le voyage de découvertes, fait autour du monde dans les années 1826, 1827, 1828 et 1829.

Développement des premiers éléments d'algèbre, par M. George, de Nancy.

Histoire des sciences, des lettres, des arts et de la civilisation dans le pays Messin; et le récit de la vie militaire du comte Grenier, par le même auteur, associé de l'Académie.

Le Prospectus du journal la Revue maritime.

Lettre de M. Audibert-Caille, littérateur, à M. le docteur Ruy, du département du Var, sur l'habileté de ce dernier à briser les calculs humains, d'après le procédé du docteur Civiale, et sur les nombreux succès qui ont couronné ses opérations.

Notice historique sur le bourg de Saint-Just, de Lyon, par M. Tochard, de l'Académie de Lyon.

Une fête en Provence, à la mémoire de l'abbé Barthélemy, par M. Audibert, de Paris.

Le Budget du département, année 1830.

Le Poëme de la Table-Ronde, de M. Creuzé de Lessert, associé de l'Académie.

Épître en vers sur la moralité du poète, par M. le marquis d'Arbaud-Jouques.

L'Histoire des champignons, suivie de la description de la flore des Antilles, par M. Descourtèles.

Les Annales de la Société d'agriculture du département de l'Eure.

Le Recueil de l'Écho poétique des départements.

Le Procès-verbal de l'assemblée générale annuelle de la Société de la morale chrétienne, tenue le 22 avril 1830 ; et le Tableau du comité des prisons de la même Société, présentés à l'Académie par M. Guizot.

Lettre de M. le docteur Pariset, datée du Lazaret de Marseille, annonçant son retour d'Égypte, et la nécessité dans laquelle il se trouve de se rendre incessamment à Paris.

Renseignements remarquables sur la vie et les ouvrages du comte Barthélemy, ancien pair de France, et sur les actes de cet homme d'État qui s'est tant illustré de nos jours, par M. Sauvaire-Barthélemy, pair de France, son neveu, membre honoraire de l'Académie de Marseille.

Éloge historique de M. le comte de Villeneuve-Bargemont, ancien préfet des Bouches-du-Rhône, par M. Fabre, secrétaire de la Société de statistique de Marseille.

L'Indicateur de l'Est, par M. Bégin, de Metz.

De l'imperfection du mode d'essai de l'argent par la coupellation, par M. Tocchi, membre de la classe des sciences de l'Académie.

Les amours d'Olivier, prologue en vers, par M. de Montmeyan, associé de l'Académie.

Corrections raisonnées des fautes de langage et de prononciation, par M. Reynier, bachelier ès-lettres.

Cours d'études élémentaires à l'usage des écoles primaires, par M. Pascal, de Lodève.

Tome IIIe du Bulletin de la Société linnéenne de Bordeaux.

Notice sur la ponte de la planaire lactée et sur une nouvelle espèce de pupu du Périgord.

Les rudiments des langues de l'Indoustan, par

M. Garcin de Tassy, membre de l'Institut, associé de l'Académie.

Le second volume de l'Histoire de l'Académie de Marseille, complétant celle du premier siècle de la compagnie, par M. Lautard, secrétaire perpétuel de la même Académie.

Mémoire descriptif du moteur tournant sous l'eau, connu sous le nom de moteur Laborde.

Plan topographique de la ville de Marseille, et de la presque totalité de son territoire.

Le Prospectus du canal des Pyrénées, joignant l'Océan à la Méditerranée, ou continuation du canal du Midi, depuis Toulouse jusqu'à Bayonne, par M. Louis Galabert.

Collection des ouvrages de statistique de M. César Moreau.

MOUVEMENT DU PERSONNEL EN 1831.

—

Associés correspondants admis.

MM. Achille CHAVANON.
     CHRISTOL, naturaliste.
     POUJOULAT.

Membre résidant mort.

M. DELATTRE, professeur de musique.

OUVRAGES REÇUS EN 1831.

—

La collection entière du Conservateur marseillais, recueil scientifiques et littéraire.

La Notice sur MM. Saint-Vincens père et fils, et sur les ouvrages de ces deux savants magistrats, de la ville d'Aix, de leur vivant associés de l'Académie.

Dissertation sur deux pierres monumentales, trouvées au cours Bourbon, de Marseille, où se trouve gravée l'inscription en vers léonins attestant que l'église des Accoules, détruite en 1793, avait été construite en 1203, par MM. les deux secrétaires perpétuels de l'Académie.

Fragment d'un journal inédit du père Giraud, sur la peste de Marseille, en 1720, avec des détails journaliers sur ce fléau.

Lettre de M. Cochard, de Lyon, associé de l'Académie, sur le projet de reléguer le palais de justice et la maison de détention de cette ville, dans l'île Perrache.

Le *Calendario Georgico* de la Société royale d'agriculture de Turin, pour 1829.

L'Annuaire de Provence, pour 1830.

L'Aperçu sur la culture des mûriers, et l'éducation des vers-à-soie dans quelques départements du centre de la France, par M. J.-T. Lardier.

La Notice sur les poids et mesures et sur les monnaies d'Alger, par M. Tocchi, membre de la classe des sciences de l'Académie.

Les Bulletins de la Société française de statistique universelle, de M. César Moreau, associé de l'Académie.

L'Alphabet des alphabets, par M. Maxime-Joseph Audibert.

La Carte de la Basse-Égypte, par M. Coste, architecte à Marseille.

Une carte renfermant l'essai historique, géographique et statistique sur le royaume des Pays-bas.

Le Prospectus du journal de l'Académie de l'industrie agricole, manufacturière et industrielle, redigé par une société de savants de la capitale.

Le Prospectus de l'école centrale des arts et manufactures de Paris.

La nouvelle édition de *la Divinia Commedia di Dante Alighieri*, avec des notes du Tasse, imprimée à Pise.

Mémoire de M. Christol sur des ossements fossiles récemment découverts.

Les Mélanges de littérature et d'archéologie de M. Sib. Botta.

Lettre de MM. les administrateurs des hôpitaux faisant appel à la bienfaisance des Marseillais, et plus spécialement à celle de l'Académie, les établissements qu'ils dirigent éprouvant les plus pressants besoins.

Le xxxive volume des Mémoires de l'Académie royale des sciences de Turin.

Le Programme des prix proposés par la Société d'encouragement pour l'industrie nationale, 1832.

Lettre de M. Pons, inspecteur de l'académie universitaire, associé de la compagnie, sur les anciennes institutions de Marseille.

Comparaison de la population animale des bassins tertiaires de Pézenas et de Montpellier, par M. Christol, associé de l'Académie.

Recherches sur la formation des cavernes dans les terrains calcaires, par M. Hippolyte de Villeneuve, membre de l'Académie.

Cas extraordinire de folie régulière, partielle, par M. Lautard, secrétaire perpétuel de l'Académie.

Rapport sur la mosaïque récemment découverte à Auriol, par M. Jauffret, secrétaire perpétuel de la classe de littérature et d'histoire.

Le Catalogue des livres doubles de la bibliothèque publique de la ville de Lyon.

Recherches sur l'inscription en lettres sacrées du monument de Rosette, par M. Graeberg de Hemso.

Description de la charrue des Maures, dans l'empire de Maroc, et celle des maisons transportables inventées par Frédéric Blom, par le même auteur.

Dissertation sur la nécessité de rendre publiques les collections du Cabinet d'histoire naturelle de la ville de Marseille, par M. Polydore Roux.

Compte-rendu des travaux de la Société philotechnique de Paris.

Rapport général sur les travaux du Conseil de salubrité des Bouches-du-Rhône, pendant les années 1828, 1829, 1830, par M. Robert neveu.

M. Bouflar ou le Naturaliste de La Rochelle, comédie en vers libres et en deux actes.

Des institutions nationales et locales des Gaules et de la France, par M. Jules Julliany.

Une épître en vers, aux souverains absolus, par Mme Constance de Salm.

Un Mémoire sur l'emploi du sang desséché, par M. Derosne.

Les actes de la Société linnéenne de Bordeaux, année 1830, par M. Charles Desmoulins.

Le Calendrier de la Société d'agriculture de Turin.

Essai comparatif des différentes charrues, fait par ordre de la Chambre royale d'agriculture de Savoie, par M. Mathieu Bonafous.

Expériences comparatives sur l'emploi des feuilles du mûrier greffé et de celles du mûrier sauvage, pour la nourriture des vers-à-soie, par le même.

Coup d'œil sur la première exposition des produits de l'industrie agricole et manufacturière dans les États de S. M. le roi de Sardaigne, par le même.

Lettre adressée à M. Mathieu Bonafous, sur la culture du mûrier et l'éducation des vers-à-soie, par M. Amant-Carrière, membre de la Société d'agriculture de Rhodez.

Mon retour en Provence, par M. Pellicot.

Notice sur le *Codex juris Islandorum antiquissimus*, par M. Pardessus, associé de l'Académie.

Mémoire généalogique de Van den Kirckoff.

Dissertations politiques et philosophiques sur les principes des gouvernements et les délibérations des assemblées, par M. Lemaire.

Notice biographique sur M. Jacques Graeberg de Hemso, par Mademoiselle Louise-Jacqueline-Éléonore Graeberg, sa fille.

Épître en vers, de M. Drouet, professeur au collége royal d'Avignon, adressée à Lange, de Marseille, qui se fit tuer sur le corps de son père, pour le garantir du coup de la mort.

Rapport sur une édition arabe autographiée de la Géographie d'Aboulfeda, par M. Agoub. Notice sur les règles de l'arabe vulgaire, par le même.

Recueil des poésies de M. Théoph. Bosq, d'Auriol.

Exposition d'un acidimètre et d'un alcalimètre, par M. A. Penot.

Notice sur les eunuques, par M. Lautard, secrétaire de l'Académie, section des sciences.

L'Alphabet des alphabets, par M. Audibert, instituteur aux écoles d'industrie de la Société de bienfaisance.

Traité d'antiquités monumentales, par M. de Caumont, président de la Société des antiquaires de Normandie.

Le Budget du département des Bouches-du-Rhône, année 1831.

MOUVEMENT DU PERSONNEL EN 1832.

Membres résidants admis.

MM. PELLICOT, peintre.
ALBRAND fils, avocat.

Associés correspondants admis.

MM. le baron DELORT, lieutenant-général commandant la huitième division militaire.
Guys, ancien consul français dans le Levant.
BREGHOT, conseiller à la Cour royale de Lyon, secrétaire de l'Académie de la même ville.

MM. Péricaud, bibliothécaire de la ville de Lyon, l'un des collaborateurs de la *Biographie universelle*.

Louis Cibrario, de l'Académie royale des sciences de Turin.

Joseph Manno, de l'Académie royale des sciences de Turin.

Membre résidant mort.

M. Béranger de la Beaume.

OUVRAGES REÇUS EN 1832.

Le xxxve volume des Mémoires de l'Académie royale des sciences de Turin.

Mémoire sur le commerce de Marseille, ayant concouru au prix du baron Félix de Beaujour, et qui avait été honoré de l'encouragement le plus flatteur et des plus vifs applaudissements, par M. Laurent Lautard.

Notice de la séance publique de la Société d'agriculture de Lyon, tenue le 3 août 1831.

De la romance vulgaire chez les Arabes, par M. Agoub, associé de l'Académie.

Compte-rendu des travaux de la Société philotechnique, année 1831.

Recueil de poésies, par M. Théophile Bosq, d'Auriol.

Programme du prix proposé par la Chambre de commerce de Marseille, ayant pour objet la recherche des moyens de faire sortir les navires du port par le vent contraire, et le plan de l'entrée du même port.

Traduction en vers des œuvres d'Horace, par M. Delort, lieutenant–général, commandant la 8ᵐᵉ division militai re.

Le Serment de l'épouse, poëme, par M. Polydore Bounin, de Marseille.

Le ɪvᵉ volume des Mémoires de l'Académie de Rouen.

Mémoire sur la culture du mûrier en prairie, et sur l'introduction d'une nouvelle espèce de mûrier, par M. Bonafous, de l'Académie de Turin.

Dissertations sur les antiquités nationales et étrangères, par M. de Selligue, ɪxᵉ volume.

L'Extrait des actes de la Société linnéenne de Bordeaux, année 1831.

Prospectus de la description géologique du département de la Seine-Inférieure, par M. Passy, préfet du département de l'Eure.

Les Bulletins de la Société d'agriculture du département du Var.

Traité de trigonométrie rectiligne, sans algèbre, par M. Martin, de Lyon.

Trois lettres sur l'art nautique, écrites en italien, par M. Ferdinand Élia, professeur d'hydrographie à Gênes.

Description du tremblement de terre ressenti en 1831, dans la province de San-Remo, aux États de Gênes, par M. Albert Nota, sous-intendant dans la même province.

Notes historiques sur l'abbé Rosier, par M. Cochard, de l'Académie de Lyon.

Programme des prix proposés par la Société d'encouragement, pour l'industrie nationale, pour les années 1832, 33, 34, 35.

Mémoire sur la décoloration des sirops, et la revivification du charbon animal, par M. Barthe, professeur de chimie aux cours municipaux de Marseille.

L'atlas de la Statistique des Bouches-du-Rhône, première partie.

Le Compte-rendu des travaux de la Société des sciences de Lille, année 1831.

Le Précis analytique des travaux de l'Académie de Rouen, année 1831.

Mémoire sur des particularités de la religion musulmane dans l'Inde, par M. Garcin de Tassy, associé de l'Académie, membre de l'Institut, professeur d'indoustani à Paris.

Trois épisodes de la Ville des expiations, par M. Ballanche.

Mémoire sur un appareil fumigatoire, propre à combattre l'un des effets les plus meurtriers du choléra asiatique, par M. Quénin, docteur en médecine, à Orgon.

Description d'une machine à battre le grain, extraite du dépôt du Conservatoire des arts, de M. Quentin-Durand.

Voyage dans la Macédoine, contenant des recherches sur l'histoire, la géographie, les antiquités de ce pays, par M. Cousinéry, ancien consul–général à Salonique, associé de l'Académie, membre correspondant de l'Institut.

Recueil d'observations sur le choléra–morbus, faites à l'hôpital Saint-Louis, à Paris, par M. Alphonse d'Auvergne, de Valensoles.

De redigendi ad unicam seriem conventio proposita, et tabula supputata, par M. Nicolas Cacciatore, directeur de l'Observatoire de Palerme.

Homère et ses écrits, par M. Fortia d'Urban, associé de l'Académie, membre de l'Institut.

Rapport sur les grandes routes, par le baron Charles Dupin, député au corps législatif.

Épitre en vers à M. de Lamartine, par M. de Larrial.

Le Procès-verbal de l'arrivée et du séjour à Marseille de S. A. R. Mgr le duc d'Orléans.

Le Programme des prix proposés par les Académies de Lyon, Bordeaux, Mulhausen, Rouen, Lille,

Aix, Toulon, Arras, Toulouse, etc., années 1832 et 1833.

Traduction française, des *I Promessi Sposi* (les Fiancés), histoire milanaise du xviiie siècle, découverte et refaite par Alexandre Manzoni, par M. le marquis de Montgrand, membre de l'Académie.

Relation médicale de la commission envoyée à Paris par la Chambre de commerce et l'Intendance sanitaire de Marseille, pour observer le choléra-morbus.

Protidas, ou la Fondation de Marseille, par M. Baldy, professeur de rhétorique au collége de Beauvais.

Saggio di una monografia delle sostanze gommose, par M. de Paoli, de Pezzaro, associé correspondant de l'Académie.

Traduction française de l'*Octavius Minucius Felix*, par M. Péricaud, bibliothécaire de la bibliothèque publique de Lyon.

Essai sur la vie et les ouvrages de Ducerceau, par le même.

Notice sur la bibliothèque publique de Lyon, par le même.

Recueil d'articles de biographie et d'histoire naturelle, par M. Bréghot de Lut, conseiller à la Cour royale de Lyon, secrétaire de l'Académie de la même ville, l'un des auteurs de la Biographie universelle.

Dissertation sur les sept fleuves de Damas, par M. Guys.

Storia di Cheri, libro quatro, di Luigi Cibrario, sostituto-procurator-generale di Sua Maesta, socio della reale Academmia delle scienze di Torino, seconda edizione, Torino 1831.

Dell'origine dei cognomi, lettera del medesimo.

Della fortuna delle parole, libri due, del cavalière Giuseppe Manno, socio della reale Academmia delle scienze di Torino, 1831.

Dei vici de' letterati, libri due, del medesimo, Torino 1828.

Rapport au Conseil supérieur de santé sur le choléra-morbus pestilentiel, accompagné d'une carte géographique indiquant l'itinéraire de ce fléau en Asie et en Europe, de 1817 à 1830, par M. Moreau de Jonès.

MOUVEMENT DU PERSONNEL EN 1833.

—

Associés correspondants admis.

MM. Berthelot, de Marseille.

Parker-Webb, associé étranger.

Capéfigue.

Audin, à Livourne.

MM. D'Auvergne, D. M., à Valansoles.

Des-Halleurs, secrétaire perpétuel de l'Académie de Rouen.

Salvatore de Renzi, de Naples.

Membres résidants morts.

MM. le général Pascalis.

Penchaud, architecte de la ville.

OUVRAGES REÇUS EN 1833.

Essai sur l'origine de l'écriture, par M. Fortia d'Urban, membre de l'Institut.

Annales d'agriculture du département de l'Hérault.

Procès-verbal de la séance publique tenue à l'Hôtel-de-Ville de Marseille, pour la distribution du prix extraordinaire proposé par M. le baron Félix de Beaujour.

Précis des travaux de l'Académie de Bordeaux.

Recueil des actes administratifs relatifs à l'exposition des produits de l'industrie nationale qui aura lieu à Paris, le 1er mai prochain.

Extrait de la séance publique de la Société d'émulation du Jura.

Compte-rendu des travaux de la Société philo-technique de Paris, par M. le baron de la Doucette.

Revue critique de la philosophie, des sciences et de la littérature.

Les Annales de l'agriculture française, années 1832 et 1833.

Le Noyer du vallon, le Vent et les Étoiles, poésies de M. Théophile Bosq.

Le Dessin de l'obélisque consacré à la mémoire de Champollion jeune, et qu'on doit élever sur la place de Figeac, sa ville natale, par M. Chaudruc de Crazane.

Éléments d'histoire naturelle, par M. Sancerotte.

Discours sur la statistique par M. Fallot de Broignard.

Du bazar et du canal de Provence, par M. Ancey.

Des travaux entrepris pour la restauration de l'amphithéâtre d'Arles, et des découvertes récemment faites de l'ancien théâtre de la même ville, par M. Véran, associé de l'Académie.

Recherches sur le sens allégorique de plusieurs médailles grecques et égyptiennes, par M. le comte de Palin.

Histoire, topographie, antiquités, usages, dialecte des Basses-Alpes, par M. le baron de la Doucette.

Éloge de l'abbé Rosier; de la culture des dalhias, par M. Thiébaud de Berneaud.

Chant d'amour d'un ange, poëme par M. Théophile Bosq.

Le Choléra-morbus, les Monati de Milan, la Mort noire, la Peste de Marseille, poëmes de M. Boucharlat.

Le Budget du département des Bouches−du−Rhône, année 1833.

La Maison rustique, le Pygmée, journaux littéraires.

Compte−rendu des travaux des Sociétés d'émulation d'Abbeville et du Gard.

Tableau de l'exposition des produits de l'industrie d'Abbeville.

Prospectus de la Société de l'histoire de France.

Exposé du concours des charrues, dans le département du Gard.

Programme des prix proposés par la Société des sciences, arts, belles-lettres et agriculture de Saint-Quentin.

Le Gymnase, arène de la littérature, des sciences et des arts. Les Bulletins de la Société d'agriculture de l'Hérault.

Description de quelques médailles inédites de *Massilia* et de *Glanum*, par M. le marquis de Lagoy.

Recherches sur la nature et les causes du paupérisme en France et en Europe, et sur les moyens de le soulager et de le prévenir, par M. le vicomte Alban de Villeneuve.

Recherches sur les eaux de Marseille, par M. le docteur Textoris.

Précis de travaux de l'Académie de Nancy, années 1829 et 1830.

L'arithmétique des écloles primaires, par M. George.

Souvenirs des révolutions, dans leurs rapports avec l'époque actuelle, par M. Dulçat, avocat à Perpignan.

Statistique des lettres et des sciences en France.

Manifeste adressé aux littérateurs de Province, par M. Puycousin.

Recherches sur la langue nationale de la majeure partie du royaume des Pays-Bas, par M. Westramen, inspecteur des bibliothèques des Pays-Bas.

Specimen des trésors de numismatique et de glyptique, par M. Véran.

Du volume d'eau nécessaire à la ville de Marseille, par M. le vicomte Barris du Molard.

Du mûrier des Philippines, par M. le baron d'Hombres-Privas.

Collection des lois maritimes, par M. Pardessus.

Précis de chronologie ancienne, par M. Toulouzan.

La France littéraire, IIIe année.

La Statistique de l'Espagne, par M. Moreau de Jonès. Notice historique de Jacques de la Roque, par le même.

Éloges du duc d'Enghien et du maréchal de Mailly, par M. Dulçat.

Une lettre archéologique de M. Joseph Bard.

Opuscules de statistique, et de l'Académie des arts, du commerce et de l'industrie, de M. César Moreau.

Éloge de Cochard.

Le Comte de Montalban, conte de M. Jauffret.

Cours d'antiquités monumentales, Cours d'histoire de l'architecture religieuse du moyen âge, par M. de Caumont.

La Maison rustique du XIXe siècle, par MM. Bailly et Marlieux.

Épître en vers, à mon ami, par M. Nicot, recteur de l'académie universitaire du Gard, secrétaire perpétuel de l'Académie de Nimes.

MOUVEMENT DU PERSONNEL EN 1834.

—

Associés correspondants admis.

MM. Théophile Bosq, d'Auriol.

Aimé Boullie, de l'Académie de Lyon.

Baldy, à Beauvais.

Dulçat, avocat, à Perpignan.

le baron Westramen, à Amsterdam.

Nicot, recteur de l'académie de Nimes.

Membre honoraire reçu.

Mgr. RAILLON, archevêque d'Aix.

Membre résidant mort.

M. GOUFFÉ DE LACOUR, directeur du Jardin botanique de Marseille, etc.

OUVRAGES REÇUS EN 1834.

—

Le Programme du prix proposé par l'Académie
de Lyon, pour être distribué en 1834.

De la Sicile, considérée sous le rapport de l'agriculture, 1 vol. in-8°, par M. Famin, ancien agent
consulaire.

De la révolution en Sicile, en 1820, par le
même.

Des peintures, bronzes et statues érotiques,
formant la collection du cabinet secret du musée
royal de Naples, par le même.

Mémoire de l'Écho de la littérature, contenant
un extrait de la traduction inédite de Dicearque,
de Messine, par le même.

Mémoire sur les cèdres du Liban, par M. Guys,
de Marseille.

Le Prospectus de l'établissement de l'institut des
sourds-muets à Nancy, par M. Peroux, directeur.

Recherches sur les anciens ports de la Méditerranée, et sur les trois piliers construits anciennement à l'entrée du port de Marseille, par M. Juliano de Frazio, inspecteur des Ponts-et-Chaussées à Naples.

Dante exilé, ouvrage en vers de M. Gaston de Flotte, de Marseille.

Annales agricoles du département de l'Aisne.

Annales du département de l'Hérault.

Compte-rendu du prix proposé par l'Académie du Gard en 1832 : l'Éloge du chevalier de Florian.

Notice sur la flore des îles Canaries, par M. Berthelot, de Marseille.

Recherches sur le mûrier des Philippines, et les vers-à-soie nourris par les feuilles de ce mûrier, par M. Mathieu Bonafous, de l'Académie de Turin.

Mémoires des Académies de Bordeaux, du Gard et de Rouen.

Voyage à Rennes-les-Bains, par M. de Labouisse-Rochefort.

Les Promenades à Longchamp, par le même.

Voyage dans les Cevennes et la Lozère, par M. Adolphe Ghesnel.

Fragments pour servir à l'histoire des maladies de la prostate, par M. Théodose Dugas.

Documenti, sigilli et monette appartenente alla storia della monarchia di Savoia, per ordine di Carlo-Alberto.

Recherches économiques sur le son et l'écorce du froment, par M. Herpin, de Metz, associé de l'Académie.

Lettre sur l'école normale d'agriculture de Berne, par M. de Fellemberg, directeur de cette école.

Lettres inédites du duché de Vancy.

Renseignements historiques, bibliographiques et biographiques sur Antonius de Arena, par M. Pontier, d'Aix.

Géologie des îles Canaries, par M. Parker-Webb.

Les Légendes rouges, par M. César Famin.

Budget du département des Bouches-du-Rhône.

Mémoires de l'Académie royale des sciences de Turin, 1832, xxxvie volume in-4°.

Des charrues de Grangé, hommage de l'Académie de Nancy.

Statistique morale de la France, par M. Gueni.

De l'abolition de la peine de mort, par M. Cyprien Roumieu.

Lettre de M. le comte de Montlosier à l'Académie de Marseille, tendant à engager celle-ci à souscrire à l'ouvrage géodésique sur l'Auvergne.

Lettre de l'abbé Follard, sur la vie de Pierre Louis, père carme, auteur du poëme de la Magdeleine, composé au couvent des Aigalades, près Marseille.

Le *Calendario Georgico*, rédigé par la Société royale d'agriculture de Turin.

Du résultat des expériences comparatives entre l'emploi des feuilles du mûrier blanc et celui des feuilles du mûrier des Philippines, pour la nourriture des vers-à-soie, traduction de l'opuscule de M. Ignace Lomeni, de Milan, par M. Mathieu Bonafous.

Du choléra-morbus de Russie, par MM. Auguste Girardin et Paul Gaymard.

Prospectus des journaux des Connaissances utiles, de l'Émancipation de l'intelligence humaine, des Biblothèques cantonales, etc.

Le Catalogue des éditions aldines, de la librairie d'Étienne Audin, libraire, à Florence.

Le Catalogue des livres de la bibliothèque de S. Exc. M. le comte de Boutourlin.

Observations bibliographico-littéraires sur une édition inconnue du *Morgante Magiore*.

La traduction des Deux Vieillards, par M. Audin.

Une édition aldine du *Marci Julii Ciceronis, Orpheus sive de adolecente studioso ad Marcum filium Athenes*.

Diverses pièces de poésie de M. de Flotte.

Des Poésies de M. Van-Gawer.

Divers opuscules de M. Joseph Bard, de la Côte-d'Or.

Mes soixante ans ou mes souvenirs politiques et littéraires, par Mme Constance de Salm.

Walter Scott, opuscule de M. Bertavin.

Recueil de poésies provençales, par un anonyme.

Topographie des eaux thermales sulfureuses de Greoulx, par M. le docteur d'Auvergne.

Du degré de la température, suivi d'une théorie nouvelle de la végétation, par un anonyme.

Le Précis analytique des travaux de l'Académie royale des sciences, belles-lettres et arts de Rouen, pendant l'année 1832.

Aperçu de l'astronomie des anciens Égyptiens, par M. Gustave Seyffarth, écrit en latin.

Considération sur la nature et le traitement du choléra-morbus, par M. de Kerckrow, dit Kirckcroft.

Collection des mémoires de la Société royale d'agriculture et d'histoire naturelle de Lyon.

Questions sur l'astronomie, suivies de la proposition d'un nouveau système, par M. J.–P. Anquetil.

Le Pèlerin, poëme élégiaque en vers, par M. J. Bard, associé de l'Académie.

Le Procès-verbal de la séance publique de l'Académie des sciences, agriculture, arts et belles-lettres d'Aix.

Notices des mémoires de la Société industrielle, agricole et commerciale de Paris, par M. César Moreau, associé de l'Académie.

Programme des prix proposés par la Société

d'agriculture, commerce, sciences et arts du département de la Marne.

Rapport sur l'enseignement industriel, par M. Payen, directeur des travaux chimiques de la Société d'industrie.

Annuaire statistique des lettres et des sciences en France.

Bibliothèque universelle de Genève (Prospectus).

Le *Paris-advertiser*.

De l'encaissement de la Durance, par M. Hippolyte de Villeneuve, membre de la classe des sciences de l'Académie.

Mémoire sur la solubilité des sels, et les doubles décompositions, par le même, 2ᵐᵉ partie.

Essai sur le caractère moral des aveugles; statistique du royaume de Naples, écrits en italien, par M. le docteur Salvatore de Renzi.

Synopsis molluscarum terrestrium et fluviatilium, quas in initeribus per insulas Canarias observarunt Philippus Parker-Webb et Sabinus Berthelot.

Description d'une nouvelle espèce d'*urrio* vivante, par M. Charles Desmoulins.

Notice sur une inscription tumulaire découverte dans les environs de Puyloubier, près d'Aix, par MM. Bosc frères, d'Auriol.

Le Départ, épître en vers, adressée à M. de Lamartine, à son passage à Marseille en 1832, par M. Théophile Bosq.

MOUVEMENT DU PERSONNEL EN 1835.

—

Associés correspondants admis.

MM. Panckouke père et fils.
David, d'Angers.
le colonel Beaufoy.
Dubois, de Paris.
le marquis de Lagoy.

Membre résidant mort.

M. Bailly, peintre.

———

OUVRAGES REÇUS EN 1835.

—

La Collection des mémoires et journaux, publiés par la Société de statistique universelle, et par l'Académie d'industrie, commerciale et agricole, par M. César Moreau.

Examen d'un diplôme attribué à Louis-le-Bègue, roi de France, suivi d'un Traité sur Saint–Denis, premier évêque de Paris, par M. Fortia d'Urban.

Le Prospectus du poëme de M. Joseph Autran, ayant pour titre La Mer.

Le Traité des semis et des plantations, par M. Lardier.

Études sur l'éloquence de la chaire; fragments de traductions de divers opuscules de Schiller; quelques idées sur la providence, par M. Ricard, secrétaire de la Société des sciences du département du Var, professeur de philosophie au collége de Toulon.

Mémoire sur les oliviers, par M. Aubin, maire de la ville de Grasse.

Recueil des rapports de la Société royale d'agriculture et de commerce de Caen; et de la cinquième exposition des produits des arts du Calvados, en 1834.

La France littéraire.

Essai sur le meilleur système d'assolement, à adopter dans le Midi, par M. Alric Chabanel, couronné par l'Académie du Gard.

Le Budget de la France, en 1834, par M. Marc Jodot.

Les Bulletins d'agriculture du département de l'Hérault.

L'Athénée de Lyon.

Le xxxviie volume des mémoires de l'Académie royale des sciences de Turin.

Le Journal de la statistique française, et des travaux de l'Académie de l'industrie agricole, manufacturière et commerciale.

Le Prospectus de la souscription proposée par l'Académie de Bordeaux, pour l'érection d'un monument en l'honneur de Montaigne.

Le Catalogue des ouvrages et mémoires reçus par la commission chargée d'élever le monument scientifique de Cuvier.

Les Budget et Comptes du département publiés en 1835.

La Présomption de la jeunesse; la Gloire, odes de M. Benque, de l'Académie de Besançon.

Ouvrages offerts à l'Académie par M. Panckouke :

Tacite in–8°, les quatre volumes publiés.

Une Germanie et son atlas.

Un Phèdre.

Une Germania in–folio.

Une traduction du Tasse.

Un Franklin in–folio.

Un Agricola in–folio.

Un Catalogue de la belle collection des vases étrusques appartenant à M. Panckouke.

Recherches sur l'ancien *forum Adriani*, et ses vestiges près de La Haye, par M. le baron Westramen.

Rapport sur les recherches relatives à l'invention première, et à l'usage le plus ancien de l'imprimerie stéréotype, faites à la demande du gouvernement, par le même.

Notice sur une médaille de Valentinien III, découverte à Cassis, par M. Hautement.

Discours prononcé à la Chambre des députés du royaume Belge, par M. le baron de Stassart, associé de l'Académie.

Expériences hydrauliques, par M. le colonel Beaufoy.

Mémoires de l'Académie de Metz.

Annales de la Société d'agriculture du département de l'Ain.

Observations diverses sur les animaux à coquille des environs de Paris, par M. Baume, avocat à la Cour royale de Paris.

Les Délassements poétique, de M. Monier, instituteur à Toulon.

Les Mémoires de la Société des sciences de Gottingue, tome III, in-4°.

Notice sur l'ancien autel d'Avenas, en Beaujolais (Rhône), par M. Péricaud, bibliothécaire de la ville de Lyon.

Compte-rendu des travaux de la Société philotechnique, par M. le baron de la Doucette, secrétaire perpétuel, année 1835.

Éloge historique de J.-B. Dugas-Montbel, de l'Académie de Lyon.

Annales de la Société d'agriculture, sciences, arts et commerce du Puy, 1834.

Mémoire de M. Xavier Richard, de Marseille, à l'appui de la demande en concession des bas-fonds envahis par la mer sur l'ancienne ville de Marseille, pour y construire des établissements utiles à l'état, au commerce et à la cité.

Notice nécrologique sur M. Polydore Roux, ancien conservateur du Cabinet d'histoire naturelle de Marseille, par M. Barthélemy, son successeur.

Extrait de la Revue germanique, contenant un mémoire sur la poésie hollandaise, depuis le XIIIme jusqu'au XVIIme siècle.

Deux séances publiques de la Société libre des beaux-arts de Paris, 1834 et 1835.

Mémoire sur les courtillières, par M. Lacène, de la Société linnéenne de Lyon, avec le Programme d'un prix pour la destruction de cet insecte (orthoptère de la famille des grilloïdes).

Journal de la médecine homœopatique.

Jugement et résulat du concours de l'Académie du Gard, année 1835.

La France départementale, par M. Nestor Urbain.

Séance publique de la Société d'agriculture, commerce, sciences et arts du département de la Marne, tenue à Châlons, en 1835.

Essai de la puissance des voyages sur le génie et l'imagination de l'écrivain, discours inédit de M. Dulçat, de Perpignan, associé de l'Académie.

Documents de statistique de France, rédigés par M. Moreau de Jonès, et publiés par M. le ministre du commerce.

Mémoire de la Société d'agriculture de l'Hérault.

Le Spécimen de l'histoire naturelle des Canarie, par MM. Parker–Webb et Berthelot, associés de l'Académie.

Compte–rendu des travaux de l'Académie de Bruxelles, par M. le baron de Stassart, président de la même Académie.

Biographie castraise, par M. Magloire Nayral, de Castres.

NOTICES

NÉCROLOGIQUES.

NOTICE NÉCROLOGIQUE

SUR

M. CROZE-MAGNAN,

*Secrétaire perpétuel de l'Académie, pour la section
de littérature et d'histoire;*

Par M. LAUTARD,

Secrétaire perpétuel de la classe des sciences.

————

MESSIEURS,

Les Sociétés savantes, en ordonnant l'éloge des
membres qui les composent, s'engagent à n'appeler
dans leur sein, que des sujets dignes d'être loués
en public, après leur mort. Cet usage a pour but
d'exciter l'émulation et d'honorer le talent; mais
l'hommage qu'on rend à ceux qui ne sont plus ne
doit pas se borner au stérile recueil des anecdotes
qui les concernent, car ces faits isolés ne seraient
d'aucune utilité; il faut encore qu'on puisse les
considérer comme des matériaux propres à l'avancement de l'histoire de l'esprit humain; et ces matériaux, Messieurs, où se trouvent-ils réunis avec
plus d'abondance que dans les assemblées d'hom-

mes instruits, qui consacrent leurs veilles au perfectionnement des lettres, des sciences et des arts?
C'est là que se peignent d'une manière plus sensible
les traits qui caractérisent les divers individus.
Vous y découvrirez, en effet, tantôt l'amour de
l'étude, tantôt celui de la gloire ; ici celui des sciences, là celui des arts ; tel autre contemple la nature
ou rêve le bonheur de l'humanité ; et chaque sujet
ayant une physionomie prononcée, il est plus facile
sans doute de les distinguer les uns des autres, au
milieu du tableau général qui semble les représenter
tous d'une manière uniforme, à nos regards.

Mais jusqu'à quel point, dans un éloge historique, faut-il entrer dans le détail de ces traits particuliers? C'est ce qui est aussi difficile à dire qu'à
exécuter. Je vais cependant vous entretenir d'un
confrère qui naguère occupait un rang distingué
parmi vous ; je signalerai les principales circonstances de sa vie ; je parlerai du genre de ses études,
de ses goûts, de ses productions littéraires ; j'es-
quisserai par là son portrait. Vous qui l'avez connu
et qui sûtes l'apprécier, vous approuverez peut-
être mes efforts, si vous ne pouvez applaudir à mes
succès.

Heureux, dit un ancien, ceux qui peuvent faire
des choses dignes d'être écrites, ou d'en écrire de
dignes d'être lues ; mais plus heureux, sans doute,
ceux qui jouissent de ce double avantage, et qui

laissent après eux des ouvrages empreints de leur génie, et l'exemple d'une conduite si pure, que tout le monde désire l'imiter. Tel fut celui dont nous déplorons la perte, et dont les fonctions que je remplis aujourd'hui m'imposent la loi de vous rappeler le souvenir. Je fus, auprès de vous, son collaborateur, je vécus avec lui dans une grande intimité, pendant les dernières années de sa vie; mais l'amitié, Messieurs, ne peut ici nuire à la fidélité de l'histoire, puisque celle-ci n'exige que la vérité, et qu'en m'en écartant je ne pourrais qu'affaiblir mon sujet. Veuillez me permettre de renouveler la prière qu'adressait aux dieux, avant de monter à la tribune, un célèbre orateur de la Grèce : Faites, leur disait-il, que je n'avance rien qui ne convienne à mon discours. J'entre en matière.

M. Simon-Célestin Croze-Magnan naquit à Marseille le 11 avril 1750, de M. Pierre Croze-Magnan, et de Mme Rose-Renée Roux, son épouse.

Il commença ses études dans le collége de Belzunce, alors sous la direction des Jésuites ; mais cette compagnie étant supprimée, il les termina dans celui de l'Oratoire, où ses professeurs lui témoignaient une grande prédilection.

Il manifesta, dès sa jeunesse, un goût décidé pour la littérature, la peinture et la musique, et il les cultiva jusqu'à la fin de ses jours. Il puisa les premiers éléments du commerce auprès de ses pa-

rents qui le destinaient à suivre leur profession ;
et jeune encore, il partit pour le Levant.

Il se rendit à Salonique en 1769, tandis que l'un
de ses frères faisait route pour la Syrie. Les deux
navires firent route de conserve jusqu'à Malte, où
ils relâchèrent; et là, les deux frères, unis dès leur
enfance de la plus tendre amitié, eurent le bonheur
de s'embrasser et de renouveler, en se séparant,
les vœux qu'ils avaient déjà faits pour leur mutuelle
prospérité, et leur prompte réunion dans leur commune patrie.

Le séjour qu'il fit à Salonique ne fut pas de longue durée; il fut rappelé dans le sein de sa famille
en 1772. Il vint répandre des fleurs et des larmes
sur la tombe d'un père qui le chérissait, et qu'il
n'avait pas eu la douleur de voir expirer. M. Croze-
Magnan était alors âgé de 22 ans, et il épousa
Jeanne-Désirée Croze-Magnan, fille de son oncle
paternel; mais il eut bientôt le chagrin de perdre
son épouse et de n'avoir point d'enfant.

Deux ans après, en 1774, les malheurs qui pesè-
rent d'une manière si cruelle sur les négociants de
Marseille, le dégoûtèrent entièrement du commerce, pour lequel d'ailleurs il n'avait aucun penchant.

En 1775, une affaire importante l'appelant en
Italie, il profita de cette heureuse occasion pour
visiter cette terre classique où les monuments des

arts attirent, sans cesse, les curieux de toutes les
nations civilisées. C'est là que ses goûts se développèrent avec une nouvelle force, et que l'aspect de
tant de chefs-d'œuvre lui fit dire, comme à cet artiste célèbre : Et moi aussi je sens que je suis
peintre.

Il est certain que depuis cette époque, il conçut
un mortel dégoût pour les affaires commerciales,
et qu'il forma le projet d'aller se fixer à Paris où il
se rendit en 1776, après avoir parcouru une partie
de la Suisse, dont il a tracé, dans le journal de ses
voyages, la plus agréable description.

Arrivé dans la capitale, il fut admis dans les sociétés les plus brillantes ; il fut de ces réunions
choisies dont le savoir et l'urbanité forment ce
charme secret qui en assure la durée ; il s'y lia
avec les personnages les plus distingués, les artistes
les plus célèbres, et partout, il se fit rechercher
par cette franchise, cette douceur de caractère qui
plaisent même à ceux qui en sont le moins doués.

Jamais l'ambition ne troubla son repos ; il cultivait les lettres pour se distraire de l'embarras des
affaires, et il revenait à celles-ci pour se livrer un
jour tout entier à l'étude qu'il aimait avec passion.
Il ne négligeait ainsi ni les Muses, ni ses intérêts.

Il fut nommé directeur de la compagnie des eaux
de Paris. Il devint l'associé d'une maison qui fit,
dans le commerce, plus d'une heureuse spéculation ;

et M. Croze—Magnan parvint, de cette manière, à posséder une fortune sinon très-considérable, ca pable du moins de lui procurer tous les agréments de la vie. Sa famille, qu'il aimait tendrement, se ressentit de sa générosité; et après dix-neuf ans d'absence, il vint être l'heureux témoin de la reconnaissance qu'il avait méritée.

En 1792, époque fatale où nul citoyen n'était sûr de sa liberté ni de son existence, notre confrère se rendit à Passy. Il se flattait qu'il y vivrait ignoré, et qu'après nos orages politiques, il pourrait de nouveau se livrer à ses travaux; mais pressé vivement par l'un de ses frères de s'éloigner sur-le-champ de cette paisible demeure, il cède à ces instances, il se rend à Marseille, et dans le même instant ses amis de Passy sont égorgés et sa maison dévastée.

En 1794, il fut nommé l'un des conservateurs du Musée de notre ville; mais des intérêts particuliers le rappelant dans la capitale, il s'y rendit sans délai. La révolution venait de lui ravir la plus grande partie de sa fortune, qui était placée sur l'État. Il supporta ce coup du sort avec une admirable résignation, et il ne trouva des consolations que dans ses talents littéraires qui lui offraient d'agréables ressources pour le reste de ses jours.

Ami intime de Pierre-Henri Valenciennes, son maître dans la peinture, il fut son collaborateur;

et les *Éléments de perspective pratique à l'usage des artistes*, ouvrage imprimé l'an VIII, et dont les journaux littéraires firent l'éloge le plus complet, furent le resultat de leurs communs travaux.

Il fut chargé, en 1802, de la partie littéraire du *Musée français*, entreprise depuis longtemps commencée, suspendue durant les troubles qui ne faisaient que de s'apaiser, et pour l'exécution de laquelle une société recommandable venait de se former à Paris, pour y mettre la dernière main. En 1806, il eut le chagrin de ne pouvoir le continuer et ne contribua qu'à la rédaction du texte des deux premiers volumes. Blessé des procédés des éditeurs, il les attaqua devant les tribunaux; ce procès lui causa les plus vives inquiétudes, et quoiqu'en 1807, il eût obtenu un jugement favorable, les indemnités qui lui furent accordées ne purent le dédommager des tracasseries qu'il avait essuyées, et surtout de la peine qu'il ressentait d'interrompre un travail utile, conforme à ses goûts, et pour la perfection duquel il avait recueilli tant de bons matériaux et dépensé tant de temps et d'argent.

Il profita de cet instant de loisir pour venir passer quelques mois dans le sein de sa famille. Il arriva parmi nous en 1808, et ne croyait pas y faire un long séjour; mais au milieu des projets qui le transportaient loin de sa patrie, il éprouva les

premières atteintes de cette maladie cruelle, pour
laquelle il supporta, avec la plus grande fermeté,
l'une des plus douloureuses opérations de la chirurgie ; il fut taillé de la pierre en 1809. Il habitait
sa campagne de La Pallud, et il employait les moments de calme que lui laissaient ses souffrances,
à tracer et faire exécuter ce jardin pittoresque que
tout le monde connaît, et qui fut toujours pour lui,
ce qu'étaient pour Horace, les jardins de Tibur.

  Dégoûté des embarras de la vie bruyante de la
capitale, et cédant aux vœux de sa famille, il consentit à vivre auprès d'elle. Il désirait le repos et ne
pouvait s'y décider ; il tenait encore à la capitale
par sa belle bibliothèque qui était le rendez-vous
des littérateurs les plus connus ; il eut enfin le courage de s'en séparer ; mais il en fut bientôt dédommagé, puisque dans la même année il fut nommé
bibliothécaire de notre ville, où ses concitoyens
ont pu facilement apprécier ses talents. Son inven-
taire général de nos richesses bibliographiques sera
toujours regardé comme un modèle de perfection
dans ce genre de travail.

  Depuis longtemps M. Croze-Magnan était associé
régnicole de l'Académie, et vous le reçûtes membre résidant, dans votre séance du mois d'août
1809.

  Son discours de réception put vous convaincre
que votre section de littérature et d'histoire, et

celle des beaux-arts, venaient de faire une précieuse acquisition. En 1817, vous le nommâtes secrétaire perpétuel de la classe à laquelle il appartenait. Les registres de la compagnie attestent les services qu'il a rendus, et le charme qu'il répandit dans vos fréquentes réunions. Vous n'avez point oublié qu'il en était la tradition vivante et que toutes les classes le consultaient avec plaisir sur tous les objets de leurs discussions. Il y a un an, Messieurs, qu'il parla dans cette enceinte pour la dernière fois ; ses discours étaient une époque pour la compagnie ; il célébrait le mérite d'un confrère qu'on venait de perdre. Ainsi, les palmes académiques et le cyprès funèbre se suivent toujours avec la rapidité de l'éclair.

Vers le dernier printemps de sa vie, la famille de M. Croze-Magnan s'aperçut qu'il dépérissait, et qu'il avait perdu une partie de sa gaîté, sans que la cause en fût connue. Semblable à ces arbres féconds qui se chargent de fruits, jusqu'au moment fatal où un insecte caché en dévore la sève, il travailla pour la gloire de la compagnie jusqu'aux derniers instants de sa vie. Après douze jours de maladie, la mort vint le surprendre le 11 août 1818, âgé de 68 ans, sans qu'il se doutât réellement du danger qui le menaçait. Ainsi mourut cet ami des lettres et des arts, laissant une famille inconsolable de sa perte, et l'Académie, dont il faisait les délices,

dans l'affliction et le deuil; la religion l'avait toujours soutenu dans ses disgrâces; elle l'aida puissamment dans le moment suprême.

Ses mœurs pures et douces, son aimable abandon
dans la société, son goût délicat pour les beaux-
arts, le firent toujours rechercher par les gens du
monde et les hommes instruits. Mais les ouvrages
manuscrits qu'il laissa à sa famille, annoncent un
savant laborieux, un critique éclairé, un historien
fidèle, un écrivain digne de l'estime et des louanges
de ses contemporains. Ses productions portent l'empreinte de son heureux caractère; elle décèlent une
âme éprise de l'amour du beau, dans plus d'un genre; elles sont purement écrites, et sans prétention.

Ses titres à la gloire littéraires sont aussi solides
que variés. Ses *Éléments de perspective*, les deux
premiers volumes du *Musée Français* sont connus
dans le monde savant. Ses notes sur les tableaux du
Musée national; ses observations sur les statues et
les bas-reliefs qu'il renfermait, sa Bibliothèque des
peintres; son Histoire de la gravure et celle de la
peinture moderne; ses dissertations sur la sculpture
des anciens, prouvent, certainement, qu'il était
versé dans la théorie des beaux-arts. Son voyage
pittoresque de Constantinople et des rives du Bos-
phore, ses voyages dans le Levant, en Italie, à Londres, en Suisse, supposent un observateur éclairé,
un littérateur plein de savoir et de goût.

Mais un ouvrage qui peint mieux, peut-être, la véritable trempe de son esprit, et qui atteste cette grande variété de connaissances dont il était doué, c'est ce vaste recueil qu'on a trouvé dans ses porte-feuilles, sur les sujets favoris des chants aimables de Berchoux. Croze—Magnan, dans ce genre de re-cherches, avait suivi la marche d'Athénée, et l'on peut dire qu'il avait égalé son modèle.

Il n'avait point négligé le commerce des Muses; il excellait surtout dans la poésie légère, et les troubadours de Marseille, et les sociétés du gai sa-voir de Paris, se rappellent encore les vers faciles et pleins de grâce dont il savait égayer leurs réunions. Il a laissé plusieurs autres manuscrits renfermant des extraits intéressants, d'ouvrages de littérature et d'histoire, ce qu'il appelait ses consolations, et ses amusements; on y découvre, toujours, des tra-ces d'une philosophie bienfaisante, accompagnées d'une teinte de mélancolie qui ne dépare jamais ces sortes d'écrits; mais on y voit surtout, qu'il ai-mait tendrement sa ville natale, et que le terme de ses vœux était de revenir, un jour, à Marseille, au milieu des siens, pour se livrer, sans réserve, à l'é-tude, au culte des beaux—arts, à l'amitié. Pour en donner une aimable preuve, je terminerai cette notice, par la lecture d'un fragment d'une lettre, que je prends au hasard, dans ses œuvres, et qu'il adressait à sa sœur, des bords de la Loire, il y a plus de vingt ans. Il lui disait :

> Puisse le sort réparer ses disgrâces,
> Nous accorder des jours purs et sereins !
> Et si le ciel secondant les desseins
> Que l'espérance à mon esprit retrace,
> Permet jamais qu'ensemble réunis,
> A la Pallud, dans notre humble retraite,
> En bons parents, ou plutôt vrais amis,
> J'aille passer mes jours près de Rosette,
> Et vivre heureux à côté d'Augustin ;
> Je jouirai de sa faveur complète,
> Et de bon cœur, rendrai grâce au destin.
> Là, me livrant à la philosophie,
> Loin de Paris, des sots et des trompeurs,
> Je coulerai paisiblement ma vie,
> Désabusé de toutes les erreurs.
> Le nautonier échappé du naufrage,
> Sur l'océan, sans cesse balloté,
> S'il rentre au port avec sécurité,
> Ne se souvient des périls du voyage
> Que pour goûter mieux la tranquillité ;
> Dans le repos, au bout de ma carrière,
> Me rappelant mes plaisirs, mes malheurs,
> Sans nul regret, je clorai ma paupière,
> Persuadé que ma famille entière
> Sur mon tombeau jettera quelques fleurs.

NOTICE NÉCROLOGIQUE

SUR

M. Joseph-Vincent MARTIN,

Secrétaire perpétuel de l'Académie, pour la section des sciences;

Par M. LAUTARD,

Secrétaire perpétuel de la classe des sciences.

———————

MESSIEURS,

Il n'est pas de peuple, quelque grossier qu'il soit, qui ne fasse quelque éloge des morts. Ce fait, exactement observé dans l'histoire et par les voyageurs de toutes les époques, atteste, chez les diverses nations du globe, la pensée d'une autre vie, l'oubli de l'injure, le désir de se rendre meilleur, pour obtenir un pareil souvenir. L'éloge funèbre n'est-il pas un besoin pour des cœurs affligés? N'adoucit-il pas l'amertume des regrets? Il semble, en effet, prolonger la vie de celui qui n'est plus; il reproduit ses traits, avec le souvenir de ses vertus et de ses talents; et trompant ainsi la rigueur de la destinée, il flatte encore de quel-

que illusion, les âmes qui ne peuvent plus s'atta-
cher à des réalités; car telle est la faiblesse humaine, qu'elle cherche et trouve des charmes dans
les objets même qui lui retracent le plus vivement
sa douleur.

Je sens, Messieurs, que je viens aujourd'hui renouveler la vôtre; mais vous n'ignorez pas, qu'en
ordonnant l'éloge des membres qu'elles ont perdus,
les sociétés littéraires obéissent à cette loi du cœur
qui leur est chère; mais que cette loi même leur
rappelle, en même temps, l'obligation de ne choisir, pour leur succéder, que des hommes dignes
d'être loués en public; ainsi, loin d'être comman-
dés par des bienséances d'usage, les éloges académiques acquittent une dette sacrée, et sont la récompense d'une vie d'études et d'actions honorables, et le tribut que la reconnaissance vient offrir à
l'amitié.

Ce lien de fraternité, qui nous lie tous ensemble,
peut-il être autrement resserré que par une conformité de goûts et de principes qui nous rendent
solidaires les uns des autres, dans tous les objets
qui touchent aux intérêts scientifiques et moraux
de notre ressort? L'éloge funèbre n'est donc que
l'expression de nos communs regrets, et non le
pompeux étalage de paroles retentissantes, de vertus imaginaires et de talents froidement enfantés
par l'orateur.

Je viens donc inscrire dans vos annales l'une des pertes les plus sensibles que vous ayiez, depuis longtemps, essuyées, et la touchante expression des sentiments qu'elle vous a fait éprouver; heureux si la douleur qui m'est personnelle peut adoucir la vôtre ou vous convaincre, du moins, du vif intérêt que je mets à célébrer la mémoire d'un confrère dont la plume éloquente, illustra, jadis, celle de nos prédécesseurs!

M. Joseph-Vincent Martin naquit, en 1759, de M. J.-Paul Martin, l'un des plus honorables commerçants de notre ville, et de dame Catherine Capus, d'une famille distinguée dans le barreau de Marseille. Il fut élevé dans la maison paternelle, avec un soin extrême, et d'habiles professeurs jetèrent dans son esprit, le germe de cet amour des sciences exactes, qu'il cultiva depuis avec de rares succès ; entouré de parents vertueux, riches et respectés, il puisa dans leur vie exemplaire, ces maximes de haute moralité, qu'il n'avait jamais oubliées; doué d'une imagination brillante, studieux et d'une intelligence très-avancée, il eut, s'il est permis de s'exprimer ainsi, une maturité de savoir, à l'âge que d'autres consacrent à de vains amusements : il fut prématurément capable d'affaires sérieuses, et sa jeunesse ne fut que de quelques années.

Il embrassa de bonne heure la noble profession

du commerce, sans négliger cependant l'étude des sciences et la culture des lettres qu'il aimait passionnément. Son digne père se reposait entièrement sur la capacité de son fils pour les plus importantes relations commerciales.

Un fâcheux préjugé se plaît à répandre la maxime que les lettres et le commerce ne peuvent marcher ensemble, que leur empire tend mutuellement à se détruire, et qu'il faut opter, pour obtenir du succès dans l'une ou l'autre carrière; ce n'est pas devant vous, Messieurs, que j'entreprendrai de combattre cette doctrine; il est des problèmes qui se résolvent d'eux-mêmes. On peut dire, néanmoins, que les peuples qui ont poli tous les autres étaient commerçants; qu'une nation très-bornée dans son territoire et sa puissance, fut, par son commerce, la première dans l'histoire des nations, et qu'il n'en est aucune qui n'ait parlé de Tyr. Le commerce n'exclut pas plus les lettres que celles-ci ne s'opposent à sa pratique. Les états qui vécurent sans commerce, furent sans vaisseaux, sans manufactures et sans richesses, et peut—on, sans les sciences et les arts, procurer tous ces trésors aux peuples qui les ignorent? Mais je rentre dans mon sujet.

Pour utiliser ses talents et ses loisirs, notre confrère s'attacha de préférence à l'étude des mathématiques, et, ensuite, à celle de l'astronomie;

ses rapports avec les savants et les artistes célèbres de Paris et de Londres, le mirent à même de se pourvoir des meilleurs instruments connus à cette époque, et l'étude du ciel devint, dès-lors, le sujet de ses méditations. Ce fut à ses démarches que l'on dut la conservation du modeste observatoire des PP. Minimes de notre ville, où les Plumier, les Feuillée, les Sigaloux s'exerçaient jadis à l'étude des astres et préludaient à de plus grands travaux. Ce petit édifice avait été construit par l'ordre de Louis XIV, et fut signalé en 1793, comme une œuvre aristocratique, dont la ruine ne pouvait être plus longtemps différée.

M. Martin avait épousé Mlle Blanche-Camille Audibert; cette union, toujours heureuse, avait mis le comble à ses vœux : peu de temps après, il fit l'acquisition de la précieuse bibliothèque de M. de Nicolaï : ce riche dépôt scientifique et littéraire, méritait, sans contredit, d'être possédé par un savant digne de l'apprécier. Connaissant plusieurs langues vivantes, familier avec celles d'Homère et de Virgile, versé dans l'étude de l'histoire, géomètre distingué, notre confrère trouvait, dans le vaste recueil formé par un savant d'un goût exquis, tous les chefs-d'œuvre, tous les modèles qu'il désirait; et, ce qui devait naturellement augmenter les charmes de cette brillante possession, c'est qu'il y découvrit un grand nombre d'ouvrages et quel—

ques manuscrits relatifs aux antiquités de la Provence, et notamment à celles d'Aix, d'Arles et de Marseille qu'on chercherait vainement ailleurs.

C'est dans ce rare foyer de science et d'instruction, que notre confrère venait se délasser de ses occupations commerciales. Possédant une honnête fortune, il forma le projet de quitter les affaires, qui lui avaient longtemps souri, pour se livrer entièrement à l'étude. Vaine résolution! l'orage grondait déjà sur sa tête. Il était homme de bien, riche, instruit et paisible, nos discordes civiles devaient l'atteindre. Sa fortune fut renversée, sa famille dispersée. Il s'éloigna du toit paternel et fut chercher un asile dans la patrie des arts : il fut en Italie.

Il était digne de ce séjour : aussi les savants, les littérateurs, les artistes les plus distingués, s'empressèrent-ils de lui faire oublier son exil. A Milan, le célèbre poète Perrini, les deux frères Viani, astronomes avantageusement connus de toute l'Europe, recherchèrent plus particulièrement son amitié. A Florence, l'abbé Fontana, le scrutateur, quelquefois indiscret, des secrets de la nature, l'admit dans son intimité. Spallanzani lui étala le spectacle magique de ses nombreuses expériences, et les admirables collections dont il avait enrichi le Musée de Pavie. Partout où notre confrère attendait l'heureux instant de revenir dans ses foyers, il put se convaincre qu'un homme de mérite manque rarement de patrie.

Il justifia, cependant, en 1795, ce qu'éprouvent les cœurs bien nés : il revit sa ville natale, avec attendrissement ; mais la tourmente révolutionnaire, en bouleversant toutes les existences sociales, avait anéanti tous les rapports, tous les modes de relation. Il fallait donc créer de nouveaux points de contact, pour cimenter une société nouvelle et pourvoir à ses nouveaux besoins. Notre confrère, sans abandonner, toutefois, la culture des lettres, se livra donc une seconde fois aux chances des opérations commerciales. Mais ce fatal isolement où se trouva, bientôt, la France ; ces brusques variations dans un gouvernement qu'irritaient ses propres conquêtes, ébranlèrent, de nouveau, toutes les fortunes, et notre confrère tourna complètement ses vues vers les sciences, qui, depuis longtemps, avaient captivé ses goûts.

Ce fut, à cette époque, qu'il se livra, sans réserve, avec nos estimables confrères MM. Casimir Rostan et de Lacour Gouffé, à l'étude de la botanique ; et à celle de l'astronomie, avec M. Reboul, proviseur du collège royal de cette ville, et surtout avec M. le baron de Zach, qui le chargea, spécialement, de lui fournir tous les documents historiques, pour le complément de son bel ouvrage de l'*Attraction des montagnes et ses effets sur les fils à plomb*. Ce célèbre astronome lui fut tendrement attaché et la nouvelle de sa mort lui a fait partager vos regrets.

MM. de Saint-Jacques Silvabelle, Thulis et Blanpain, successivement directeurs de l'observatoire de
cette ville, n'ont jamais cessé de rendre hommage à
son mérite, et n'ont eu qu'à s'applaudir des rapports scientifiques qu'ils ont entretenus avec lui.

En 1808, vos suffrages l'appelèrent parmi vous;
il s'annonça dans vos séances par un savant discours sur la topographie de l'ancienne Marseille;
et cet ouvrage, riche de faits historiques et de souvenirs précieux, fit une telle sensation, que les
nouvelles cartes ont signalé depuis, l'emplacement
qu'il indique pour avoir été jadis occupé par notre
ville, et que les flots de la mer ont depuis longtemps
submergé.

En 1810 vous le nommâtes votre secrétaire perpétuel pour la classe des sciences; c'est dans cette
place honorable qu'il déploya cette étendue de connaissances positives, cette urbanité dans les discussions et les manières qui font des sociétés littéraires
le temple du goût et le séjour des grâces et du savoir.
Vous lûtes avec une vive satisfaction, son recueil
de mots provençaux dérivés du grec; mais ce furent
surtout ses rapports, ses comptes-rendus qui lui méritèrent vos applaudissements. Depuis la fondation
de l'Académie, le nom de notre confrère y parut
toujours avec éclat, c'était pour ainsi dire, dans sa
famille, que se trouvaient réunis les faits historiques les plus précieux qui composent notre tradition.

Ce fut en 1812, que M. Martin fit un second
voyage en Italie; il visita Naples, Herculanum,
Pompéi; il parcourut ces majestueuses ruines, sans
négliger de saluer les savants laborieux qui dérou-
lent avec tant de soin, les titres poudreux de ces
villes exhumées de leur tombe.

A Rome, le Phidias moderne le transporta dans
l'Olympe, en l'admettant dans son atelier : c'est
notre confrère, Messieurs, qui décora de ce beau
nom, l'honorable catalogue de vos correspondants;
et celui-ci, sensible à cette faveur, décora bientôt
de son image le lieu même où vous vous étiez em-
pressés de la lui accorder. C'est à son goût délicat
pour les arts, c'est à ce langage persuasif qui en
exprime si bien le sentiment, que notre confrère
dut l'accueil distingué qu'il reçut de cet artiste sublime dont l'Italie ne peut se lasser d'exalter le
génie; il serait superflu d'ajouter ici le nom de
Canova.

Enfin, l'époque de la restauration étant arrivée
et la paix de l'Europe ayant ouvert de nouvelles
routes au commerce, M. Martin s'engagea de nouveau dans la carrière du commerce avec une rare
activité. Ses fils déjà capables de le seconder, étaient
heureux d'avoir un pareil maître, pour s'y distinguer. Ce fut alors qu'il remit dans vos mains l'honorable place à laquelle vous l'aviez appelé : vous lui
donnâtes un successeur, Messieurs; mais il ne fut

pas remplacé. Il assistait néanmoins encore à vos plus importantes séances, et ne cessa jamais de faire des vœux pour une compagnie, dont il avait long-temps été l'un des organes les plus éloquents.

Lorsqu'un jour entier de loisir lui permettait le délassement d'une promenade champêtre, il se rendait avec délices, chez le vénérable patriarche de la botanique provençale; à ce nom, vous reconnaissez sans peine M. le chevalier de Lacour Gouffé, notre honorable confrère, et son ancien ami; et là, de concert avec d'autres membres de l'Académie, ou, quelquefois, des botanistes étrangers, ils formaient une véritable société linnéenne; c'était les aménités botaniques du vieillard d'Upsal, j'allais presque dire les Tusculanes, dans le berceau des troubadours. Notre confrère, Messieurs, ne fut entièrement étranger à aucune science, il en cultiva plusieurs avec succès, et il fut agrégé à plusieurs académies; mais il eut la modestie de n'en jamais parler.

Des intérêts commerciaux, et le désir de revoir plusieurs de ses amis, l'avaient engagé à faire un voyage en Angleterre; les apprêts en étaient terminés, le jour du départ fixé, lorsqu'une maladie que rien ne présageait, vint faire avorter de si riants projets. Oh! combien l'homme et fragile! qu'il est peu sûr du lendemain! Cependant le mal empire; et dans peu de jours, cet estimable savant, qui faisait naguère l'ornement de toutes les sociétés, succombe, dans toute la vigueur de la santé, sans avoir, pour ainsi dire, jamais connu la douleur. Il mourut le 19 août 1825.

Versez des larmes vous qui composez sa famille; mais consolez-vous, les regrets des savants, de ses nombreux amis, de l'Académie, qu'il embellit de ses talents, se mêleront toujours aux vôtres, et trouveront de l'écho dans le cœur de tous ceux qui l'ont connu. Chez celui que vous pleurez, la science ne fit jamais oublier les devoirs, elle les éclaira, et ils n'en furent que plus rigoureusement observés. Heureux les hommes de lettres qui le prendront pour modèle! Il fut honoré comme savant, respecté comme commerçant, regretté comme homme du monde, et admiré, dans ses derniers moments, par les sentiments éminemment religieux qui l'accompagnèrent aux portes de l'éternité.

NOTICE NÉCROLOGIQUE

SUR

M. LE CHEVALIER DE LANTIER,

Membre de la classe des belles-lettres de l'Académie ;

PAR M. LAUTARD,

Secrétaire perpétuel de la classe des sciences.

MESSIEURS,

Dans la distribution des éloges, l'opinion publique devance toujours celle des sociétés littéraires, et elle s'égare rarement sur ce point. Ce serait inutilement qu'on tenterait aujourd'hui de donner de la considération à la médiocrité ; il ne dépend de personne de faire ou de détruire une réputation méritée ; c'est l'œuvre du talent et non celle de la complaisance et de la faveur, car le temps détruit insensiblement tout ce qui ne repose que sur de vaines opinions et confirme les jugements qui reposent sur la vérité. La plupart des hommes soupirent, il est vrai, après cette vapeur légère qu'on appelle la gloire, ce mobile puissant de toutes les grandes actions, qu'on voit de loin comme un but éclatant et qu'on s'efforce

d'atteindre par des actions brillantes, ou des travaux utiles; mais ce vain fantôme n'égare-t-il personne ? Combien d'utiles efforts expirent dans l'oubli ! Que d'amertume est réservée à celui qui doit
survivre à l'injustice de ses contemporains ! Et lorsqu'elle est acquise, cette gloire, n'est-elle pas trop
souvent sans attraits? N'est-elle pas accompagnée
d'indicibles tourments? Est-il vrai que Raphaël
fut empoisonné? et que Michel-Ange, cachant son
chef-d'œuvre dans la terre, sécha de chagrin en
prononçant le nom de Praxitèle? Leur gloire ne
brilla réellement que sur leurs cendres; car les
vivants ne la pardonnent qu'aux morts, et souvent
même, pour la ternir, ils l'exhument avec mépris
du fond de leurs tombeaux.

Heureux celui qui, se confiant aux inspirations
de son génie, jouit en paix des faveurs qu'il lui
accorde; qui n'accepte, de la gloire qui lui revient,
qu'autant qu'il lui en faut pour embellir le rêve de
la vie, et qui compte au nombre de ses devoirs le
bonheur d'être utile à ses semblables. C'est dans les
sociétés littéraires, Messieurs, qu'on découvre de
tels modèles; c'est là qu'on voit de ces hommes
modestes et laborieux, qui, dédaignant les dons de
la fortune, bornent leur ambition au culte des lettres et à l'estime de leurs concitoyens.

De tels citoyens, Messieurs, ne peuvent-ils pas
être loués en public ? Si le mérite est fils du talent et

de la vertu, qu'il soit permis de croire qu'à l'époque où nous vivons, il ne manquera ni d'occasions brillantes pour se montrer, ni d'historiens fidèles pour le célébrer.

Payons, cependant, le tribut de louanges à ceux de nos confrères qui l'ont mérité. L'académicien dont nous déplorons aujourd'hui la perte, fut digne de l'estime publique ; il fit honneur aux lettres, à sa patrie, et surtout à cette compagnie à laquelle il fut toujours tendrement attaché. Il conservait la tradition de ce beau siècle dont il avait connu les débris, et savait embellir vos séances de cette fleur d'urbanité que tant d'orages semblaient avoir exilée du sol français. Puissions-nous, dans le récit des principaux événements de sa vie, lui attirer de nouveaux hommages et conserver soigneusement le souvenir des rares qualités qui le firent toujours estimer !

M. François-Étienne de Lantier, naquit à Marseille, le 11 octobre 1734, d'une famille honorable et d'une grande piété. L'austérité de la maison paternelle, l'obligation de passer à l'église une partie de la journée, furent cause, disait-il, que ce qu'on appelle dévotion fut pour toujours exilé de son âme. Il se contenta de croire à la religion, ne rêvant que gloire militaire ; galant auprès des dames, jeune et léger, il ne pouvait goûter ni les sermons qu'on l'obligeait d'entendre, ni la vie des saints qu'on lisait, pour le former, durant plusieurs heures par jour.

Il était dans cette disposition d'esprit, lorsque son père, ne pouvant le plier à ses goûts, lui acheta une sous–lieutenance dans le régiment d'Angoumois qui se trouvait alors à Marseille.

Il avait dix-neuf ans; le plus beau jour de sa vie fut celui, disait–il, où il endossa l'uniforme. Il parcourut successivement la Corse, la France, l'Espagne, dont il a si bien décrit le beau climat, la superstition du bas peuple, la paresse et la frugalité de tous. Dans le séjour qu'il y fit, il ne s'occupa que d'amour et de lectures ; il dévorait, disait–il, tous les livres, bons ou mauvais, et faisait la cour à toutes les espagnoles ; en voilà suffisamment sur les années de la folie, c'est-à-dire de sa jeunesse.

Sa carrière littéraire nous offrira plus d'intérêt. A son retour d'Espagne, M. de Lantier revint à Marseille. Sa tête s'était échauffée des feux du climat qu'il venait d'habiter. Il entreprit l'*Impatient*, sujet déjà maladroitement traité par un de ses amis. Il marchait au hasard, et n'avait pas de route assurée. La pièce fut d'abord mise en trois actes ; mais n'en étant pas tout-à-fait satisfait, il la serra dans son portefeuille. Quelque temps après, son ambition littéraire s'étant éveillée, il résolut d'aller à Paris. Son père consentit avec peine à ce voyage qu'il appelait une étourderie, et cependant, il lui fournit les moyens de l'effectuer.

Il débuta, dans la capitale, par une jolie pièce de vers insérée dans ses œuvres et que tout le monde connait; elle était adressée à Mme Dubarry. Cette dame, on le sait, n'aimait pas le duc de Choiseul, et cherchait les moyens de le perdre dans l'esprit du roi, parce que ce ministre, fier et généreux, ne voulait pas fléchir le genou devant elle. Ces vers firent grand bruit; on les donnait à Jacques Delille, à Voltaire même; ils commencent par celui-ci :

Déesse des plaisirs, tendre mère des grâces.

Protégé par Monseigneur l'évêque d'Orléans, alors ministre de la feuille, M. de Lantier le pria de nommer l'auteur de cette pièce à M. le duc de Choiseul, qui lui donna une pension de 1,200 francs sur les affaires étrangères, et le nomma secrétaire d'ambassade à Dresde. Mais trois mois après cet événement, M. le duc de Choiseul fut exilé à sa terre de Chanteloup, et M. le duc d'Aiguillon, qui lui succéda, priva M. de Lantier de sa place et de sa pension; car telle était sa destinée, les ministres ne devaient pas le protéger.

Pour se consoler de l'inconstance de la faveur des grands, il mit la dernière main à l'*Impatient*, et fut conduit chez Monvel par un de ses amis. Ce comédien garda la pièce pendant trois ans, sans que l'auteur pût l'engager à la lire; mais à force

d'instance, elle fut enfin lue et reçue avec applau-
dissement.

Dans cet intervalle de temps, M. de Lantier avait
fait une autre comédie qu'il fit lire à Diderot. Dans
son intérieur, cet homme célèbre était le plus com-
plaisant, le plus aimable des hommes; il était bon
père, bon époux, bon ami, et tout–à–fait simple
dans ses mœurs. Mon enfant, dit-il à M. de Lantier,
votre pièce ne vaut rien du tout; mais avez–vous
eu du plaisir à la faire? — Oui, beaucoup, répondit
l'auteur. — Eh bien! que voulez-vous de plus? Y
renoncez–vous? — Oui, puisqu'elle est si mauvaise. — Voulez–vous me la donner? — Très-
volontiers. Diderot s'en empara; il traita ce sujet
en cinq actes, et l'a laissé à Pétersbourg dans le
pensionnat des demoiselles nobles.

Cependant l'*Impatient* fut joué en 1778. Le succès fut incertain. La pièce avait des longueurs. La
Harpe dit que c'était l'ouvrage d'un jeune homme.
M. de Lantier allait la retirer; mais Molé, qui avait
dans la pièce un rôle très-piquant la soutint vivement. On engageait l'auteur à la corriger; et Barthe, son compatriote et son ami, lui pronostiquait
une chute complète s'il ne l'abandonnait. Il ne nous
est pas permis de décider jusqu'à quel point la jalousie entrait dans ce conseil. Enfin, la pièce fut
rejouée, Molé entre en scène, et l'*Impatient* est
porté aux nues. On la joua bientôt après à Ver–

sailles ; le bon Louis XVI y rit beaucoup. On engagea M. de Lantier à se trouver sur le passage de Sa Majesté; il y court, mais comme il s'était peint lui-même dans sa pièce, il n'eut pas la patience d'attendre le roi. Alors, d'après le conseil de ses amis, il envoya ces vers à Monseigneur le comte d'Artois :

> O vous, l'honneur de notre empire,
> Vous, né pour la gloire et l'amour,
> A mon placet daignez sourire,
> Et moi, je m'oblige, à mon tour,
> D'aller prier, mais bouche close,
> La belle moitié de Vulcain
> De vous choisir, dans son jardin,
> Son plus joli bouton de rose.

Le prince accueillit le placet avec bonté, et l'auteur reçut la commission de capitaine.

M. de Lantier connu, dès-lors, par sa comédie, fréquenta la plus haute société de la capitale; la maison de M. le maréchal de Sainville, frère de M. le duc de Choiseul, celles du marquis de la Baume, de madame de Boufflers et de madame de Brancas lui furent ouvertes. Ce fut là qu'il connut et protégea M. François de Neufchâteau qui, plus tard, aurait pu le protéger lui-même; il connut enfin, dans ces réunions, ce Céruti qui, d'abord jésuite, finit par épouser la duchesse de Brancas, dont une partie de la fortune lui fut dévolue.

Encouragé par le succès de l'*Impatient*, M. de Lantier fit trois contes moraux et quelques pièces de vers, qu'il fit imprimer sous le nom de l'abbé *Mouche*. Il travailla ensuite au *Flatteur*, pièce en cinq actes, jouée en 1780, et dont le succès fut plus que douteux. Dugazon voulut la corriger, et il l'élagua d'une telle manière, que Molé, la trouvant trop décharnée, ne voulut pas s'en charger. La pièce, cependant, eut quelque succès dans la suite, et l'on ignore, absolument, la cause de sa disparition.

M. de Lantier ne se donna jamais la peine d'étudier l'école du théâtre; il y eût vraisemblablement réussi; mais ayant échoué plusieurs fois, n'aimant pas, d'ailleurs, la société des artistes dramatiques, il eut la bizarre idée d'écrire la vie de l'extravagant M. de Saint-Germain. Il la commença, mais il s'arrêta bientôt; c'est de là, pourtant, que sortit *Anténor*.

En 1784, un de ses amis, riche et passionné pour les lettres, lui proposa le voyage d'Italie; il accepta cette offre avec joie. Il a souvent regretté de n'avoir pas mieux profité de cette belle occasion de s'instruire, quoiqu'il eût alors près de cinquante ans. Il fut, d'abord, à Genève et visita Ferney: ce ne fut pas sans émotion, qu'il parcourut ces lieux qui lui rappelaient tant de chefs-d'œuvre divers. A Venise, il vit la fête où le Bucentaure épouse l'Adriatique, et se lia d'amitié avec le marquis de Capacelli, l'un des quarante sénateurs de Bologne, grand amateur du théâtre, et se ruinant à faire représenter des pièces dans son palais: Il avait traduit l'*Impatient*. A Rome, il fut accueilli de la manière la plus distinguée par M. le cardinal de Bernis, et reçu, par acclamation, à l'Académie des Arcades; il visita Naples, Pompéi et Herculanum, où il feint d'avoir trouvé le manuscrit d'*Anténor*, et vint à Florence, où Charles-Édouard Stuart l'admit dans sa société. Il vit aussi le comte Alfieri, cet auteur tragique, si digne de sa célébrité, bien qu'il ait eu le travers d'esprit d'écrire tant de blasphèmes contre la langue française et contre la nation qui la parle. Enfin, à son retour à Genève, M. de Lantier y connut l'abbé Raynal, avec lequel il avoue n'avoir pu sympathiser.

En 1786, il reçut la croix de Saint-Louis, et revint passer quelque temps dans sa patrie; ce fut l'année de sa réception à l'Académie: rien ne le flatta davantage que de recevoir de ses compatriotes même, la couronne que lui avaient méritée ses talents: peu de temps après, il se maria; mais déjà nos dissensions civiles commençaient à éclater: c'était ce bruit sourd qui précède la tempête. Ami de la paix et du travail, il fut se fixer à la campagne, au quartier de Saint-Jean du désert. C'était là le Tusculum, le Tivoli de notre confrère. C'est là qu'il éleva les plus solides monuments de sa gloire littéraire; il s'y occupa du *Voyage d'Anténor*, et s'y consolait, par l'étude, des maux qui désolaient sa malheureuse patrie.

Mais, il apprend, tout à coup, les dangers qui menacent le roi; il part, et la catastrophe du 10 août l'oblige à rester à Lyon, d'où, sans doute, il ne serait plus sorti, sans la protection d'un Marseillais qui favorisa son évasion. Il se rendit à Montpellier où son épouse mourut. Ne sachant plus où porter ses pas, il fut à Saint-Maximin. Lucien Bonaparte le prit en amitié et le rassura contre la frayeur qui le poursuivait.

Enfin, après le 9 thermidor, il revint à Marseille, reprendre et finir *Anténor*. Il partit, ensuite, pour Paris; mais aucun libraire ne voulant de cet ouvrage, il fut obligé de compter douze cents francs à celui d'entre eux qui risqua de l'imprimer... *Anténor* eut un succès prodigieux; il venait après *Anacharsis*, et il eut, surtout, le rare avantage d'être placé dans tous les boudoirs, sur toutes les toilettes, qui sont bien plus nombreuses que les cabinets des savants; et quoiqu'il fût déchiré par les journaux, et surtout par l'abbé Feletz, chaque critique en faisait naître une nouvelle édition. Jamais ouvrage ne réussit si bien contre le jugement

des connaisseurs. Il fut traduit dans toutes les
langues de l'Europe, et l'on peut dire qu'il brava,
partout, l'opinion des hommes de mérite qui le
censuraient.

Animé par un tel succès, M. Lantier composa ses
Voyages en Suisse, en Espagne, et la Correspondance de Mlle d'Arly. Il avouait qu'il était trompé
par tous ses libraires. Ces ouvrages ne pouvaient
augmenter sa réputation.

En 1814, il vint décidément se fixer dans sa ville
natale. Il y vécut en sage, habitant la campagne où
naquit *Anténor;* entouré d'un petit nombre de parents et d'amis, il jouissait d'un calme parfait; sa
conversation était toujours instructive et gaie;
ses yeux s'étant presque entièrement obscurcis, on
lui faisait les lectures qu'il désirait, et l'on écrivait
sous sa dictée. Celui qui remplissait cette fonction
n'avait presque pas de relâche; car M. de Lantier
n'en donnait pas lui-même à son amour pour les
lettres. Vous l'avez entendu remplir vos séances
de lectures agréables et de poésies pleines de fraîcheur et d'enjouement; tandis qu'à l'âge où il était,
la plupart des hommes, accablés du poids des ans,
en font supporter le fardeau, même à ceux qui
n'ont aucun intérêt à les en soulager.

A la fin de sa longue carrière, il termina et publia un poëme en huit chants, où l'on découvre
encore des morceaux charmants. C'est l'un de ces

rares exemples, qu'on cite toujours avec une sorte d'orgueil. M. de Lantier fut auteur jusqu'à la veille de sa mort, qui eut lieu le 31 janvier 1826 ; il avait quatre-vingt-onze ans et quatre mois. Ses ouvrages ont été jugés par le public. Son caractère était bon, doux et affable, quoique impatient. Sa vie fut celle d'un honnête homme, et sa mort celle d'un chrétien, sans faiblesse et sans ostentation.

NOTICE NÉCROLOGIQUE

SUR

M. Antoine-Ignace D'ANTHOINE,

BARON DE SAINT-JOSEPH,

Membre de la classe des sciences de l'Académie;

Par M. LAUTARD,

Secrétaire perpétuel de la classe des sciences.

———

Messieurs,

L'un des plus grands orateurs de l'ancienne Grèce pensait qu'il était superflu de louer, par des paroles, des hommes assez loués par leurs actions, et qu'il suffisait de célébrer leur mémoire, en rappelant leur nom, sans compromettre la gloire d'un grand nombre, en la faisant, pour ainsi dire, dépendre de l'éloquence d'un seul : en effet, chacun ayant sa manière de voir et de sentir, il est bien difficile, dans un éloge, de plaire également à tout le monde. Les auditeurs sont-ils instruits des faits, ou disposés à les croire ? l'orateur n'en dit jamais assez.

Les faits leur paraissent-ils nouveaux, ou les jugent-ils au-dessus de leurs forces? l'envie dit toujours qu'on exagère la louange.

Tant que nous nous trouvons au niveau des actions qu'on nous raconte, nous en supportons le récit; sitôt qu'elles s'élèvent au-dessus de ce que chacun se sent en état de faire, l'orgueil s'irrite et refuse même d'écouter.

Mais puisque, dans les académies, comme dans tous les États policés, on a fait une loi de la sage coutume d'honorer les morts par le récit des événements de leur vie, je vais m'y conformer moi-même et m'efforcer de justifier votre confiance, en rapportant des faits qui ne puissent blesser ni l'orgueil, ni l'envie.

Les hommes distingués par leur mérite et leurs bienfaits, font seuls la gloire des nations; c'est par eux qu'elles règnent dans l'opinion, et que l'histoire marque le rang qui leur est assigné; les hommages qu'on leur rend, deviennent une source d'actions estimables, car c'est rendre la vertu féconde, que de savoir l'honorer. Veux-tu, disait un sage, que la patrie t'accorde des honneurs mérités, rends-toi utile, et songes que ton éloge ne peut être fait que par tes actions?

C'est donc en vain, Messieurs, que le son flatteur de la louange vient agréablement frapper l'oreille de l'homme puissant, s'il reste oisif; en vain bril-

lera–t–il, pendant sa vie, d'un éclat emprunté, s'il
ne rend aucun service à ses semblables, il se flétrira
comme ces fleurs éblouissantes et passagères, qui
n'exhalent aucun parfum. L'homme utile est donc
le seul qui soit digne de notre encens.

Tel fut celui dont je dois vous entretenir, en ce
jour solennel : que ne puis-je avoir l'assurance, à
mon tour, d'avoir inspiré cet amour pur de la patrie,
dont s'honorent les cœurs bien nés, en rappelant le
souvenir des actions qui l'ont illustrée, et me féliciter de n'avoir rien dit qui ne soit nécessaire et convenable à mon sujet.

M. d'Anthoine, naquit à Embrun, le 21 septembre 1749, de parents respectés par leurs mœurs
antiques et la plus rare probité. La charge de lieu–
tenant-général de police était héréditaire dans cette
famille, depuis l'édit qui la créa en 1699. Appelé,
par le droit d'aînesse, à l'occuper un jour, mais
persuadé que les biens dont il hériterait de son
père, ne lui permettraient pas de l'exercer avec autant d'éclat que ses aïeux, il préféra la carrière du
commerce, pour offrir un jour, si le ciel lui était
favorable, plus de ressources à la nombreuse famille dont il allait bientôt devenir le chef.

A l'âge de seize ans, il quitta le toit paternel; et
du sommet des Alpes, où de précoces études et des
exercices soutenus avaient fortifié son esprit et son
corps, il descendit dans une ville où la jeunesse

imprudente est assaillie par tous les genres de dangers; mais l'amour du travail et le souvenir des
vertus de sa famille, le sauvèrent de tant d'écueils.
Après quatre ans de séjour à Marseille, on lui proposa d'accepter une place dans une maison française à Constantinople : c'était alors la route de la
fortune, et ce fut une dame de Marseille qui la lui
indiqua. « Dès l'instant, dit-il, dans un mémoire
« écrit de sa main sur l'histoire de sa vie, que j'eus
« le bonheur d'être connu de cette dame, elle ne
« cessa de me donner les témoignages les plus sen-
« sibles et les plus constants d'une véritable amitié.
« Ses bontés pour moi sont la cause première de
« ma fortune : elle et son mari n'eurent, en m'obli-
« geant, d'autres objets en vue que de me faire du
« bien, et d'autre récompense, en perspective, que
« mon bonheur. Je dois, en premier lieu, le rap-
« porter à la Providence divine dont je suis l'enfant;
« c'est elle qui m'a guidé, sans cesse, par la main,
« et qui dirigea mes pas vers Constantinople, où
« elle me préparait une carrière des plus heu-
« reuses. »

En effet, peu d'années après son arrivée dans la
capitale de l'Empire-Ottoman, la fortune l'avait tellement comblé de ses dons, qu'il eût pu se passer,
dès-lors, d'un appui étranger; mais plein de jeunesse, de mérite et d'émulation, il brûlait du désir
de se distinguer encore dans l'honorable carrière

qu'il parcourait : l'occasion, à son avis, se faisait longtemps attendre; mais enfin elle sourit à ses vœux.

Le traité de paix du 21 juillet 1774, entre la Porte-Ottomane et la Russie, venait d'ouvrir à celle-ci, les ports de la Mer-Noire, que les vaisseaux de la Sublime-Porte fréquentaient, seuls, depuis plus de trois siècles; et cette contrée, qui fut jadis le théâtre du commerce du monde entier, n'était frayée que par des vaisseaux, languissamment traînés de cette mer dans celle d'Asow; ainsi les nations, qui bordent leurs rivages, étaient tombées dans cet état d'esclavage et d'avilissement, où sont plongés les peuples soumis à la domination du Croissant.

L'infatigable Catherine, pour assurer ce nouvel avantage à ses sujets, quatre ans après la signature du traité dont nous venons de parler, avait fondé Cherson, pour servir d'entrepôt au commerce russe avec les diverses puissances de la Méditerranée.

Profondément versé dans la connaissance de ces événéments; se trouvant pour ainsi dire sur les lieux, et s'occupant avec une égale activité de ses propres intérêts et de ceux de la France, M. d'Anthoine conçut le projet d'établir des relations commerciales entre les ports de la Russie sur la Mer-Noire, et ceux de la France sur la Méditerranée. Il rédige des mémoires pleins de force et d'intérêt, les communique à M. de Saint-Priest, ambassadeur de France auprès de la Sublime-Porte, comme le simple hommage des spéculations d'un négociant citoyen; il lui fait part de ses observations sur ce sujet, comme d'un résultat des calculs de possibilité, pour le mouvement qu'on pouvait imprimer à cette nouvelle route commerciale, et ne balance pas à lui faire connaître qu'il serait le premier à la frayer à ses compatriotes, en formant un établissement à Cherson. M. de Saint-Priest, qui depuis longtemps avait résolu d'utiliser de pareilles vues, au profit de l'intérêt de l'État, applaudit vivement à ce noble projet, il le communique à l'envoyé de Russie, et ces deux ministres arrêtent ensemble d'engager leurs cours respectives à permettre à M. d'Anthoine de voyager en Russie, pour observer les lieux et vaincre les obstacles qui pourraient s'opposer à leur commun dessein. M. le maréchal de Castries, M. le comte de Vergennes approuvèrent les démarches de M. de Saint-Priest, et M. d'Anthoine aborda en Crimée muni de passeports russes et voyageant aux frais du roi.

Le gouverneur de Cherson lui accorda un terrain pour bâtir sa maison et les magasins qui devaient en dépendre; ce général était alors auprès de cet infortuné khan des Tartares qui fut étranglé à Rhodes, en 1787, par l'ordre du Grand-Seigneur.

A Moscow, le feld-maréchal Romantzow accueille M. d'Anthoine avec la plus grande distinction, et l'entretient avec bienveillance de ses vastes projets de commerce. C'était le même général qui avait dicté les conditions du traité de 1774, après avoir battu les Turcs dans la dernière guerre.

Le prince de Potemkin, le comte de Voronzow donnèrent à notre voyageur des témoignages honorables du plus vif intérêt, et pendant son séjour à Pétersbourg, qui fut d'environ un an, il reçut, autant de l'ambassade française que des ministres russes, des preuves non équivoques de l'hommage qu'on rendait à ses talents. Il obtint le pavillon russe pour plusieurs de ses bâtiments et toutes les prérogatives accordées aux sujets de S. M. l'empereur.

A Varsovie, le monarque le remercia lui-même des avantages qu'il allait bientôt procurer à ses sujets; mais ce fut à Versailles que le mérite de M. d'Anthoine fut le mieux apprécié. M. le maréchal de Castries et M. de Vergennes mirent sous les yeux du roi les divers mémoires qu'il avait rédigés sur le commerce de la Pologne et de la Russie, ainsi que la carte de la navigation intérieure de ces deux États, qu'il avait soigneusement fait dresser dans ses voyages. Sur sa demande, on lui accorda des fonds pour hâter la fondation de son établissement à Cherson, et la commission d'achats de toutes les munitions navales, venant par la Mer-Noire, pour la marine royale. Son voyage avait duré deux ans et cinq mois, et coûta trente mille francs à l'État.

Après avoir rendu compte de sa mission, M. d'Anthoine alla visiter sa patrie; l'espoir d'embrasser sa famille faisait tressaillir son cœur, mais la Providence lui réservait les plus vifs chagrins. Peu d'instants avant son arrivée, son père avait perdu connaissance et mourut, le lendemain, dans les bras de son fils.

Celui-ci, comme on l'a déjà vu, était parti d'Embrun à l'âge de seize de ans; il y revenait seize ans après, comblé d'éloges de la part des ministres des cours de France, de Pologne et de Russie. A l'âge de trente-deux ans, il avait fait de grands, d'utiles voyages; sa fortune était assurée, ses espérances étaient sans bornes et son nom inscrit parmi ceux des citoyens qui ont rendu des services à leur pays (1).

Ce fut l'époque où, pour lier ensemble ses opérations commerciales, il vint s'établir à Marseille pour y former un établissement dont il devait avoir seul la direction. En 1786, il épousa Mⁱˡᵉ Marie-Anne-Rose Clary, dont la famille rappelle tant d'illustrations. La même année, le meilleur des rois lui fit expédier des lettres de noblesse, et comme

(1) M. de Ségur en parle dans ses mémoires.

elles reposaient sur des services publics, elles ne furent pas regardées comme une vaine distinction ; car il n'avait pas usurpé cette faveur royale, et depuis il n'en fit point un titre d'oisiveté. Il continua ses entreprises avec les ports de Russie sur la Mer-Noire, et fit un commerce considérable avec les échelles du Levant, dans les Indes-Occidentales et dans la Louisiane, jusqu'à l'époque où nos dissensions civiles entraînèrent tous les établissements commerciaux dans une commune ruine.

Notre confrère, alors, tourna ses vues vers d'autres objets de service public ; administrateur des hôpitaux, il consola le pauvre et lui conserva les biens dont la piété l'avait doté ; membre du Conseil municipal, au temps de nos malheurs, il pourvut à la subsistance de ses concitoyens ; appelé tour à tour dans la Chambre de commerce et député près le Conseil du ministère de l'intérieur, nommé président du Collége électoral, candidat au Corps législatif, trésorier de la huitième cohorte de la légion d'honneur ; partout il déploie le zèle d'un citoyen jaloux de la gloire de sa patrie ; et celle-ci reconnaissante applaudit toujours aux distinctions flatteuses dont il était l'objet.

Mais un fleuron manquait encore à sa couronne civique ; à peine le régime municipal succédait à l'administration communale, qu'il en fut nommé le régulateur ; dans cet état de confusion où le trium-

virat des maires, à Marseille, avait laissé languir la
chose publique, il fut choisi pour relever l'éclat de
cette magistrature paternelle, et concentrer sur sa
personne tout ce qu'elle a de force et de dignité. Il
y réussit, et soudain la mairie reconquit ses droits;
de sages règlements succèdent à l'arbitraire; les
édifices publics sont restaurés; la ville s'embellit
et son enceinte devient plus saine; l'ordre et l'économie président aux dépenses, et l'imposante voix
du premier magistrat de la ville reprend en peu de
temps tout l'empire qu'elle avait perdu. L'administration de M. d'Anthoine fut éclairée, ferme, courageuse et probe: il allait droit au but; craignant peu
ces altercations que lui suscitait sans cesse ce magistrat d'un ordre plus élevé, dont une barrière de
fer entourait toujours l'inflexible volonté, il ne
cessa jamais d'être juste, et le public le fut envers
lui. A tous ces traits, Messieurs, vous reconnaissez
l'empreinte de son caractère et de son génie, et
vous les confondez sans peine avec le noble dévouement; les talents supérieurs et l'intacte probité de
son digne successeur (1).

M. d'Anthoine fut créé baron de Saint-Joseph;
mais il ne fut pas plus enflé de sa noblesse qu'ébloui
de sa fortune, et des honneurs qui l'entouraient;
ce qui le flatta davantage, peut-être, c'est que l'A-

(1) M. le marquis de Montgrand succéda à M. le baron de
Saint-Joseph.

cadémie ne tarda pas à le rechercher. Son goût pour les lettres, ses rapports avec les savants, lui ouvraient naturellement les portes de votre compagnie. Sa présence y ranima le goût des sciences utiles, et le récit de ses voyages augmenta, plus d'une fois, le charme de vos réunions. Vous reçûtes avec enthousiasme l'hommage de son *Essai sur le commerce et la navigation de la Mer-Noire*; cet ouvrage fut placé dans le rang des livres éminemment utiles; il l'appelait *la dette du cœur*, et vous savez tous, Messieurs, la grâce qu'il mit à l'acquitter.

L'un des plus beaux moments de sa vie fut celui où il apprit que ses compatriotes, les habitants des Hautes-Alpes, l'avaient, d'un accord unanime, présenté pour candidat au Sénat conservateur; comme il rangeait les ingrats parmi les hommes injustes, il reçut toujours les bienfaits avec une vive reconnaissance...

En 1812, pressé de jouir des douceurs de la vie privée, M. d'Anthoine se hâta de renoncer aux fonctions publiques dont il était revêtu; il se promettait de plus paisibles jouissances, mais combien rarement les lointains projets de l'homme reçoivent-ils une entière exécution? L'hiver de la vieillesse devança pour lui ses rigueurs; cet âge, étranger aux jouissances, voit encore fondre sur l'homme tous les maux à la fois. Heureusement notre confrère n'avait pas renvoyé ses travaux à la

dernière saison de sa vie; sa tâche était remplie; on
eût pu le comparer alors à cet illustre orateur
mourant dont les amis vantaient le mérite et les
talents : J'ai fait d'excellentes choses pour mes contemporains, leur dit-il, en interrompant leurs éloges; mais vous oubliez de parler de ce que j'ai fait
de meilleur dans ma vie; c'est qu'aucun citoyen
n'a jamais murmuré contre les actes de mon administration.

Avec une telle conscience, Messieurs, l'homme
voit arriver, sans effroi, cette heure suprême qui
sonne également pour les bergers et les rois, qui
met un terme à nos maux et confond toutes les
grandeurs d'ici-bas : aussi notre confrère reçut-il,
avec une piété touchante, ces douces consolations
que notre religion prodigue à ceux qui la pratiquent avec sincérité. Il était âgé de soixante-dix-
sept ans : ses sens étaient toujours restés libres ;
mais une paralysie lente envahissait, insensiblement, ses membres engourdis, et la mort s'avançant par degrés, ne put se faire précéder de l'appareil de la douleur.

NOTICE NÉCROLOGIQUE

SUR

M. BÉRENGER DE LA BEAUME,

Membre de la classe des sciences de l'Académie;

Par M. LAUTARD,

Secrétaire perpétuel de la classe des sciences.

———

MESSIEURS,

Les statuts des corps savants prescrivent de rappeler, au bord de la tombe, le souvenir des membres qu'ils ont perdu; c'est le dernier hommage offert à leur mémoire; c'est ce solennel adieu qui ne se renouvelle plus.

En dérobant à nos regards leurs mortelles dépouilles, la terre avide qui les recouvre et qui nous attend, élève, entre elle et nous, une frêle barrière que, pourtant, l'éternité seule peut franchir. Ombres illustres de nos fondateurs, en nous imposant l'obligation de célébrer la mémoire de ceux de nos contemporains qui ne sont plus, vous rendîtes, à votre insu, notre tâche pénible; car depuis long-

temps, l'indifférence ou l'envie accompagnent obstinément le cours de la vie de l'homme de bien;
en effet, si l'orateur ne peint que des vertus communes, il devient fastidieux; il excite les serpents
de l'envie, s'il exalte le mérite : il déplait, lorsqu'il
flatte; il dégoûte, s'il n'est que vrai. La vertu seule
a peu d'attraits; on se met en garde contre l'adula-
tion, parce qu'elle est le cachet de la servitude,
dans le temps qu'on sourit toujours à l'impitoyable
satire, et qu'on s'égaie de la malignité, parce
qu'elles sont une fausse image de la liberté; et de
nos jours, Messieurs, de quelle condamnable manière n'abuse-t-on pas de celle-ci, au nom de cette
loi qui semble absoudre l'injure, et lui offrir des
gages d'impunité?

Un illustre écrivain de l'antiquité disait que la
perte de la liberté avait entraîné celle de toutes les
vertus: de combien de vertus, Messieurs, ne devrait
pas briller notre siècle, si, comme on le croyait
alors, elles dépendaient de la liberté?

Mais j'entre dans mon sujet; dans cette enceinte,
du moins, nous sommes assez libres, pour parler
de nos confrères, sans blesser ni l'orgueil, ni l'envie : ici, nous pouvons penser comme nous vou-
lons, et parler comme nous pensons. Puissé-je,
cependant, n'user de l'un et de l'autre, qu'avec la
mesure et le discernement qui, seuls, peuvent
m'attirer votre estime et votre approbation.

M. François-Jean-Baptiste Béranger de la Beaume, dont l'aïeul fut page de Louis XIV, naquit de Jean-Baptiste, officier de la marine royale, chevalier de Saint-Louis, membre de notre ancienne Académie, et de Marie-Rose-Jeanne de Bellanger; il vit le jour à Marseille, le 22 septembre 1773. Son éducation n'eut rien de remarquable; il suivit simplement les écoles publiques et ne dut ses progrès qu'à son application. Au sortir des écoles, où, comme on le sait, on ne peut recueillir que les plus simples éléments des connaissances utiles, il refit, en son particulier, ses études, et s'adonna à celle du grec, de l'italien, et de la langue anglaise; mais, bientôt celle des mathématiques décéla son véritable talent; il s'y consacra sans relâche, avec passion, et ne tarda pas à s'y distinguer. Les sciences accessoires à celles-ci ne lui furent pas étrangères; mais son excessive modestie les tenaient enfouies dans le silence, et sans quelques tardives circonstances, elles fussent toujours restées inconnues.

Un esprit droit, un jugement sain, le goût du repos, des connaissances purement utiles, peuvent rarement faire briller celui qui les possède, sans une de ces occasions qui les met au jour. Pour se faire un nom dans le siècle où nous sommes, il faut, au milieu de nombreuses assemblées, attaquer avec effronterie, ce qu'il y a de plus respectable, de plus puissant, de plus vertueux; l'idée seule qu'on s'illustrera par ce moyen, suffit pour rendre éloquent. Flatter la malignité publique, profiter de cet ascendant pour insulter aux hommes du jour qui embarrassent, promettre un avenir imaginaire, voilà de quoi donner de la chaleur et de la fermentation au génie de l'orateur.

Et ne croyez pas, dit un ancien, que l'éloquence soit l'amie du repos et de la paix, et que les vertus et la modération soient un triomphe pour ceux qui les possèdent. La grande éloquence, celle qui se fait remarquer, est fille de la licence, de cette licence qu'on appelle follement liberté; elle est compagne de la sédition; elle enflamme les emportements de ceux qui l'écoutent; elle est incapable de condescendre, encore moins de servir; c'est une rebelle, une téméraire, une arrogante qui fut toujours incompatible avec la paix.

Vous qui pûtes apprécier le mérite de notre laborieux confrère, jugez, maintenant, s'il pouvait de sitôt se faire connaître dans le monde, avec son âme honnête et timide, avec des talents dont l'application exige la solitude et le repos. Il est des connaissances, qui, semblables à la flamme, ont besoin du mouvement pour s'entretenir et d'aliment pour s'exciter. C'est en brûlant, qu'elles jettent de l'éclat; il en est d'autres, et ce sont ordinairement les plus solides, qui ne frappent l'atten—

tion que des hommes intelligents, et dans les cir—
constances qui en font ressortir le besoin.

Ainsi notre Académie fut la première à signaler
les talents de M. Béranger de la Beaume, elle fut
le réclamer dans l'oubli dont il aimait à s'envelopper ; et son admission dans notre compagnie blessa
plus sa modestie qu'elle ne flatta son orgueil. Il se
crut accablé sous le poids d'une pareille distinction,
et s'imagina que c'en était fait de sa retraite et de
ses loisirs.

Quel contraste avec ceux qui, de nos jours, se
lancent dans la carrière des lettres ; vous voyez
avec quelle audace, ils envahissent les trompettes
de la renommée ; plus de modestie ; nulle trace des
mœurs antiques ; la licence des écrits a renversé la
barrière de la pudeur et du respect ; toutes les car-
rières s'ouvrent à l'ambition ; c'est le chaos de la
science. Maintenant, les jeunes gens, sans études
et sans recommandation, forts de leur seule audace, n'attendent pas qu'on les introduise ; mais ils
forcent les portes ; rien ne les arrête, ni la majesté
des lieux, ni la sainteté des lois, ni la dignité de la
profession, pas plus que le sentiment de leur inex-
périence et de leur manque de tact et de savoir.
Leur présomption croît en raison de leur obscurité.

Notre confrère était nourri d'autres principes, et
craignait de s'en écarter ; aussi n'osait-il, souvent,
avouer ses meilleures productions. Il fut d'un grand

secours au baron de Zach pour son grand ouvrage sur l'attraction des montagnes.

Ce fut lui qui fit la plus grande partie des calculs de cette savante production. Lié de correspondance avec un grand nombre de savants, il redoutait moins les erreurs que la publicité.

L'état de sa fortune ne lui permettant pas l'oisiveté, il remplit succesivement et toujours avec distinction, divers emplois dans les bureaux de la mairie de cette ville. Aimé de ses chefs, respecté de ses égaux, applaudi par ses confrères, il s'éteignit brusquement, sans douleur et sans maladie, le 22 septembre 1832; il vécut célibataire, ne laissant après lui qu'une sœur et l'époux de celle-ci, qui ne peuvent pas plus se consoler, que l'Académie, de l'avoir perdu : nos mémoires et le recueil de nos rapports attestent son mérite et ses travaux; mais ce qui contribuait le plus à sa gloire, c'est précisément ce que sa modestie s'est toujours efforcée de soustraire à nos applaudissements.

Je n'ignore pas, Messieurs, que je ne foule pas ici la cendre d'un héros: je sais que l'histoire ne fait mention que de l'ébranlement, de la chute des empires; que les grands crimes, que les forfaits les plus horribles y sont amplement signalés, et qu'un seul mot suffit pour la vertu. C'est le sort de l'humanité : on devient un écrivain vulgaire, dès qu'on parle d'un homme de bien; le style, au contraire, devient brillant, lorsqu'il s'agit de peindre le vice, et si les vices sont extrêmes, l'orateur devient sublime : la verve semble s'élever avec l'horreur du forfait.

Croiriez-vous, Messieurs, que la langue des anciens Romains fournît mille tours de langage admirables, pour exprimer l'assassinat, le meurtre, le guet-apens, les tortures, la douleur, la mort ; tandis qu'elle n'avait qu'une seule expression, pour désigner la vie, le bien-être, le plaisir, tellement les mœurs des nations se reproduisent dans leur langage ! Mais je dois aussi le déclarer, je n'ai pas eu la prétention de faire un éloge ; la louange est trop difficile, lorsqu'elle s'adresse à celui qui n'est signalé par aucun fait éclatant. M. Béranger de la Beaume parlait peu, et parlait moins encore lorsqu'il s'agissait de sa personne ; on ne peut donc savoir des circonstances de sa vie que ce que nous en apprennent son amour pour la retraite, la nature de ses travaux et le choix de ses amis. Il disait, pourtant, qu'il était heureux, et cela console de la destinée. Il vécut en paix et ne troubla celle de personne. Aucun jour de sa vie n'eut besoin d'être excusé. Il méritait l'estime publique, plutôt qu'il ne la désirait ; mais veuillez, Messieurs, me pardonner cet entretien de famille, j'ai parlé sans contrainte d'un ami à ses amis. Je m'arrête, dans la crainte de fatiguer plus longtemps ses cendres et votre trop bienveillante attention.

NOTICE NÉCROLOGIQUE

SUR

M. Casimir ROSTAN,

Ancien Secrétaire perpétuel de la classe des belles-lettres de l'Académie;

Par M. LAUTARD,

Secrétaire perpétuel de la classe des sciences.

———————

MESSIEURS,

S'il est plus facile d'écrire que de justifier les éloges, c'est qu'il est plus aisé de parer et de faire agréer le mensonge, que de faire accepter la vérité; c'est, il faut l'avouer, un tribut de plus que la pauvre humanité ne sait pas refuser à sa faiblesse. L'action la plus noble, les faits les plus glorieux, le plus éminent mérite doivent, pour être applaudis, être revêtus de certaines formes qui en modèrent l'éclat; ils blessent le regard s'ils ont le défaut d'être trop éblouissants; mais c'est principalement dans les sociétés littéraires que la louange est difficile; là, Messieurs, elle perd toute sa puissance, parce qu'elle semble être obligée.

Tout académicien, on le sait, ne peut être trans-
formé en homme illustre; tous n'ont pas marqué
leur époque par des chefs-d'œuvre qui en consacrent le souvenir; mais ne célèbre-t-on jamais que
des héros, des hommes d'un génie transcendant?
N'est-il pas, dans les académies. des vertus, des
talents qui méritent d'être signalés aux contemporains? et ceux-ci doivent-ils rester sans voix sur
la tombe des savants et des littérateurs qu'ils n'ont
cessé d'estimer? Quelle serait la promesse d'avenir
de ceux qui recueillent leurs cendres? Mais, non,
après quelques jours, tout ne s'oublie pas, tout ne
s'efface point de nos cœurs inconstants et fragiles;
les travaux passés ne perdent ni leur mérite, ni leur
éclat, lorsqu'ils ont été ou qu'ils sont utiles; le nom
de ceux qui les ont accomplis ne s'obscurcit, ne
s'éclipse pas de sitôt; et si la main du temps en
affaiblit quelquefois le souvenir, elle ne l'entraîne
pas toujours dans le gouffre où tout périt.

Quoiqu'il y ait peu d'hommes ayant vécu, qui
n'ai fait de pareilles réflexions, elles n'en reviennent
pas moins au besoin, avec une nouvelle énergie,
dans la pensée; cet ostracisme de l'oubli, auquel
sont condamnées tant d'intelligences négligées, at-
triste toujours l'âme, en nous apprenant ce que
nous sommes, nous, nos œuvres et nos vaines prétentions.

Essayons, cependant, de redonner quelques instants de vie à l'illustre collaborateur dont je dois vous entretenir en ce moment, et dont la mort semble avoir imposé silence à tout le monde. Ayant terminé loin de nous sa carrière, nous ne pûmes entourer son cercueil de nos regrets ; mais la nouvelle de sa perte, quoique tardivement annoncée, nous émut aussi vivement que si nous eussions recueilli nous-mêmes son dernier soupir.

Casimir Rostan naquit à Marseille, en 1773, de l'un des commerçants les plus recommandables, sous le rapport de la fortune et de la haute probité autant que sous celui des sentiments honorables et de l'urbanité qui le distinguaient. Sa mère, d'une famille riche, noblement élevée, et remarquable par sa beauté, avait vu, chez elle, dans ses jeunes ans, les beaux tableaux que Vernet, assis sur les rochers qui bordent l'entrée du port de Marseille, avait peints pour son père, dont le goût et la libéralité avaient longtemps fixé, près de lui, cet artiste célèbre.

Très-jeune encore, Rostan fut conduit au collége de Tournon, où, déjà formées par l'élite de la bonne société qui se rendait dans sa famille, ses facultés intellectuelles se développèrent avec une surprenante rapidité ; son caractère ardent et passionné s'annonçait par la promptitude avec laquelle il saisissait les objets, quelquefois obscurs, que ses maîtres se plaisaient à soumettre à sa sagacité. Chaque classe était pour lui un nouveau sujet de triomphe, une série nouvelle de succès. On fut longtemps sans connaître s'il se distinguerait davantage dans la philologie, les mathématiques ou l'histoire naturelle et l'archéologie ; car, dans le cours de ses études, il avait montré pour ces diverses sciences une égale aptitude. On a remarqué qu'une intelligence de cette trempe se borne difficilement au choix d'un seul sujet d'étude, et que l'extrême facilité à pénétrer dans le secret des sciences, est cause quelquefois qu'on n'excelle dans aucune, et il n'est pas rare de voir que l'homme se passionne, de préférence, pour celle qui lui a coûté le plus d'efforts.

Parvenu cependant au terme de ses études, Rostan parut s'être enfin prononcé, pour le moment du moins, en faveur de la botanique, et suivit, au sortir du collège, dans de longues excursions sur les montagnes et les vallées du Vivarais, le savant professeur qui lui avait inspiré le goût de cette science ; il en revint riche d'un commencement d'herbier qui lui rappela toujours sa première herborisation. Rendu à sa famille, l'amour des plantes l'y suivit, et pour l'empêcher de se refroidir, mettant à profit les relations que la maison de commerce de son père entretenait dans le Levant, il partit aussitôt pour Constantinople où son ardente imagination lui laissait entrevoir une flore nouvelle et des richesses inconnues. Les montagnes de l'Ar-

ménie furent le premier théâtre de ses courses botaniques. Voyageant avec un seul guide, manquant
souvent de vivres, bravant la peste, les précipices
et les intempéries des saisons, il parcourait, en vrai
botaniste, un bâton blanc à la main, des lieux que
n'avait jamais foulés le pied d'un européen. Passant
ensuite dans la Grèce, il salua la patrie des grands
hommes, dont ses récentes études lui avaient rempli la mémoire; il chercha vainement ce célèbre
lycée où deux mille élèves écoutaient les leçons de
Théophraste sur les plantes; Théophraste, élève
lui-même de Platon et d'Aristote, et qui nous a fait
connaître les travaux de ce dernier! Rostan visita
plusieurs des îles de la Grèce. Initié dans la langue
d'Homère, il apprit facilement le grec moderne, et
devait, par ce secours, rendre son voyage plus fruc-
tueux.

Outre un riche herbier, notre confrère rap-
porta de la Grèce une collection de médailles fort
estimées et quelques fragments d'archéologie dont
il fit divers présents aux antiquaires de la capitale.

Il rentra dans ses foyers avec les troubles de la
révolution; toutes les fortunes commençaient à s'é-
branler; l'aspect de la France était changé; il se
rendit à Paris où quelques notabilités scientifiques
l'accueillirent avec une véritable effusion de cœur,
et ne purent s'empêcher d'applaudir au récit de ses

voyages. Son âme franche et pleine de cet abandon qui ne tient aucune pensée en réserve, lui fit des amis dont il écoutait les conseils. Jamais Rostan n'avait caché son opinion sous sa parole comme sous un masque, et jamais il n'enveloppa son cœur dans ses actions comme dans un manteau. Infati-gable dans ses recherches, laborieux aux dépens de sa santé, il embrassait avidemment toutes les bran-ches des connaissances humaines ; l'ordre seul et la persévérance manquaient à ses talents. Il était comme suffoqué des richesses qu'il avait acquises, et ne savait pas mettre des bornes à cette noble ambition d'apprendre, qui succombe elle-même sous le poids de ses trésors : cette avidité, sans cesse renaissante, l'éloignant de toute espèce de spécialité, lui faisait dépenser son temps en vagues espérances, en projets nébuleux, fondés sur une plus ample moisson de savoir. Il est certain qu'avec plus de sobriété d'instruction, il eût laissé dans les sciences des traces brillantes de son mérite.

Érudition, travail assidu, désir de se faire un nom, il possédait toutes les qualités qui lui assu-raient du succès ; mais son incroyable approvision-nement scientifique s'épuisait en s'accroissant. Ses travaux portent l'empreinte d'un érudit ; mais ils manquent de cet art des transitions qui lie les ob-jets épars ; il ne voyait que les masses.

Il ne parlait de lui-même qu'avec une extrême

réserve, et ne craignit jamais le reproche de ne savoir tenir un juste milieu entre ce que l'excessive modestie a de suspect et ce que la vanité ouverte a de choquant ; car il savait qu'il est aussi difficile de se connaître que de parler de soi-même d'une manière convenable.

Les orages politiques le ramenèrent dans sa famille ; il y trouva, comme partout ailleurs, de graves changements ; mais son amour pour les sciences le soutint au milieu de l'agitation générale, et son mérite, chose rare alors, ne le compromit jamais ; incapable de haine, il ne fut haï de personne ; ses goûts le sauvèrent des réactions ; il vivait en dehors des discussions politiques. A peine les chants de destruction avaient cessé de se faire entendre, qu'une société d'hommes de lettres et de quelques artistes distingués s'établit à Marseille, sous le nom de *Lycée des sciences et des arts*. Cette réunion se confondit bientôt avec l'Académie, qui venait de reprendre, avec ses titres et ses droits, la place qui lui était assignée. Rostan y prit le rang qu'il méritait ; c'est là que le zèle de notre confrère se montra dans tout son jour ; c'est lui qui contribua le plus puissamment à donner à cette récente réunion cette heureuse impulsion qui fait sa gloire de tous les jours, et dont elle ne fait qu'accroître les résultats. Il en fut nommé, à l'unanimité des suffrages, le secrétaire perpétuel. Chargé par la compagnie de répondre à M. le ministre de l'intérieur, sur plusieurs questions relatives aux chevaux de la Camargue, après s'être rendu sur les lieux, il fit ce beau mémoire, si riche de faits et de vues utiles, qui lui attira les remercîments et les éloges les mieux mérités.

Peu de temps après, les sauterelles dévastant plusieurs quartiers du territoire de Marseille, Rostan réunit, dans un travail spécial, tout ce que l'histoire naturelle et les faits historiques les mieux constatés renferment de plus curieux sur cet *orthoptère*, dont le nombre prodigieux et la dent vorace ont porté, plusieurs fois, l'épouvante parmi les nations.

Un autre mémoire de sa part, sur les chenilles et les moyens de les détruire, devint populaire; et c'est depuis la publication de cet avis aux cultivateurs, que l'autorité recommande annuellement l'échenillage.

Rostan commença l'histoire de Marseille, celle de la Provence, de notre Académie, enfin, il s'occupa de celle des pauvres; mais sa féconde imagination, ses souvenirs, ses trop nombreux matériaux, submergeaient, si l'on peut ainsi parler, les divers plans qu'il avait un moment adoptés; bientôt, il ne les retrouvait plus, et soudain il renonçait à son ouvrage; il eût voulu couler d'un seul jet des travaux qui exigent du calme, de l'ordre, du temps, et ces conditions onéreuses, mais exigées, ne sont pas toujours acceptées par les meilleurs esprits.

On a dit que les natures fortes se manifestent tard, et que leurs œuvres étonnent ensuite, lorsqu'elles apparaissent inopinément ; il n'en fut pas tout à fait ainsi de notre érudit confrère ; et c'est la réponse qu'on peut faire à ceux qui désirent connaître pourquoi tant de science et de qualités personnelles n'ont pas élevé plus haut celui dont j'esquisse la biographie. Il s'éprit, une fois, de l'étude de l'hébreu, et des livres ascétiques ; il tourna un moment ses pensées vers l'examen de nos principes religieux ; mais ce ne fut qu'un caprice de courte durée.

Jusqu'en 1815, Rostan exerça une sorte de dictature dans l'Académie ; sa parole abondante et facile faisait, presque exclusivement, les frais des séances de la compagnie. Ce fut l'époque où l'on connut le mieux son immense érudition ; mais des peines de famille portèrent alors une notable atteinte à son caractère naturellement bon, et refroidirent son goût pour l'étude ; il devint âpre à la discussion, semblable à ces projectiles qu'un choc inattendu ranime avec fracas, il ne supportait qu'avec peine la moindre résistance, et sa colère enfantine ne connaissait plus de bornes, si l'obstacle avait quelque durée ; mais après le combat, il signait volontiers l'armistice aux conditions qu'on lui imposait ; car, s'il eut quelques légers travers, son cœur ne les partagea point.

Il se donna bientôt, lui-même, de graves embarras ; mais comme ils furent volontaires, il les supporta sans murmure : on remarquait, cependant, que son âme était déplacée ; nommé professeur de botanique, il se dégoûta de cette science ; appelé aux archives de la ville, les recherches que commandait cet emploi, ne lui donnaient plus que de l'ennui, ce triste tyran des âmes qui pensent, contre lequel la sagesse peut moins que la folie ; les capricieux dédains de la fortune le contrariaient : adieu les livres, l'Académie, les sciences et ses amis !

Il partit une seconde fois pour Paris, où des projets qu'il avait dernièrement conçus lui promettaient un avenir. Il trouva la capitale changée ; c'est qu'il avait oublié qu'à son premier voyage, il était jeune, riche et plein de ces rêves qui sourient si peu de temps, aux jours des illusions : l'heure des réalités venait de sonner ; l'espérance ne survit guère aux cheveux blancs. Des frères chéris adoucirent les rigueurs de sa destinée, jusqu'au moment où, enfin, usé prématurément par l'étude, par les douleurs morales et par son âme de feu, il s'éteignit comme ces lueurs brillantes, qui se perdent dans l'immensité des cieux.

Il n'est plus, notre honorable ami, notre excellent collaborateur! La vérité qu'on doit aux morts, ne doit sortir que d'une bouche amie. En se refermant, la tombe fait oublier ces taches légères, qui font ressortir les grandes, les nobles qualités de l'homme.

La ressemblance du portrait que je viens d'esquisser, est difficile à saisir; veuillez me pardonner, Messieurs, ce que les couleurs ont de pâle et de négligé; ce qu'il y a de remarquable dans cet essai, appartient à l'original; le reste est mon ouvrage: j'ai écrit cette notice pour donner une idée de Rostan à ceux qui ne l'ont point connu, et pour en rappeler le souvenir à ceux qui vécurent dans son intimité.

Rostan! si du fond de la tombe où tu reposes, tu pouvais entendre ma voix, tu te ressouviendrais que jamais ma critique ne te fut amère, que mes louanges sont sincères, et que mon silence aurait accusé de tiédeur notre ancienne amitié.

LISTE GÉNÉRALE

DES

MEMBRES RÉSIDANTS DE L'ACADÉMIE,

Existant en 1843,

DIVISÉS PAR CLASSES.

———◆———

Membres du bureau.

MM. le marquis DE MONTGRAND, *Président.*

DIEUSET, *Vice-Président.*

HUBAUD, *Trésorier.*

Louis MÉRY, *Archiviste.*

LAUTARD, D. M., chevalier de la légion d'honneur, *Secrétaire perpétuel de la classe des sciences.*

Paul AUTRAN, négociant, chevalier de la légion d'honneur, *Secrétaire perpétuel de la classe de littérature et d'histoire, et de celle des beaux-arts.*

———◆———

Classe des Sciences.

MM. ROBERT, D. M., chevalier de l'étoile polaire de Suède et de Charles III d'Espagne.

POUTET, ancien pharmacien.

MM. SALZE , directeur du Jardin botanique de
    Marseille.

Laurent LAUTARD, ancien négociant.

le comte Hippolyte DE VILLENEUVE, chevalier
    de la légion d'honneur, ingénieur des mines.

BAZIN , actuellement à Paris.

TOCCHI , métallurgiste de l'Hôtel des monnaies.

LAURENS , pharmacien.

ALBRAND fils , avoué.

MATHERON , agent voyer en chef du dépar-
    tement des Bouches-du-Rhône.

VALZ , chevalier de la légion d'honneur, direc-
    teur de l'Observatoire de Marseille.

BARTHÉLEMY , conservateur du Cabinet d'his-
    toire naturelle de Marseille.

MEYNIER , ancien pharmacien.

CATELIN , chevalier de la légion d'honneur,
    officier de marine en retraite.

CLAPIER , avocat.

DIEUSET , chevalier de la légion d'honneur,
    directeur des contributions directes.

le comte Jules DE CASTELLANE.

MIÉGE , officier de la légion d'honneur, agent
    des affaires étrangères , à Marseille.

Classe de Littérature et d'Histoire.

MM. DU DEMAINE, chevalier de la légion d'honneur.

HUBAUD, propriétaire.

NÉGREL-FÉRAUD, chef de division à la pré-fecture.

le marquis DE MONTGRAND, officier de la légion d'honneur, ancien maire de Marseille.

RÉGUIS, chevalier de la légion d'honneur, président du tribunal civil de première instance de Marseille.

AUDIFFRET, avocat.

l'abbé BARGÈS.

Joseph AUTRAN, littérateur.

Joseph MÉRY, chevalier de la légion d'honneur, conservateur de la Bibliothèque publique de Marseille.

Gaston DE FLOTTE, littérateur.

Louis MÉRY, adjoint du bibliothécaire de la ville de Marseille.

PATOT, instituteur.

Classe des Beaux-Arts.

MM. POIZE, graveur.

LAMY, peintre.

MM. Aubert, peintre, directeur du Musée et de l'École gratuite de dessin de Marseille.

Coste, chevalier de la légion d'honneur, architecte.

de Fontainieu, peintre.

Thévenau, professeur de musique.

Albrand père, professeur de musique.

Chasseriau, architecte.

Carle, homme de lettres.

RÈGLEMENT

DE

L'ACADÉMIE ROYALE

DES SCIENCES, BELLES-LETTRES ET ARTS

DE MARSEILLE.

—

ARTICLE PREMIER.

L'Académie royale des sciences, belles-lettres et arts de Marseille, d'après le principe de son institution, cultive les diverses branches des connaissances humaines, mais elle dirige plus particulièrement son attention et ses travaux vers le perfectionnement de l'agriculture, les progrès des manufactures et des arts, la prospérité du commerce et de la navigation, et la propagation des découvertes utiles dans le département des Bouches-du-Rhône.

ARTICLE II.

Elle entretient une correspondance active avec les autres sociétés savantes du royaume et des pays étrangers, ainsi qu'avec les personnes qui s'occupent des sciences, des belles-lettres et des arts, et principalement de l'agriculture.

ARTICLE III.

L'Académie est divisée en trois classes : la classe des sciences, la classe de littérature et d'histoire, et la classe des beaux-arts.

La classe des sciences est divisée en quatre sections : 1° agriculture ; 2° astronomie, navigation et architecture navale ; 3° commerce, manufactures et économie politique ; 4° histoire naturelle, physique et chimie.

ARTICLE IV.

L'Académie est composée de membres honoraires, de membres résidants, de membres non-résidants, de vétérans et d'associés ou correspondants.

ARTICLE V.

Le nombre des membres résidants, non compris les deux secrétaires perpétuels, est fixé à 40, dont 18 pour la classe des sciences, 12 pour celle de littérature et d'histoire, et 10 pour celle des beaux-arts.

ARTICLE VI.

Les membres non-résidants sont au nombre de 20 ; ils sont choisis de nécessité parmi les personnes domiciliées dans le département des Bouches-du-Rhône qui s'occupent de l'agriculture ou des manufactures ; ils perdent ce titre s'ils viennent se domicilier dans la commune de Marseille, et ils sont alors de droit candidats pour les places qui peuvent devenir vacantes, dans la classe des sciences.

ARTICLE VII.

Les membres non-résidants ont droit aux distributions de mémoires comme les membres ordinaires; ils ont voix délibérative dans toutes les séances de l'Académie, à l'exception de celles où il s'agit d'élections, de règlements et de comptabilité.

ARTICLE VIII.

Le nombre des associés ou correspondants est fixé à 80, non compris les associés étrangers ; savoir : 40 pour la classe des sciences, 30 pour la classe des belles–lettres, 10 pour la classe des beaux-arts.

Il ne sera fait aucune nomination d'associé, qu'il n'y ait au moins deux candidats inscrits par places vacantes dans chaque classe.

ARTICLE IX.

Sont classés parmi les vétérans, les académiciens résidants qui transportent leur domicile hors du département; ceux qui, à raison de leur âge ou de leurs infirmités, réclament la vétérance, et ceux qui ont encouru la déchéance, conformément à l'article XVIII; les vétérans conservent le droit de séance et voix consultative.

ARTICLE X.

Les académiciens devenus vétérans par la fixation de leur domicile hors du département, et qui reviennent s'y établir définitivement, reprennent de droit leur place dans leurs classes respectives, quand elle devient vacante.

ARTICLE XI.

Chaque année, un mois avant la séance publique du mois d'août, l'Académie choisit au scrutin et à la majorité relative des suffrages, parmi les membres résidants, un président, un vice-président et un trésorier.

ARTICLE XII.

Le président, le vice-président et le trésorier entrent en fonctions à la rentrée de l'Académie, le premier jeudi après la Toussaint. Ils forment, avec les deux secrétaires perpétuels, le bureau de l'Académie.

ARTICLE XIII.

Le président fait l'ouverture de la séance, propose le sujet de la délibération, accorde et maintient la parole, recueille les voix, assigne l'ordre des lectures, dépouille les scrutins et en constate les résultats avec les vice-président et secrétaires perpétuels. Il nomme les commissions. Il a voix prépondérante dans les partages d'opinion.

Le président opine et vote toujours le dernier, après les autres membres du bureau.

Article XIV.

En cas d'absence, le président est remplacé par le vice-président; à défaut de ce dernier, l'Académicien présent qui a rempli le plus récemment les fonctions de président ou de vice-président préside la séance. Le président et le vice-président ne sont rééligibles qu'après deux ans d'intervalle.

En cas de vacance de la place de président ou de vice-président, il sera pourvu immédiatement au remplacement de ces officiers.

Article XV.

Le trésorier est chargé des recettes et des dépenses de l'Académie, et il rend ses comptes à la fin de l'exercice, le tout dans les formes prescrites par le règlement particulier de comptabilité, arrêté dans la séance du 26 novembre 1807.

Le trésorier de l'Académie est rééligible.

Article XVI.

Les secrétaires perpétuels sont chargés des archives, de la correspondance et de la tenue des registres de l'Académie; l'un d'eux est secrétaire de la classe des sciences, et l'autre de celles de la littérature et des beaux-arts.

Article XVII.

Chaque membre résidant ou non-résidant est soumis à présenter annuellement à l'Académie un ouvrage de sa composition; les associés sont invités à payer ce tribut.

Article XVIII.

Tout académicien résidant qui, hors le cas d'absence ou de maladie, laisse passer trois mois sans assister aux séances particulières, est rappelé à ses obligations par le président. S'il néglige cet avertissement, après un nouveau délai de trois mois, il sera censé avoir demandé sa vétérance.

Article XIX.

L'Académie tient ses séances ordinaires tous les jeudis à midi précis. Elle entre en vacance le quatrième dimanche du mois d'août, et elle fait sa rentrée le premier jeudi après la Toussaint.

Le président ordonne la convocation des séances extraordinaires dont il fixe le jour et l'heure.

Article XX.

L'Académie tient annuellement deux séances publiques : la première a lieu le second dimanche après Pàques; la seconde, le quatrième dimanche du mois d'août.

Article XXI.

L'Académie propose annuellement deux prix ; l'un relatif aux sciences, et l'autre relatif à la littérature ou aux beaux-arts.

Article XXII.

L'ouvrage couronné est lu, soit en entier, soit

par extrait, en séance publique. Le nom de l'auteur est proclamé, et s'il est présent à la séance le président lui remet la médaille qui lui a été accordée.

ARTICLE XXIII.

Aucun ouvrage n'est lu en séance publique, sans avoir été auparavant lu et examiné dans une séance particulière, et approuvé ensuite au scrutin secret à la majorité des suffrages.

ARTICLE XXIV.

Tous les ouvrages, destinés à être imprimés dans le recueil des mémoires de l'Académie, ou sous son nom, doivent être examinés de nouveau par une commission de révision, et ils ne seront livrés à l'impression qu'après que l'Académie l'aura délibéré à la pluralité des voix, ensuite du rapport de sa commission.

Tout ouvrage imprimé par ordre de l'Académie portera l'extrait de la délibération qui en aura ordonné l'impression.

ARTICLE XXV.

Chaque année, immédiatement après la séance publique du mois d'août, le compte-rendu détaillé des travaux de l'Académie sera livré à l'impression et distribué à tous les membres résidants ou non-résidants, aux sociétés littéraires correspondantes et à tous les associés qui auront payé leur tribut.

ARTICLE XXVI.

Le recueil des mémoires de l'Académie sera imprimé dans l'année, s'il est possible.

ARTICLE XXVII.

Un mois avant chaque séance publique, l'Académie tient une séance d'élection (article XI) pour remplir les places vacantes parmi les membres résidants ou non—résidants et les associés.

ARTICLE XXVIII.

Nul ne peut être élu s'il n'a demandé ou fait demander son admission par un membre résidant; s'il n'a accompagné sa demande d'un ouvrage qui la justifie, et s'il n'a été agréé comme candidat un mois avant la séance d'élection.

ARTICLE XXIX.

Les séances d'élection doivent être convoquées extraordinairement pour cet objet. Le vote de vingt membres est nécessaire pour valider toute espèce d'élections. Les élections se font au scrutin secret, et le suffrage des deux tiers des académiciens présents est requis pour l'admission des nouveaux membres.

ARTICLE XXX.

Les récipiendaires ne prendront séance à l'Académie que dans l'assemblée publique qui suivra leur élection. Ils y prononceront un discours de réception auquel le président répondra.

Article XXXI.

A la mort d'un académicien résidant, la compagnie en corps assiste à ses obsèques. Le président, à la tête d'une députation, exprime aux parents les regrets de l'Académie, et le secrétaire perpétuel, ou un membre de la classe, prononce dans l'année, en séance publique, l'éloge historique du défunt.

Article XXXII.

L'éloge des membres vétérans et des membres non-résidants sera également prononcé en séance publique.

Article XXXIII.

Le présent règlement, arrêté dans les séances des 18 mai 1803 et 19 décembre 1805, revu et définitivement adopté dans la séance de ce jour, sera imprimé et distribué à tous les membres.

Marseille, le 19 mars 1829.

Pour copie conforme au registre,

Signés : Paul AUTRAN, *Président.*
THOMAS, *Vice-Président.*
HUBAUD, *Trésorier.*
LAUTARD, *Secrétaire perpétuel de la classe des sciences.*
JAUFFRET, *Secrétaire perpétuel de la classe de littérature et d'histoire, et de celle des beaux-arts.*

FIN.

TABLE DES MATIÈRES.

Avant-propos . . . . Pag. v

Histoire de l'Académie, depuis l'année 1826
    jusqu'à l'année 1836   1

Mouvement du personnel et ouvrages reçus
    de 1826 à 1836 271

Notices nécrologiques 329

    M. Croze-Magnan 331

    M. Joseph-Vincent Martin. 343

    M. le chevalier de Lantier. 355

    M. d'Anthoine, baron de Saint-Joseph. . 367

    M. Bérenger de la Beaume 379

    M. Casimir Rostan 387

Liste des Membres résidants, existant en 1843. 399

Règlement de l'Académie 403

FIN DE LA TABLE.

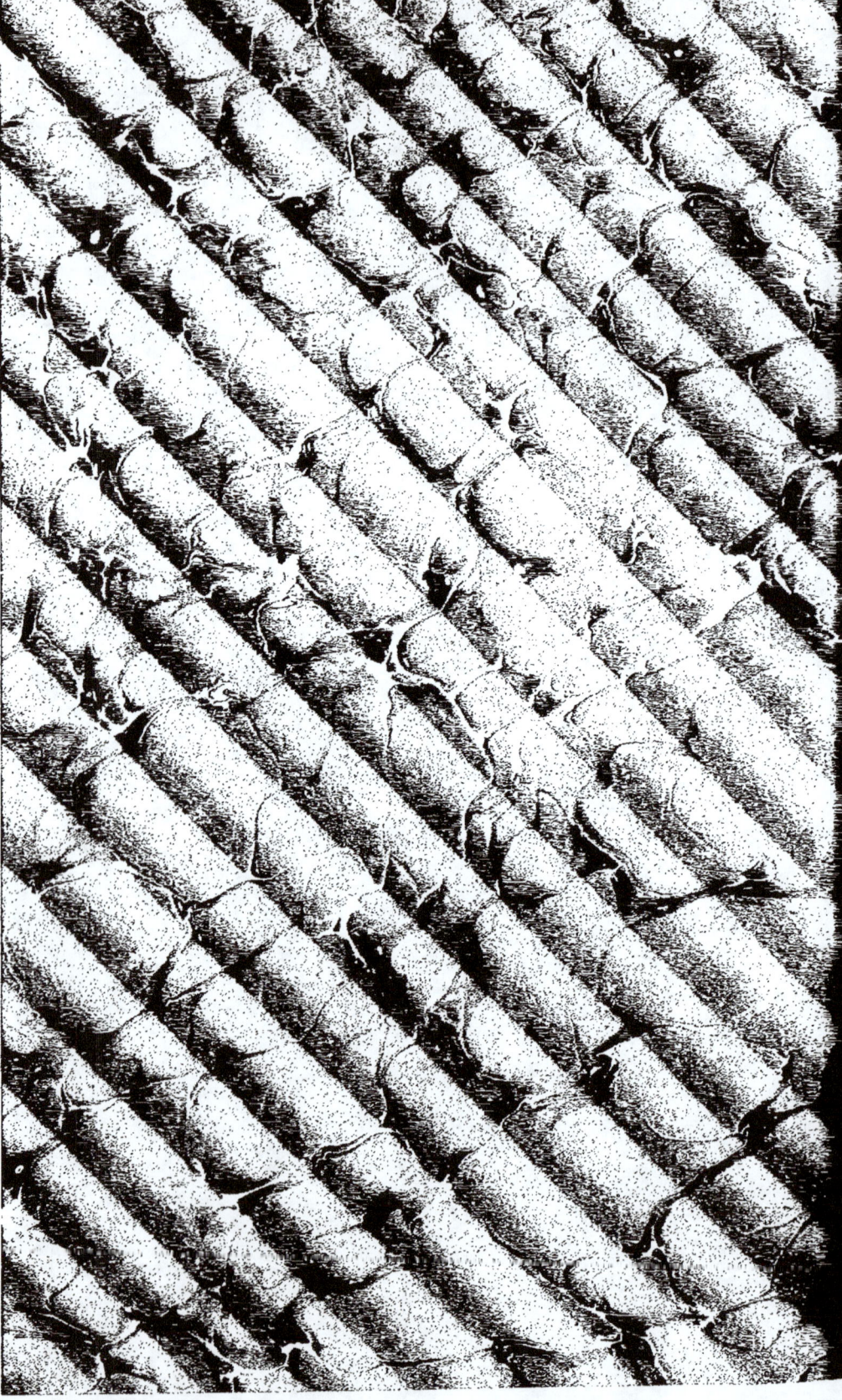

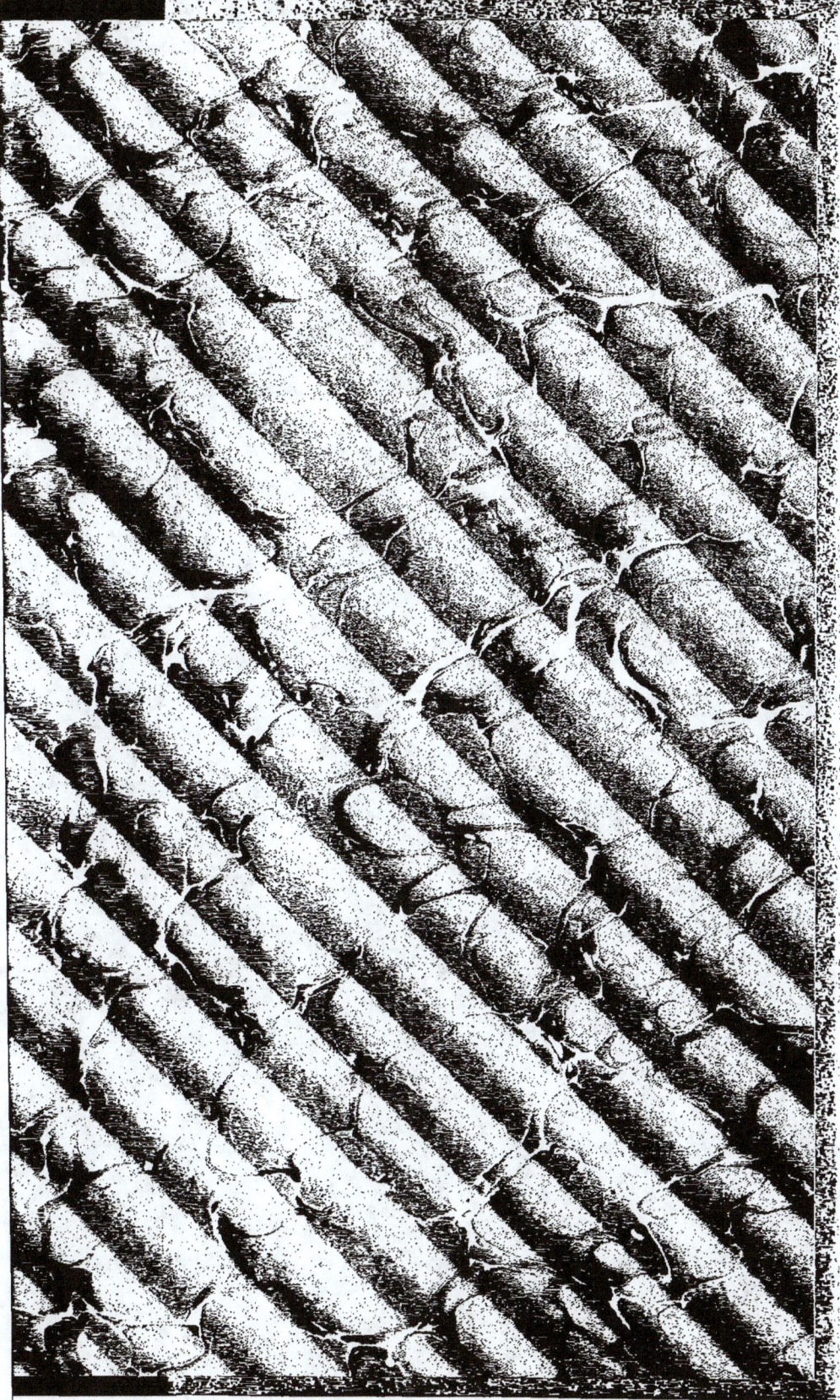

www.ingramcontent.com/pod-product-compliance
Lightning Source LLC
Chambersburg PA
CBHW070756030726
47504CB00003B/577